ハローサマー、グッドバイ

M・コーニイ
山岸真 訳

kawade bunko

河出書房新社

作者より

これは恋愛小説であり、戦争小説であり、SF小説であり、さらにもっとほかの多くのものでもある。舞台は異星人の住む惑星であり、そこにはひとりも人類がいないので、面白い物語を語るために、いくつかのことを仮定した。

舞台となる惑星は多くの点で地球と似ていないわけではないので、作中の異星人は人間型《ヒューマノイド》であり、そして人間型なので、人間と同じような感情や弱さに動かされている、ということにした。異星人たちの文明は、地球の一八七五年とよく似た発達段階にあることにしたが、この星が持つ特別な性質によって、この異星文明と地球のものとには、いくつかの大きな相違点がある。

こうした仮定をおこなったのはすべて、この物語が語るに値するものであり、ほかにはどんな風にして語っても、恋愛小説であり、戦争小説であり、SF小説であり、さらにもっとほかの多くのものでもある——すなわち、わたしがそう望むとおりのかたちのままではなくなってしまうからだ。

マイクル・コーニイ

ジェーンとレディ・マーガレット――
そしてやはり神の国を愛する
キース・ロバーツに……

そして、パラークシ－ブラウンアイズであり、そのことを知らない、
ダフネに

目次

ハローサマー、グッドバイ　7
訳者あとがき　371

ハローサマー、グッドバイ

1

何度も心に浮かぶのは、首都アリカでのあの日のこと。父も、母も、ぼくも、あわただしく右往左往しながら、港町パラークシでの夏休暇用の荷物を、玄関の屋根の下に山と積みあげていた。思春期はまだ先だったけれど、ぼくはもうしっかりと大人のふるまいかたを学んでいて、なぜか決まって常軌を逸した大騒ぎになってしまうこの年中行事のあいだ、邪魔にならないようにしていた。母はうつろな目でどたばたと駆《か》けまわり、だいじなあれこれはどこにあるのと休む間もなくたずねては、自分で自分の質問に答えている。背が高くていかめしい父は、地下室への階段を静かに昇り降りしていて、手にしている缶の中身は、ご自慢の自動推進モーター車《モーターカート》用燃料の蒸留液だ。両親がぼくの姿を目にとめるとき、その視線に愛情がこもっていることはなかった。

だからぼくはふたりの邪魔にならないようにしていたけれど、そうはいっても自分の荷物が忘れていかれないよう、ちゃんと手は打ってあった。荷物の山の中に、ぼくのスリングボールも、ぼくのサークレットゲーム盤も、ぼくの粘流滑走艇《グルームスキマー》模型も、ぼくの魚捕りの網も、もう隠してあって、しかも一カ所に固めたりはしていない。こんどはこっそりモーター車のところへ行って、ぼくの愛玩《あいがん》動物のドライヴェットの檻《おり》を後部席のうしろにすべりこませた。その瞬間、父がまた蒸留液の缶を持って家から出てくると、ぼくを見て顔をしかめた。

「手伝う気があるのなら、燃料を満杯にしろ」車の脇《わき》に缶を置いて、真鍮製《しんちゅうせい》の漏斗《じょうご》をぼくに押しつけ、「こぼすなよ。蒸留液は貴重なのだ、この時代には」

父がいったのは、戦争による物不足のことだ。父のする話といえば、そればかりな気がする。父は大股《おおまた》で家の中に戻っていき、ぼくは缶の蓋《ふた》をまわしてあけると、蒸留液のうっとりするような香りを嗅《か》いだ。蒸留液は当時のぼくの心を虜《とりこ》にしていた。液体が、それも水ととてもよく似た液体が、燃えることができるだなんて嘘《うそ》みたいにすごい、と子どもなぼくには思えた。友だちにいわれて、それを飲もうとしたこともある。蒸留液っていうのは、ビールとかワインとかみたいな、酒場で出されるけどおれたちは飲ませてもらえない憧《あこが》れの飲みものと、同じ物でできてるんだ、とその友だちはいったのだ。

それで、ぼくはある夜、寒さで恐怖心に取り憑《つ》かれないよう熱い煉瓦《れんが》を服の中に入れて地下室へこっそりと降り、缶の蓋をあけて、中身を飲んだ。蒸留液がぼくの口と喉《のど》を灼《や》きながら下っていった様子からすると、それが蒸気《スチーム》エンジンを駆動させられるのは不思議じゃないと思う。でも、大人がそれを飲んでいい気分になるというのは、信じられない。吐《は》き気と目まいを感じて、しばらく家の外で壁にもたれてうめいていると、寒さが背骨にまで浸《し》みとおってきた。ぼくが震えていたのは、恐怖と気分の悪さの両方のせいだ。それは冬のことで、冷たい惑星ラックスが、邪眼のようにぼくを見つめていた。アリカでは、凍える冬の夜はおそろしい結果を招くことがある。

でも、ぼくにとってパラークシはいつも夏や暖かさを連想させるもので、その日ぼくたち一家は、そこへ出かけようとしていたのだった。漏斗の口をモーター車のタンクに突っこみ、缶を傾けると、蒸留液がごぼごぼと音を立てて流れ出た。道路のむこう側で三人の小さな女の子がそれを眺めながら、きらめくような乗り物の姿に圧倒され、うらやましげに、きたない口をぽかんとあけている。ぼくは見せびらかすように空《から》になった缶を下に置くと、次の缶を手に取った。女の子のひとりの投げた石が、艶《つや》のある車の塗装にかちんと当たり、女の子たちは三人とも喚声を上げて道を逃げていった。

むかい側の家々越しに、政府庁舎群の高い尖塔《せんとう》が見え、そこは政務官さまが議会を率いて国を治めている場所であり、またぼくの父が広報大臣の事務局長として陰気な小部屋で働いている場所でもあった。車についている紋章が、ぼくの父が役人であることを示している――それが女の子たちの敵意の理由だ。その点ではあの子たちに同感できるが……父ではなく車を相手にうさ晴らしをするのは、みっともないと思う。

わが家をふり返る。地元産の浅黄石でできた大きな建物。つまらない作業に大あわての母が窓をそそくさと横切った。花壇では有知覚植物がすばしこい昆虫をつかまえようと触手を動かしていて、ぼくはなぜ今年は庭がこんなにほったらかしに見えるのだろう、と気になったのを覚えている。庭はハビコリ草だらけで、癌《がん》のように育ちながら、鮮緑色の環状蔓《つる》でアオサヤ豆を絞め殺していた。目の前で伸びていくのがわかる雑草には残酷さが感じられ、夏休暇から戻ってくるころには雑草が家を覆いつくし、夜になると壁の羽目板から忍びいってきて、眠っているぼくたちを絞め殺すんじゃないか、と思ったぼくは急な寒けに震えた。

「ドローヴ！」

父がぼくにのしかかるようにして、次の缶を突きだしていた。ぼくがこそこそと見あげると、父は肩をすくめ、妙な表情で、「心配はいらんよ、ドローヴ」父も家のことを気にしていたのだ。「あとはわたしがやる。おまえは自分の荷物をまとめなさい」

部屋に戻ったぼくは、さっと中を見まわした。毎年思うのだが、パラークシに持っていく必要のある物なんかほとんどない。パラークシはここことは違う世界で、違うことをする場所なのだ。隣の部屋で母の走りまわる音がした。

窓枠に、ぼくの氷小魔《アイスゴブリン》が入ったガラス瓶《びん》がのっていた。それのことはほとんど忘れかけていた。瓶をじっくり眺めると、どろどろした液体の表面に結晶の薄い膜が張っているように見える。見まわすと棒があったので、おそるおそる氷小魔をつついてみた。なにも起こらない。

前の冬、太陽が遠くへ逃げて空の彼方《かなた》で小さくなり、ラックスがおそろしい死んだ石ころとして夜空に姿を見せているあいだ、近所の子どもたちは氷小魔に夢中になっていた。その手の流行がたいていいそうであるように、そもそものきっかけははっきりしないが、ある日突然、だれもかもが飽和溶液でいっぱいのガラス瓶を持つようになっていて、氷魔《アイスデビル》が棲息《せいそく》する海辺の浅い沼地から運ばれてきた不思議な結晶を毎日少しずつ瓶の中に落としていた。

「そんな気味の悪い物を持っていくなんていわないでちょうだい」氷小魔の瓶を持って部屋から出たぼくに、母が叫んだ。

「でも、こいつを残してはいけないでしょ？　もうちょっとで孵《かえ》るんだから」母の声に怯《おび》えを感じとって、ぼくは言葉を重ねた。「こいつを育てはじめたのは通りのむこうのジョエロといっしょで、ジョエロの氷小魔は二日前に孵って、あいつの指をもぎ取るところだったたんだ。ほら！」瓶を目の前でゆすってみせると、母はあとずさった。

「その凍った物《フリージング》をあっちへやって！」母が悲鳴を上げ、ぼくはびっくりして母を見つめた。母が罵《のの》り言葉を口にするのを聞いたのははじめてだ。父がこっちへ来る音がしたので、ぼくはとっさに氷小魔の瓶を近くの机に置くと、うしろをむいて部屋の隅の服の山をせっせと片づけはじめた。

「いったいどうした？　叫んだのはおまえか、フェイエット？」

「いえ……あの、だいじょうぶですから。ドローヴにちょっとおどかされただけで。なんでもないんですよ、バート」

父の手を肩に感じて、ぼくはいやいやふり返った。父は冷たい目でまっすぐぼくの目を見つめて、「よく聞くのだ、ドローヴ。パラークシへ行きたいのなら、行儀よくしていろ、わかったな？　馬鹿な真似《まね》をして、これ以上悩みの種を増やすなよ。さあ、車に荷物を積みに行け」


ぼくはしじゅう、父が力にものをいわせてぼくにいうことを聞かせられるのは不公平だ、と思っていた。思春期の年ごろまでに人の知性は発達しきって、そこから先は下り坂。父だってそうだ、とぐちぐちいいながら、車に荷物を積んでいく。いばりくさった馬鹿老人は、理詰めな話をしたらぼくに勝てないとわかっていたから、脅迫という手段に出た。ある意味、ぼくはさっきのささやかな戦いで勝ったのだ。

問題は、父がこの事実に気づいていないことだった。あちこちの部屋と玄関のあいだを往復している父は、荷物が運ばれてくる端から車に積みこもうと必死のぼくなど眼中になかった――荷物箱の山は大きくなる一方で、必死になっても無駄だったが。ぼくは父の荷物は車の手荷物入れに手荒く放りこむ一方、自分の荷物は補助座席の上にていねいに置くことで、ささやかな満足感を味わった。気がつくと、なぜぼくは折に触れて母をおどかそうとするのだろうと考えていて、それは無意識のうちに母の馬鹿さ加減を腹立たしく思っているからだ、と結論を下した。母は自分がいだいている迷信を武器として使い、議論になるとそれを明々白々な事実という名の棍棒《こんぼう》のようにふりまわすのだ。

ぼくたちはみな、寒さをおそれている――そうした恐怖心は人が生まれつき持っているもので、夜や冬や寒さが及ぼせる害を警告する手段として進化してきたのは疑う余地がない。それにしたって、寒さに対する母の恐怖心は不合理なほどだし、おそらくはぼくにも遺伝している。ぼくがその問題で食い下がると、母はいつでも口をすぼめてこういう。「それは絶対に聞かないでいてほしいことなの、ドローヴ」このほんのひと言を、内容の上でも、語調でも、謎《なぞ》めいた傷心の表情を浮かべながらという点でも、非の打ちどころなく口にする。それはわざとらしい演技でしかなかった。

母がいいたいのは、寒さが原因で母の姉が精神病院送りになったということだ。それはほんとうによくある話、大勢の人の身に起きていることだが、母はその一件を悲劇的で波瀾《はらん》万丈なものに仕立てていた。ズー伯母《おば》事件のいちばんの被害者はぼくだが、ぼくはあのとき取り憑かれた恐怖をほとんど忘れ去り、滑稽《こっけい》な側面を見られるようになっていた。

ぼくはいつも、ズー伯母は父に気があるのだと思っていた。それはともかく、伯母は父を説きふせてモーター車を借りだした――これは母が父に対してなし遂げたなににも勝る偉業だ。ズー伯母は未婚で、遠くの親戚《しんせき》にぼくを見せびらかそうとしたのだが、伯母のロックス引き四輪車では時間がかかりすぎるからという理由で、当然のようにモーター車を借りたのだった。季節は冬だった。

帰り道を半分ほど来たとき、まったく人けのない土地で、蒸留液が空《から》になって車はシュウシュウいいながらゆっくりと止まった。

「どうしようかね」ズー伯母の声はやさしかった。「歩くほかないね、ドローヴ。おまえのちっちゃなあんよが我慢強いといいんだけどね」ぼくは伯母の使った言葉を正確に覚えている。

そこでぼくたちは歩きだした。ぼくには、暗くなる前に家に着くのが絶対無理なのがわかったし、暗さが寒さを連れてくることも、ぼくたちの服装が寒さに備えたものでないことも、わかっていた。伯母には子ども扱いされたけれど、可能性を比較して、伯母のいうことが正しく、車の中に残っているわけにはいかないと理解するだけの頭は、ぼくにもあった。政府内で高い地位にある父でも、政務官が使っているような密閉型の乗り物を買う余裕はなかったのだ。

「どうしようかね」としばらくしてズー伯母がいったころには、太陽は姿を消し、ラックスの不吉な球状の姿が地平線上に輝いていた。「寒くなってきちまった」

ぼくたちはロリンの集団が餌《えさ》を食べている脇を通った。ロリンたちは木の枝のあいだにすわって、むしゃむしゃとやかましく音を立てていて、ぼくは内心、もしほんとうに凍えてきたら——危険を感じるほどに凍えてきたら——ロリンの一頭に寄りそって、ぬくぬくした長い毛の中に潜りこめばいい、と考えた覚えがある。ロリンは無害で人なつっこい動物で、首都アリカのあたりでは、おもに家畜のロックスに同伴させるという使われかたをしている。寒い日にロックスが恐怖のために動きがにぶって半分麻痺《まひ》したような状態になったとき、ロリンがそばにいると、恐怖を鎮める効果があるのだ。一説ではそれは精神感応《テレパシー》のたぐいだという。あの晩のぼくはロリンを憧れのまなざしで見つめ、なめらかな毛皮と、怠惰だが温厚そうな雰囲気を身にまとっているのを、うらやんでいた。年端もいっていなかったけれど、ぼくは人生とは結局なんなのかをわかっていたし、ズー伯母をほんの少しこわがる理由があるのも理解していた……。

ラックスはすでに木々の上に昇り、温《ぬく》もりがまったくないまやかしの光を反射していた。「毛皮のコートを忘れてくるなんて」ズー伯母がぐちをこぼした。

「ロリンにくっつけばいいじゃない」ぼくはおそるおそるいってみた。

「あたしがあんな獣《けだもの》のそばに行く気になるなんて、どこから思いついたんだ、おまえは」叱《しか》りつけるようにいったズー伯母は、恐怖で短気になっていた。「あたしはロックス並みだってのかい？」

「ごめんなさい」

「そんなに速く歩くんじゃないよ。そのコートを着てるからあったかいんだろ。あたしの服はこんなに薄いってのに」

ぼくだって伯母と同じくらいに怯えていたはずだ。家までは遠いし、コートを着ていても寒さは牙《きば》で刺すように体に入りこみはじめていた。ぼくは両手をポケットに押しこんで、なにもいわずに先を急いだ。ただ、子どものぼくは考えも幼くて、心の底ではまだロリンのことを考えていた。もしほかの手段が――ズー伯母に頼るのを含めて――全部駄目でも、あの動物たちがぼくを助けてくれるはずだ、と。

ロリンはいつだってほかの動物を助けるのだから……。

「手をくるむから襟巻《えりま》きを貸しな、ドローヴ、あたしの服にはポケットがないんだよ」

ぼくは立ち止まって、首の襟巻きをほどいた。なにもいわないまま、それを伯母に手渡す。伯母にこれ以上、恐怖心を募らせるきっかけをあたえたくなくて。丘のてっぺんに着くと、はるか彼方に明かりが見えた。でも、それはあまりにも遠い。冬の風が剝《む》きだしの足に打ちつけ、凍るような血が心臓に流れこむ。ズー伯母のつぶやきが聞こえた。

「フューさま……フューさま……」太陽神に祈っているのだ。「フューさま、寒くてたまりません。温めて、あたしを温めて……あたしを助けて」

道の脇にはとげとげした無知覚植物の低い茂みがあった。独自の不思議な感覚でぼくたちの恐怖心に気づいたロリンたちが、茂みのむこう側の近くにたたずみ、毛深い頭をラックスの光の中にほのかにぼんやりと浮かびあがらせながら、ぼくたちを探るように見つめて、寒さでがくがく震えるぼくたちの体から文明人の証《あか》しがふり落とされるのを待っている。

「コートはあたしが着るのが正しいんだ、ドローヴ。おまえより年寄りで、寒さをそんなに我慢できないんだから」

「お願いだよ、ロリンのところへ行こう、ズー伯母さん」

「ドローヴ、いっただろ！　あんな気色悪い野獣のそばになんか絶対行かないからね。ほらコートだよ、いうこと聞かないか、このちびが！」伯母は両手を鉤爪《かぎづめ》のように曲げてぼくをつかんだ。

「放してよ！」ぼくはもがいたが、伯母のほうがずっと大きく、体は細いが頑丈で、力も強かった。ぼくのうしろにまわって力いっぱいコートを引っぱる伯母の決意と恐怖が、直《じか》に伝わってくる気がした。

「お父さんにいいつけるからね、この人でなしが。あの人なら、おまえにいうことを聞かせられるだろうよ――あたしには無理でも。さあ、そいつ――を――寄、こ、せっ！」伯母はひと言ごとにすさまじい力でコートを引っぱり、突然ぼくは下着姿で立っていて、温もりはぼくから逃げていった。ズー伯母はわけのわからないことをいいながら、肩にまわしたコートの袖《そで》を結んでいた。目にラックスの光を輝かせながら、伯母はぼくを小ずるそうに見つめて、「ズボンさえくれたら、お父さんにはいいつけないよ、ドローヴ」

　ぼくは駆けだしたが、伯母がすぐあとを追ってくるのが聞こえ、伯母があえぎながらも叫ぶときに息が悲鳴のようにぜいぜいいうのもわかった。と、次の瞬間、ぼくの体は固く凍った路面にぶつかり、伯母がぼくにのしかかって、ズボンを剝《は》ぎとりながら恐怖のあまりわけのわからない奇声を発していた。恐怖につつまれたぼくは夢を見ているような状態に漂いこんでいて、たちまち自分が裸だということもほとんどわからなくなり、遠ざかっていく伯母の足音もほとんど意識しなかった。そこに横たわっていると、ロリンに抱かれるのを感じ、心に感じる温かさの理由をぼんやりと理解した。それからロリンたちはぼくを抱きしめて運んでいき、そのあいださざやき声でなだめてくれたが、その半分は意味がわかった気がする。ラックスに照らされた道で跳ねまわりながら金切り声を上げているズー伯母の姿が心の中で薄れていき、ぼくは眠りに落ちた。

ロリンがぼくを家に送り届けたのは翌日で、太陽フューの温かい日ざしを浴びた戸口の階段まで裸のぼくを運ぶと、仕事をしに姿を消した。意識が戻ったとき、ぼくは数頭のロリンを目にした。一頭は下肥《しもごえ》の汲《く》み取《と》り車の梶棒《かじぼう》のあいだにつないだロックスにまたがって、四足獣を歩かそうとせきたてている。別の一頭は畑にしゃがんで、作物に肥やしをやっている。近くのネボソ木の枝にぶら下がって、フユノ実をむさぼっているのもいる。ぼくは扉をあけて家に入っていった。母はその日、ぼくを何度も風呂《ふろ》に入れた。におうから、と。ずいぶん時間が経ってから、ぼくはズー伯母が病院送りになったと聞いた。

あとで、汲み取り車のことを思いだした。めったに目にしない種類の車だ。ぼくは母に、なぜ糞便《ふんべん》を公営の汚物処理穴に捨てるかわりに畑に撒《ま》かないのか、と聞いた。ロリンには作物のあいだで排泄《はいせつ》するようにさせているという事実もつけ加えて。

「そんな不潔な話はしないで、ドローヴ」母はぼくを叱った。「人のとロリンのとはまったくの別問題だくらいのことは、よくわかっているでしょ。ああそれから、ロリンに近づいては駄目ですからね」

話をパラークシへ旅立った日に戻す。そうこうするうちに家族三人の荷物はすべて、モーター車に積みこまれた。車はいまや蒸留液の魅力的な香りにつつまれている。父はある朝、燃料タンクが空《から》になっているのを発見して、それはロリンが中身を飲んだせいだと疑って以来、車を使ったあとはタンクから蒸留液を抜くようにしていた。といっても、車が使われることはたまにしかない。大部分の時間は、家の外におとなしく停まって、車体の脇に描かれたエルトの国旗で父の地位を周囲に告げていた。

ぼくは自分の部屋に、行ってきますの挨拶《あいさつ》をいおうとしてこっそり家に入ったが、母につかまった。母はフユノ実ジャムをパンに塗っていて、コチャジュースのポットが食卓にのっている。

「ドローヴ、出発の前に少し食べてちょうだい。最近ちゃんと食事をしていないでしょ」

「あのさ、母さん」とぼくはいらだちをこらえながら、「お腹《なか》は空《す》いてないから。それに、うちにはぼくの食べたい物なんてあったことがないし」

母はぼくの言葉を、自分が家のことをうまくやれていないという意味に受けとった。

「なにもかもが流通割当制のご時世に、家族みんなの食べたいというものを全部食べさせろとでもいうの？　わたしがどれだけ苦労しているか、おまえはわかっていないのよ。お店の棚は空《から》なの。文字どおり空っぽ。おまえもそのうちひとりでお買い物をしてごらんなさい、お坊っちゃん、休みのあいだじゅう家でごろごろしているんじゃなくて。そうしたら、どれだけ大変かわかるから」

「お腹が空いてないっていっただけじゃないか、母さん」

「食べ物は体の燃料だぞ、ドローヴ」父が戸口に来ていた。「蒸留液がモーター車の燃料であるように。食べ物というかたちの燃料なしでは、おまえの体は動かない。体が冷えて、死ぬだろう。わたしが政府でこの地位にあるおかげで、わが家では、うちほど運がよくない家では絶対口にできない食べ物が手に入る。おまえも自分がどれほど幸運か自覚せねばいかん」

父はこんな風に少ししゃべっただけで、ぼくを怒りくるわせた上に、口答えのしようをなくさせることができる。だが、父が自分でそれをわかっているのかは疑問だ。とっくに知っている当たり前のことを説教されたり、体を機械にたとえた教訓を休みのあいだじゅう聞かされたり、なによりも、おまえは幸運だといい聞かされたりするのを、ぼくがどれほど嫌っているかも、父はわかっていないと思う。魚の揚げ物と乾燥果実の食事のあいだ、ぼくは爆発寸前のまま黙っていた。

母がちらちらとぼくを気にかけているようにこちらを見るので、ぼくの気分を察しているのかと思っていたら、甘かった。最後にいかにもいわくありげな視線をぼくに投げてから、母は父に聞いた。

「今年の夏もあの小さな女の子の姿を目にすることがあるんでしょうかね、ええと、なんていう子でしたかしら、バート？」

父の返事は上の空だった。「缶詰工場長のコンチの娘か？　ゴールデンリップスとかそんな名前だ。いい子だよ。あれはいい子だ」

「いえ、違う子のことですよ、バート。小さな女の子、ドローヴととても仲のよかった子。お父さんが宿屋の主人なのが残念だけれど」

「宿屋？　だったら記憶にないな」

ぼくはてきとうなことをつぶやくと、母がそもそも意図していた方向へ話を持っていく前に、すばやく食卓を離れた。母はぼくにその女の子の名前をたずねて、答えるときの顔をじっくり観察するつもりだったのだ。ぼくは階段を駆け上がって自分の部屋に入った。

その女の子は小さくなんかない——ぼくよりほんの少し背が低いだけで、同い年で、名前は——ぼくは絶対に一生忘れたりはしない——パラークシ‐ブラウンアイズだ。

ぼくは部屋の窓辺にたたずんで、子どもたちが通りのむこう側の公共ヒーターのまわりで遊んでいるのを眺めながら、ブラウンアイズのことを考えた。魔法の町パラークシに住んで、彼女はどんなことをして長い冬を過ごしていたのか、そしてぼくのことを考えるなんてことがあったのか。再会したとき、ぼくのことを覚えているかも気になる。子どもの毎日はゆっくり過ぎていき、一年のあいだにはたくさんのことが起こるのに、母はさっきあんなことをいったけれど、ブラウンアイズもぼくも相手のことをほとんど知らない。ぼくたちは去年の夏休暇の最後の二、三日に、やっとおたがいに口をきくようになっただけだった。ぼくたちくらいの歳《とし》の子どもは、そこまで引っこみ思案になることがある。

でもその日から今日まで一日も欠けることなく、ぼくの心の目には彼女の顔が映っていた。頰《ほお》にかわいいえくぼができるのは、彼女が微笑《ほほえ》んだとき――それはとてもよくあることだった。大きく見ひらかれた茶色い目が濡《ぬ》れて輝くのは、彼女が悲しんでいるとき――それはいちどきり、ぼくたちが別れを告げあい、ぼくの両親がその様子を、ほっとして大目に見るような態度で眺めているときのことだった。ブラウンアイズは酒場を兼ねた宿屋の娘で、彼女の住んでいる家は人々が酔っぱらうところだ。あのときぼくには、夏休暇が終わってくれてありがたいと両親が思っているのがわかった。

ぼくが部屋から最後に持ちだしたのは、小さな緑色の腕輪だった。あるときブラウンアイズが落としたのをぼくがひろって、けれど渡さずにいたのだ。いまでも彼女との再会を思うと引っこみ思案が顔を出すが、これがあれば、また彼女に話しかけるとき役立つだろう。ぼくは腕輪をポケットにそっと入れて、階段を降り、出発の準備が整った両親のところへ戻った。

台所を通り抜けるとき、空っぽのガラス瓶が目にとまった。手に取って、じっくり眺めまわし、それからにおいを嗅ぐ。

母がぼくの氷小魔を捨てたのだった。

2

出発準備の最終段階は、無言で執りおこなわれた。父が儀式めいた仕草でバーナーに点火し、ぼくはそれを危険のない距離から眺めながら、氷小魔をこっそり処分されたことでまだ機嫌が悪かったので、車が父の前で爆発しないものかと思っていた。くぐもった〝ポッ〟という恒例の音とともに蒸発した蒸留液に火がつき、少しすると連接棒《ロッド》やシリンダーから漂いだした蒸気と、ボイラーの沸騰《ふっとう》する音が、モーター車の準備完了を告げた。ぼくたちはよじ登るように車に乗りこんだ。父と母は前の席に並んですわり、ぼくは後部席でボイラーの手前に。心地よい温かさに、ぼくの機嫌も直ってきた。モーター車の後部席でいつまでも不機嫌でいられる人はいない。車はもう、アリカの貧民街を走っていた。人々は黙ってこちらを眺めているだけだ。去年までは愛想よく手をふる人がいたのだが。

「冷血役人《フリージング》！」腕のない小さな女の子が叫んだ。

街外れで最後の公共ヒーター――数本の筒が垂直に立ったささやかな設備で、わずかにうっすらと蒸気を漏《も》らしている——の脇《わき》を通りすぎると、ひらけた田園地帯に出た。父と母はふたりでしゃべっていたが、ピストンがすぐうしろでシュウシュウドンドンと音を立てているせいで、ぼくには聞きとれなかった。ぼくは身を乗りだした。

「ズー伯母《おば》さんが見つかったのはあそこ？」と怒鳴《どな》る。

もちろんぼくはもう、伯母が発見されたのがあそこだと知っていた。噂話《うわさばなし》で。それによると捜索隊が出動したらしく、その少人数の勇敢な人々はぶ厚い毛皮と熱い煉瓦《れんが》、そして、これはぼくの想像だが、お腹いっぱいの蒸留液で寒さ対策をしていた。一行がズー伯母を発見したのは、防寒設備である公共ヒーターからほんの百ペースのところだった。暖かい場所を探していた伯母がイソギンチャク樹にしがみついていたのは、すべりやすい幹を登って樹の胃の中という偽物の楽園に這《は》いこもうとしていたのだろう。伯母は絶え間なく悲鳴を上げ、指が樹の弾力性のある組織に深く埋まっていたので、小枝を使って梃子《てこ》の要領で引き剝《は》がす必要があったという。伯母は裸だった、とぼくに噂を聞かせた相手は悪趣味な声でいったが、その時点でこの話は学校じゅうに広まっていた。イソギンチャク樹は伯母の背後から服をひっさらって食べてしまったが、ズー伯母のことは重すぎて持ちあげられず、伯母は伯母で弱っていて幹を登れなかったのだ。

「伯母さんの話はしないでちょうだい、ドローヴ」と母がいった。「忘れたほうがいいことというのもあるの。見て、すばらしい景色だと思わない？」

前方に起伏する丘陵地帯は、粘流《グルーム》最盛期の海のゆっくり動く波のよう。あちこちに根菜作物の耕作地があるが、土地の大部分は放牧場で、途切れることのない初夏の日ざしのもと、ロックスがおとなしく草をはんでいる。長い冬を終えたいま、なにもかもがみずみずしく活《い》き活《い》きとして、大小の川にはまだ水が流れているが、やがて暑さで干上がるだろう。近くでは四頭ひと組のロックスが耕地を重い鋤《すき》ですいていた。直立姿勢のロリンが二頭、そのあいだを歩いて、時おりロックスのなめらかな脇腹《わきばら》を軽く叩《たた》いているのは、まちがいなく励ましの思念を送りこんでいるのだ。農夫がひとり、鋤の上部に据えられた危なっかしい座席に腰かけて、農作業用のなんだかわからないかけ声を口にしている。太陽フューの光を浴びながら日々を送る人々の多くと同じように、この男も突然変異を起こしていて、その恩寵《おんちょう》は右半身に追加された腕一本というかたちをとっていた。その腕で男は鞭《むち》をふるっていた。

ぼくたちはところどころで小さな村を通りすぎ、ときどきちっぽけな田舎家で水を補給し、そのときには農家のおかみさんに低い戸口から不機嫌そうなまなざしをむけられたり、家の中でこそこそ動きまわる子どもの姿を目にしたりした。この地域では突然変異が目立ち、父は手の指がふつうより多い男に賞賛の言葉をかけた。

その男はポンプを動かしつづけ、水が勢いよく一定間隔で噴きだしている。「おやさしいフューさまがおれのことを見ててくださったんだろうよ」男は呼吸にあわせながらいった。「ここいらで生きるのは楽じゃない。助けになるものなら全部歓迎だ」男の指はモーター車の機械装置のあいだを踊るように動き、こちらで平行ピンを点検したかと思うと、あちらでナットを締めている。それから古い革製の漏斗《じょうご》を水のタンクにさしこむと、慎重に手桶《ておけ》を傾けた。

「このあたりでは物が不足しているだろうね、戦争のせいで……」とあえて口にした父の声は、驚くほどおずおずとしていた。いまは素朴な田舎にいて、いつもと勝手が違うのだ。納屋《なや》の扉がひらいていて、中には一頭のロリンの姿が見えた。嘘《うそ》のようだがほんとうに椅子《いす》にすわっている。

「戦争だって？」と男はいった。

旅路が赤道地帯の不毛な土地へと入っていき、太陽の描く円軌道がどんどん地平線に近づいていくあいだ、ぼくはこの男の言葉を何度も思いかえしていた。旅の最中、ぼくは時間経過の感覚をなくしてしまう。標準日のあらたな一日は、照りっぱなしの初夏の日光とともに訪れ、唯一ぼくに時間の流れを教えてくれるのは、周期的な疲労感だけだった。この世に存在しているのは、荒れ地と、ときたま見かけるジモグリドライヴェット、ぼくのすわっている座席、そしてシュッシュッというスチームエンジンの音だけのような気がしてくる。

そんなとき、ちょっと目先の変わることが起きた。魚を運ぶトラックが道端でえんこしているのと出くわしたのだ。ふたりのトラック乗りが、動かなくなった車の脇にしょんぼりとすわっていた。いつもの行動様式どおり、無人の荒れ地から姿をあらわしたらしい数頭のロリンが、無意味に男たちを真似《まね》るようにしてすわっていた。

父が母になにかつぶやき、これは素通りする気に違いないとぼくは思ったが、父は最後の瞬間にブレーキをかけ、トラックの数ペース先で車を止めた。あたりはひどく魚くさい。

「ベクストン・ポストまでなら乗せていけるが」父がふりむいて声をかけると、ふたりの男は駆け寄ってきた。「あそこに行けば伝言文を送れる。車の中にはもう余裕がないから、燃料タンクの上に乗ってもらわねばならん」

男たちがもぐもぐと感謝を口にし、ぼくのうしろに飛び乗ると、車はまた走りだした。「よお、坊や」男たちのひとりが、せわしなく動くロッドの迷路のむこうから叫んだ。

「トラックはどこが壊れたの?」ぼくは怒鳴りかえした。せっかくひとりでいたのを邪魔されて腹が立っていたので、嫌がらせの質問をしてやったつもりだった。

男は悲しげににやりとすると、ドアステップをまわりこんできて、ぼくの脇に割りこむように腰かけ、ぼくは前以上にボイラーに近づくほかなかった。会話のきっかけをあたえた自分を無言で叱りながら、ぼくは前方を見つめていた。今回だけは両親の正しさが証明されたことになる。この男たちは、その気にさせたら損なたぐいの人間だ。

「氷結車《フリージングぐるま》が氷《フリージング》なことに目づまりしやがったんだ」男はざっくばらんに説明した。「蒸留液が手に入らないの、知ってるだろ」と、燃料タンクの上の缶に目をやって、「めぐまれた冷血野郎《フリーザー》どもは別にして。おれたちは木材燃焼式にトラックを改造した——おかげでボイラーの下で凍《フリージング》るほど盛大に火を燃やさにゃならんから、薪《まき》を放りこみつづけるのを忘れちゃいけない。おれたちはな、忘れたりはしなかったよ。どじったのは缶詰工場だ。チューブ掃除の刷毛《はけ》をおれたちによこすのを忘れやがった——このチューブってのが細長くて、それが氷結煤《フリージングすす》でつまって、氷結トラックは動きやしねえ」

「あのさ、きたない言葉を使いすぎだと思うよ」

「お上品な氷結お坊っちゃまでいらっしゃいましたか。おまえの親父はなんかの役人なんだよな？　こんなモーター車に乗ってんだからまちがいない」男の視線はなにかというと燃料缶のほうに引き寄せられ、男の存在感は威圧的で危険な感じになってきた。両親は前の席に並んですわったまま、物不足を話題にしていて、こちらの様子に気づいていない。

「父は要職に就いてるんだ」ぼくは内心の不安を隠そうとして堅苦しくいった。それは使いなれている言葉ではなかった——母がいろいろな場合に使うのを耳にしていた言葉を、ぼくはそのまましゃべっていた。そしてはじめて、自分がその言葉の意味を知らないことに気づいた。思い浮かぶのは政府庁舎の尖塔《せんとう》の連なりが、冬の山頂のように雪に覆われているところ。父がいちばん高い塔のてっぺんにすわって、部下の人たちがそれより低い塔に腰かけていた。その威厳を前に、庁舎の谷間に寄り集まった民衆はかしこまっている。

「だと思ったよ、坊や。親父《おやじ》さんは来る日も来る日も同じ机にむかってるんだな、きっと——例外は年にいちど、夏休暇におまえさんたち家族を連れて海辺に粘流《グルーム》を見にいって、〈海望亭〉なんて名前の宿屋に泊まるときだ」

「知らないだろうけど、父はパラークシに夏休暇用の別荘を持ってる」

「それも思ったとおりだ」男は黒ずんだ歯を見せてぼくに笑いかけたが、目は冷ややかなままだった。「さて聞きたいことがあるんだが。おれはなにしてる男に見える？」

「魚のトラックの運転手」

「って、それで全部だってか？　違うね、少年。おれは世界を見てるのさ。いや、少なくとも」——といい直して——「エルトの領土を見てる、国の全部を、たかだかアリカとパラークシのあいだだけじゃなしにだ。おれはパラークシの旧缶詰工場から海岸を下って国中にトラックを走らせ、内陸にも足を伸ばして、ホーロックスとか、南のほうでエルトとアスタの両国が接していて国境警備隊のいるイバナとか——いや、警備隊がいた、だな、いまは氷《フリージング》な戦争のせいでどこが国境かわからなくなってるから——とにかくいろんな街にも行った。それに大中央山脈の中の旧国境だった道を、北へも南へも走った。ああいう高い土地じゃ太陽フューは空に浮かぶ竈《かまど》みたいで、見た目が同じ動物は一匹もいない——そして人間も、だ。地理はわかってるよな、少年？」

授業で教わったことは理解していたが、いまがその知識をひけらかすのにふさわしい時でないのも理解できた。この粗野な男は、ぼくがなにをいっても否定するだろう。確かに、ぼくのように大して旅行をしない人間が、この星を、自分たちの住んでいる惑星を、心の中で思い浮かべるのはむずかしい。ぼくはこの星全体を、片手で握ったボールだと思えと教わっていた。ボールが星で、手は唯一の大陸塊。大陸塊は指のつけ根の関節の列で東西に二分されていて、これが大中央山脈であり、エルトとアスタの国境でもある。大陸塊の半分（手の甲の側）が山脈東側のアスタで、もう半分（指の側）の表す西側が、海岸線が深く入りこんだぼくたちの国エルトの領土だった。この手、すなわち大陸は星の大半を覆っていて、残った場所が三つの海だ。両極それぞれの広大な海と、そのふたつをつなぐ長くて狭い海がそれで、夏には後者を通って粘《グル》流《ーム》が極から極へ流れる。ぼくにもここまでは、これだけはなんとか思い浮かべることができた。

魚トラックの運転手は話をつづける。「雪と氷に閉じこめられて、燃料は底を突くし、ボイラーに残ったわずかな熱じゃあったまってられないこともあった。服の隙間《すきま》からあんなにどんどん寒さが入ってきたら、気が狂うやつもいるだろうが、おれは耐え抜いた。湿地帯を通っていてトラックが車軸まで沈んで、氷魔がタイヤと、それにおれの足まで引っつかんだこともある——そのときはロリンと胴輪をはめたロックスを見つけて、トラックを引きずりだした。海辺の道でグルームワタリ鳥どもに襲われたときは、シャベルで叩き落としてるうちにまわりじゅうの地面が白い羽と赤い血だらけになって、残った鳥どもは悲鳴みたいに鳴きながら飛び去ってった。さて、いまの話をどう思った、少年？」

「あんたは父と同じでひどいうぬぼれ屋だと思った」ぼくは不機嫌にいった。

男は突然、本気で面白がっている様子で笑いを弾《はじ》けさせ、魚くさい嫌な息がぼくの顔を取り巻いた。「ああ、そのとおりさ、少年。まさしく図星だ。自分で自分をどう思ってるかがだいじなんだ——他人がどう思ってるかじゃなしに。役人っていっても、おまえの親父も親父なりにいいやつなんだろうよ。てことでだ。おれたち友だちになれるかな？」男の手が鼻先に突きだされ、そのときぼくははじめて、男の両手には指が二本ずつしかないことに気づいた。手首から巨大な鋏《はさみ》が生えている恰好《かっこう》だ。この手が大陸塊を表すために使われたことはないに違いない。ぼくはその奇妙な物体を握ったが、友情より興味が先に立った。

このときにはもう男の相棒が、のけ者にされた気分になったのだろう、グルグルまわる機械部品のむこうから危険をかえりみずに細い頭を突きだして、喉《のど》から一インチのところをロッドがめまぐるしく動いている状態で会話に加わっていた。この人ほど首が長くなければ、不可能な芸当だ。

こうして旅はつづき、ぼくはこの奇妙な旅の道連れといっしょにいるのが楽しくなりはじめていた。隣にすわった大男はパラークシ－グロープと名乗り、相棒はジュバーロフティといった。ふたりは言葉をやりとりしながら自分たちの道中を冒険譚《たん》に仕立ててあげてみせ、そうこうするうちに前方に家並みが見えてきて、飛び交う鳥がベクストン・ポストへの到着を告げた。馬鹿だと思われるのが嫌いなぼくは、このときもふたりの話をまるまる信じたと思われたくはなかった。だから、ぼくはそう口にした。

モーター車が減速する中、グロープは二叉《ふたまた》に分かれた手でぼくの肩をきつく握った。

「だいじなのは、お話の裏にこめられた意味なんだよ、ドローヴ少年。お話ってのはある目的があって語られるもので、その語られかたにもやっぱり目的がある。お話がほんとかそうでないかなんてのは、どうでもいいことなんだ。それを忘れるなよ」

ふたりの男は最後にもういちど握手をして、父に乗せてくれたことを感謝すると、伝言小屋《ポスト》――ニュース鳩《ばと》の糞《ふん》でまっ白の小さな家――の方向へ歩き去っていった。

ぼくはベクストン・ポストに着くのを、楽しみにしてはいなかった。アリカを出発する前に戦時下旅行制限が実施されるという噂《うわさ》を聞いていたので、ぼくは半ば、首都へ戻るようにというぼくの一家宛《あ》ての伝言をこの町で渡されるものと思っていた。ほっとしたことに、父は伝言小屋に目もくれず、町の唯一の、埃《ほこり》っぽい大通りを、町で一軒だけの食堂の方向へ車を走らせ、その頭上でニュース鳩がやかましく鳴き交わしていた。

ベクストン・ポストは小さな町で、かろうじて集落と呼べる程度の住宅と商店の存在を支えているのは、伝言小屋と、荒れ地と豊かな海岸平野とを隔てる黄土山脈の尾《お》根《ね》にあるという立地条件だった。前方の丘陵地帯は地肌が剝《む》きだしで茶色く、浸食作用を受けているが、それを越えた西には、放牧地やいくつもの川、いくつもの町がある。ぼくは景色の中にふたたび緑を目にするのが待ちきれなかった。

ベクストン・ポストの町は活気のある時間を迎えていた。人々は通りに出てきて、新聞や乾燥食品や缶詰、あるいは不気味な形をしたロリンの工芸品の見本が並べられている陳列窓を覗《のぞ》きこみながら、もうじき来るはずのスチームバスを待っている。そうしたバスは、おもに伝達網の次の伝言小屋に鳩を運ぶのに使われているが、資源節約のために乗客用としても使われていた。父は新聞を買いもとめた。この辺境の地の新聞は、ぼくたちがアリカでなじんでいるのとは違って、一連のニュース記事を留め針でまとめたものだった。『ベクストン新聞《マーキュリー》』と書かれた紙は、『情報源は正確確実な鳩の脚』と誇らしげに謳《うた》っていた。ぼくたち一家はスチューヴァ食堂に入って席に着き、出てきたのは薄いスープと野菜と乾燥果物という貧弱な食事だった。水は分量割当制で、最初はこれっぽっちも飲めないかと思ったが、ぼくは父が給仕人――毛深い異様な小男だが、愛想はよかった――に身分証を示すのを見た。

新聞を読んでいた父が、いらだたしげに大声を上げた。

「新缶詰工場の操業開始の話がなにも出とらん！」

「きっと、きのうの新聞に載っていたんですよ、バート」母が店内を見まわしながら、不安げにいった。ぼくも母と同じ気分だった。父には人の注目を無用に引きつけてしまう才能がある。店内がひとり残らず、ぼくたちのほうを見ている気がした。

「メストラーさんはこれを気にいるまい。ニュースの発表は今日であるべきだったのだ。なぜいつもいつもこういう問題が起こるのやら、教えてほしいものだ。まったく《ラック》！」さいわいにも父はそこで口を閉ざして、コップの水を見つめた。

「そんなことは忘れてくださいな、あなた。いまは休暇中ですよ」母が小声で、なだめるようにいった。

ぼくがひと言いわずにはいられない気分になったのは、父のがっかりした様子を見て調子づいたからだと思う。「なぜそんなことが問題なのかわかんないな。みんなが工場のことを知っていてもいなくても、なにも変わんないのに」

父の目のまわりにかすかな皺《しわ》が寄り、あごの端の筋肉がひくひくした。「おまえはわたしや議会が自分の仕事をわかっていないといいたいのか、ドローヴ？」

そんな言葉は使わなかったけれど、ぼくはまさにそういう意味でいったのだった。父は知力が衰えつつあり、歳《とし》を取って型にはまった考えかたしかできなくなっているし、自分の地位をふりかざすことに慣れきっている。要するに、すじの通った議論をする力がもうないのだ。ぼくはいま、父をこちらの思いどおりの立場に立たせていて、このまま行けば、冷静かつ論理的に父を打ち負かすことが可能だった。

だが、ぼくは母を計算に入れるのを忘れていた。「ああ、お
いしかった」母は強い口調でいうと、父が怒りをこらえつつ投げだしていた新聞をひろった。「まあ、これを見て。わが軍がゴルバを奪取したんですって。すばらしいわ」

「でも、それは軍がそういってるだけだよ、母さん」ぼくは必死で反論した。「ぼくたちにわかってるのは、ゴルバって街が戦闘の前線になんて全然近くなさそうだってことだ。ほんとは存在してなくても不思議じゃない。いちども聞いたことのない地名

だし」

「そう、でもわたしは聞いたことがありますよ」母はお利口さんすぎる息子を許すように微笑《ほほえ》んで、「小さいころ、両親といっしょにそこへ行ったことだってあるわ。すてきなところよ。川沿いの、とても古い街で、すごく風変わりな緑色の煉瓦造りの、それはすてきなフュー神殿があって……」

母はこんな調子でしばらく回想をつづけることで、とげとげした口論を事実上なし崩しにしてしまい、その間に父は落ちつきを取り戻し、ぼくは単に飽きてしまった。母の話がほんとうなのかという疑問はまったく湧《わ》かず、ぼくはすでに自分の議論の要点を忘れていた。またすぐに父は新聞を読みはじめ、政府の要職を占めるにふさわしい人物として、つねに時局に後れを取らないようにするという強迫観念的な欲求を満たしていた。

人に考えるのをやめさせることはできない。いつしかぼくは、父の前に三日前の新聞を——その日の分のかわりに——置いておいたときのことを思いだしていた。父はそれを非常に深い関心を示しながら読んだ。法廷記録、政綱、前線からの最新情報。運動面まで来てようやく、父は自分が熱心に読みふけってきたものがどうも新しいニュースでないことに気づいた。ぼくは見ていた——スリングボールの試合結果にざっと目を通しているときに父が一瞬顔をしかめ、その顔がもういちど一面を見て当惑の表情に変わり、そしてついに日付に目をやったのを。だがそのあとの父の反応に、ぼくは少しがっかりした。激しい怒りといらだちに怒鳴りもしなければ、新聞にやつあたりしてくしゃくしゃに丸めて暖炉に投げこみもしないし、二度と戻らない貴重な時間を浪費したことへの後悔と嘆きを延々と訴えもせず、そしてなによりも、時事問題など無意味だと認めたり、もう絶対に新聞記事を真実だと思ったりはしないと誓ったりすることもなかったからだ。そのかわりに父は肩をすくめると、新聞を置いて、ぼんやりと窓の外を眺めた。そしてじきに目を閉じると、父は眠りに落ちた。

それでも、あのときのことを思いかえしていると、ベクストンのスチューヴァ食堂で席を立ち、料金を値切っている父を待つあいだ、おだやかな気分でいられたのは確かだった。

車が丘陵地帯を下って海岸平野へと走りつづけるあいだに、途切れることなく照っていた昼の光もだんだんと薄明かりへと弱まっていった。人々の態度も変化していて、このあたりでは食べ物や水を求めて停車したときに、笑顔や心からの親切と出会うことが増えた。まるで、沿岸地帯の暮らしやすさが、心安らかな人間の血すじを生みだしたかのように。太陽は地平線のすぐ下で円軌道を描くようになって、地面から空の中ほどまで広がる深紅色の光の幕を投げかけ、人々は柔らかな薄明かりの中、なにをするにもゆっくりとしていた。

　当然、前よりも寒くなっていたけれど、夏は遠くはなく、この寒さは一時的なものだ。村々の公共ヒーターから細々と蒸気が上がり、パイプに背中をもたれてすわった老人たちが、通りすぎるぼくたちのモーター車の脇についた官職の記章を目にとめて、敬意をこめて黙礼した。ロックスが一頭で、あるいは二頭縦並びで、肥沃《ひよく》な農地の産物を仕分けセンターへ運ぶ荷車を引いている。このあたりには食糧難の気配はまったくなかった。ロリンがキイロノ実の木にぶら下がってゆさぶり、下に置かれた桶を正確にねらって甘い果実を落としている。別の農地では夏に収穫される作物が、熟してはいないがみずみずしい姿をすでに覗かせていた。

　しばらくのあいだ数本の川が道路と並行して走っていたので、ぼくたちは可能なときには必ず、モーター車に水を満載した。快適に旅のできたそうした地方でも、人々の視線はあからさまに必要以上に長く蒸留液の缶の上にとどまっていた。もう缶はほとんど残っていない。パラークシまで走るのにちょうどぴったりの量だ、という父の声には、自分の見積もりの正確さに対する自慢が滲《にじ》み出ていた。

　やがて道路は海岸にぶつかり、いくつかの漁村を過ぎて、太陽の縁が水平線の上に前より長い時間、姿を見せているようになった中を、ぼくたちは崖《がけ》の上のでこぼこ道を北へ走りながら、海が血を跳ねかけたようになるのを眺めた。波が岩に砕けて淡紅色のしぶきを散らすのを見、押し寄せ轟《とどろ》く波音を聞きながら、夏の後半に粘流《グルーム》が来るとともにもたらされる変化を想像するのはむずかしい。海は永遠にそこにあるが、その海でさえ季節の影響を受けるのだ。

そのあと道路は、引き網をつけた喫水の深い船が行き交う広い河口に沿って、ふたたび内陸側にむきを変えた。川を渡る橋の手前に小さな町ができていて、ぼくたちはここで止まって最後の水補給をおこなった。手桶を手に河口の土手を登り、塩気のある水をモーター車のタンクに注ぎこんで、走りだす。道々、人々が仕事をひと休みして手をふってくれた。

とうとう車は、昔から知っている道標《みちしるべ》、丘の中腹にある古い石造りの要塞《ようさい》の脇を通りすぎ、そのあとすぐ、車は狭い通りを走り抜けていて、前方にはおなじみの港が広がり、船や海鳥、吊《つる》された漁網や海面に浮いた破片や忙しく働く男たちや魚と塩のにおいで活気づいていた。パラークシに到着したのだ。

3

パラークシは岩がちな湾を取り巻く町で、港から丘の頂上までの急斜面に、多くが地元産の石造りの家が建ちならぶ。湾が深く入りこんで谷になっている内陸方向は例外だったが、ささやかな漁村が時の経過とともにそこそこの規模の町に成長するにつれて、丘の頂上沿いに、さらには内陸の谷の両斜面にも、住宅地は広がっていった。およそ十年前に缶詰工場が造られ、いっそう人口を増加させた。もともとの港は地元住民の用が足りる程度の大きさしかなかったが、出入りする船が増えたため、港の西側から伸びる長い防波堤が造られて、さらに広い海面を囲いこんだ。漁船はいまでは、防波堤の岸壁から小さな路面軌道スチーム車に直接陸揚《りくあ》げでき、魚は狭い道々を通って旧缶詰工場まで運ばれる。内港には缶詰工場と契約せず小規模な漁をしている漁師用の市場《いちば》もある。

パラークシに着いて、ぼくはまず、父がいっていた新缶詰工場について調べようと思った。工場は町からはかなり離れていて、町の北側から海に伸びる大指岬の先をまわりこんだむこう側にあった。旧工場の拡張は不可能らしく、加えて、父の言葉によると、機械類が旧式だった。

この程度の話をしているだけで、父とぼくのあいだに緊張感が生まれるのが感じられた。突然ぼくは新工場に怒りを覚えた。旧工場のことは昔から知っていて、そこで働くたくさんの人を見知っていたし、漁船の陸揚げも見物し、路面軌道車や工場の機械の複雑さに驚いたこともある。缶詰工場は昔からの友だちのようなものだった。なのに父は、それは古びたからいずれ解体されて、かわりに住宅地になるだろうといっている。旧工場は邪魔だ、と。漁の成果を新工場で陸揚げするためには、船は港に入る必要すらなく、大指岬の北にある入り江で荷を降ろすことになる。これでもまだ問題点が足りないとでもいうように、新工場は政府の所有で、父はそこである種の顧問的な立場をつとめるのだ。つまりこの休暇は仕事を兼ねたものだった。

パラークシに着いてから二日後、ぼくは大指岬のむこうへ散歩して、丘のてっぺんの岩がちな見晴らしのいい場所から新工場のビルを眺めたがとくに感動もしないまま、町の南側にあるわが家の夏別荘に戻った。ぼくは退屈が針のように心を刺すのを感じはじめていた。別荘にはだれもいなかった。父は新工場にいて、母は買い物に出ていた。ぼくは張り出し玄関に腰を下ろして、広々としたパラークシ湾を眺めわたした。眼下の右側に、防波堤の端にある灯台がかろうじて見えた。真西の、水平線のそんなに下ではないところに、アスタがある。敵のこんなに近くに住んでいることは、パラークシの人たちの暮らしにちょっとした刺激をあたえていることだろう。

　別荘はとても質素な木造建築で、丘の頂上に近い斜面の牧草地にある。このあたりにはほかにもさまざまな形と大きさの別荘があった。ロックスがそのあいだで草をはみ、建物の木材に背中をこすりつけている。隣の別荘の玄関には一頭のロリンがすわって、生意気にもぼくの真似《まね》をしていた。そのロリンをしっしっと追い払おうとしたとき、草地のむこう端から近づいてくるひとりの男が目に入った。男はぼくをしっかりと見据えたまま歩いてくるので、ぼくが目当てなのはあきらかだった。別荘の中に引っこんで安全を確保するには遅すぎた。

「やあこんにちは、お若い人！」男はまだ離れているうちに挨拶《あいさつ》をよこした。

　ぼくは気がつかないふりをして、玄関に腰を下ろしたまま、つま先で土をかき集めながら、どこかへ行ってしまえと思っていた。話しかたからわかるのと同じことが、ひと目見ただけでもじゅうぶんにわかる。中背でずんぐりした体格、毛深く、色つやのいい顔をして、きびきびと歩くこの男は、あきらかに〝子どもの味方になってくださる〟——と母ならいうだろう——種類の人間だ。じゅうぶんな数の犠牲者を集められれば、ハイキングやスリングボールの試合を実現させたり、子どもたちに、自分のことはおじさんと呼んでくれ、といったりするたぐいの。なのに母親たちは、このぼくの母を筆頭にみんなで、それを好ましげに眺めながら、なんとすばらしい人なのか、子どもたちがどれほどその人を慕っているかと、口々にいいあうことになる。

　そしてこの冷血野郎はスリングボールでいちばん小さな子や女の子が勝って、ぼくが負けるようにいんちきを仕組むだろう。

「こんなすてきな日にしては悲しい顔をしているね」男がぼくの前に立ち、ぼくは顔を上げる前から、相手がにこにこ笑っているのがわかった。

「そう」

「アリカ－ドローヴくんだね。会えてうれしいよ、きみ。わたしはお父さんの友だちでね。自己紹介をさせてくれ」男は顔全体で人なつっこく笑ってぼくの視線を釘《くぎ》づけにすると、有無をいわさずぼくを立ちあがらせて前腕を握りしめた。「わたしはホーロックス－メストラーという」

　ホーロックスはずっと内陸の、ほとんどアスタとの国境のあたりの街だから、この人はずいぶん遠くから来ていることになる。一瞬、ぼくはこの名前を知っている気がするのはなぜだろうと思ったが、すぐに忘れてしまった。「なにかご用ですか?」とぼくは聞いた。

「お父さんに会いに来たんだ」

「いま出かけています」

「おや。どこに行ったか聞いてもいいかな?」

男がていねいな態度を崩さないので、ぼくはうんざりしてきた。礼儀作法の授業を受けている気分。「たぶん新缶詰工場です」というためにぼくは、自制心を働かせ、ずいぶん努力をした。「これ以上お役に立てなくてすみません。父はもうじき帰ってくると思います。それまでコチャジュースでもお持ちしましょうか?」

「ほんとうにありがとう、お若い人、だが残念ながら時間がないんだ。もう行かなくては」男は不意に、見すかすような目でぼくを見て、「退屈しているのかな?」

「ええまあ」

「ここにも、もうすぐ粘流《グルーム》が来る。きみのような若者は自分の小型帆船を持つべきだ。グルームが来たときには、船があるととても楽しめる。おっと。急げばお父さんとは工場で会えるだろう。それでは」そして弾むような足どりで去っていった。そのうしろ姿を見送りながら、ぼくは自分が結局この人を気にいったのかもしれないと思いつつ、結論を出せずにいた。

ふらふらと別荘に入ったぼくは、母が壁に針で留めた地図の前で立ち止まって、じっと見つめた。何本もの小さな旗が示しているのはわがエルト軍がいまいる場所で、それは毎日の新聞報道や、大人たちの絶え間ない議論の結果が情報源だ。赤い矢のそれぞれが示すのは、主要な進軍地域。わが国の軍はあらゆるところで部隊を前進させているように見えるが、ぼくの懐疑主義は大きく育っていて、もしいま敵の先発隊が扉を叩《たた》きに来ても、それほど驚かなかったと思う。ぼくは水着に着がえて、浜辺に降りていった。

まわりと隔てられた崖《がけ》の小さなくぼみに散らばるおなじみの小石を踏みしめていると、感傷的な気分が押し寄せてきた。ここでぼくは、去年はじめてブラウンアイズと口をきいたのだ。ぼくは必死で念じながら目を閉じて、ロリンがしていると思われるのと同じかたちで、彼女に精神的な伝言を投げかけようとした。ぼくはここにいるよ、ブラウンアイズ。浜辺へぼくに会いに来るんだ。目をあけると、そこにはやっぱり彼女の姿はなかった……。

ぼくたちが出会いを果たしたのは、粘流《グルーム》が終わりに近づいて、豪雨期がはじまるまでのあいだの、一年のうちでも不思議なあの季節だった。ぼくは見たことのない魚が海面で踊るように跳ねているのを見つけ、ブラウンアイズも——ぼくはそのしばらく前から、彼女を目の隅でずっと見ていた——魚を見にやってきた。ぼくたちはその生き物を浜辺に散らばる小石の上に置くと、膝《ひざ》をついてじっくり観察し、そしてとうとう、同じ好奇心を持っているという口実で引っこみ思案を抑えこんで、話をするにいたったのだった。ぼくたちはその日はそのあと浜辺でいっしょにすわっていて、次の日には丘の上を散歩しにいった。その次の日、両親とぼくはアリカにむけて帰宅の途につった。ぼくは帰りたくなかった。

そしていま、あたりにブラウンアイズの姿はないし、ひんやりした海水に一歩踏みこむと、恐怖で悪寒が背すじを上がったので、しばらくして別荘に引きかえすと、母と父が戻っていた。


両親はぼくが帰ってくると、ちょうど子どものことを話していた親に特有の、意味ありげな反応を見せた。食事の時間になって、今日はなにをしていたのかと聞かれたぼくが答えるあいだに、ふたりは目くばせを交わした。

父は熟れたキイロノ実を食べ終わると、儀式ばって指を洗って拭《ふ》いてから、咳払《せきばら》いをして、「ドローヴ……おまえと話したいことがある」

「なに？」真剣な話のようだ。

「知ってのとおり、わたしはいま、政府での地位と関係するさまざまな仕事をかかえていて、それはわたしたちが休暇でここパラークシにいるあいだにうまくすませると都合がよいものなのだ。通常であれば、こうした仕事にそれほど時間を割かなくてよいのだが、残念なことに今年はそうもいきそうにないと、今日知らされた」

「いい忘れてたけど、男の人が訪ねてきたよ。メストラーって名前の人」

「ホーロックス－メストラーさんとはお会いした。おまえが礼儀正しくふるまったならいいのだが、ドローヴ。あの方はかなりの重要人物だからな」

「そう」

「この先、わたしは時間の大半を新缶詰工場に取られることになりそうだ。わたしが思っていたほどには、三人が家族としていっしょに過ごすことはできないだろう。おまえもかなりの時間をひとりで放っておかれることになる」

　ぼくは黙ったまま、話にあわせてがっかりした顔をしようとしていた。

「そして、母さんに四六時中、なんでもしてもらえると思うのは、母さんに対する正しい態度ではない。おまえは友人を作るのが得意な子ではないが、それが悪いことだといいたいのではない。わたしたちにしてみれば、おまえの友人になってほしくない連中もいる。とはいえ……」父は口をつぐむと、考えこむようにしてぼくの三ペースほどうしろの一点を見つめ、話の道すじを思いだそうとしてから、「ふだんおまえに贈り物を買ってやることはない」と話をつづけた。「人は受けとるものに見あうだけの価値を示すべきだと、わたしは信じているのでな」

「そう」

「とはいえ、おまえをここいらでふらふら遊ばせておくことはできん。いつのまにか悪さをしたりするだろう。だから小型帆船《フリージング》を買ってやろうと思うのだが」

「その話、凍るほど《フリージング》すごいよ、父さん！」ぼくはびっくりして叫んだ。

父はぼくのきたない言葉づかいに気づかないふりをして、笑みを浮かべようとした。「シルヴァージジャックの造船場によさそうなのが一隻《せき》あった。小型の滑走艇《スキマー》だ。少しでも船乗りの能力があれば、おまえにも乗りこなせるに違いない」

母はぼくにやさしげな笑顔を見せて、「お父さまに感謝しなくちゃね、ドローヴ」

「ありがとう、父さん」と行儀よくぼくはいった。

「おまえは好きなときに船を引き渡してもらえる」と父はいった。「パラークシーシルヴァージジャックに、おまえの父親の名前をいうだけでいい」

翌朝、ぼくは朝食を終えて席を立つと、窓の外に目をやった。ここへ来てからずっとつづいている薄明かりが空を淡紅色に染め、ここへ来てからずっと目にしている動物たちが中庭の端で草をはんでいる。しかし、今日はこれまでとは違う日だ。今日、ぼくはシルヴァージジャックの造船場に出かけて、船を引き渡してもらうのだ。湾の対岸に黒く盛りあがった陸まで広がっているほの暗い海を見ていると、今日、ぼくはあの海を探検するんだと、わくわくしてくる。ぼくはコートを着た。

「町まで降りていくつもりなら、わたしの準備ができるまで待っていて、ドローヴ。お買い物があるから。いっしょに出かけましょう」母はスチューヴァの碗《わん》を手に、作り笑顔でぼくを見あげた。

もう少しで、凍《フローズン》ってろ、といいそうになったが、思いなおした。父がぼくに目をむけ、耳をすませて、ぼくが少しでも気にいらないことをしたら船を解約しようと待ちかまえている。

母は背が低く、ぼくは歳《とし》の割に背が高いので、ふたりが歩調をあわせて歩くのは無理だった。母は脚をピストンのように動かしてぼくの脇を小走りについてきていたが、ぼくと腕を組みたいとしつこくいうので、ぼくたちふたりは酔っぱらいのように通りをよろめき歩くことになった。母はひっきりなしにしゃべっているばかりでなく、ずっとぼくを見あげては愛情たっぷりに微笑《ほほえ》むので、たいていの人はふたりが特別な関係にあるという印象を持っただろう。気がつくとぼくは、人々が母のことをぼくのひろった老いぼれ娼婦《しょうふ》だと思ってくれるよう祈っていて、その雰囲気を強めるために、ぼくは恥じいっているような顔をしようとした――この状況では、それはむずかしいことではなかった。

町に着いても、母はまだぼくを解放する気がなさそうだった。連れだってぼくたちは次から次と店をまわり、だれかが割当制を理由に注文に応じようとしないことがあると、母はそのたびに身分証をちらつかせた。たちまちぼくは買った物を山とかかえてじたばたすることになり、母がそれを家に持ち帰るためにロックス引《ロックスカート》きの荷車を借りたときには心底ほっとした。

「じゃあ、これからぼくは造船場に行くよ」最後の袋が無事に荷車に積みこまれたところで、ぼくはいった。

「あら、まだ駄目よ、おまえ。わたしはスチューヴァが飲みたくてたまらないの。港のほうにとてもおいしい小さなお店があるのだけれど、あのあたりにひとりで行きたくはないわ。変な人たちがいるから」

スチューヴァ食堂へ行く途中、〈黄金のグルームワタリ鳥亭〉の脇を通ったが、そこにだれが住んでいるのか知っている母がぼくのほうを盗み見ていたので、あまりあからさまに窓の中を覗《のぞ》きこまないようにした。窓からはブラウンアイズの母親、パラークシ-アンリーが男としゃべっているのが見えた――相手はあまり毛深いので、最初はロリンかと思った――が、アンリーはぼくを見なかった。たとえ見ても、ぼくを思いだすことはなかったと思う。去年いちど、ちょっと会っただけなのだから。

スチューヴァ食堂に入ってしばらく経ったころ、母が知りあいへの挨拶のようなことをごちゃごちゃ口にしながら、店内の反対側のだれかに手をふりはじめた。父がいないときの母は傍若無人にふるまい、まるで父さながら、他人の無用な注目をわが身に集める達人になる。ふたり連れの客が立ちあがり、ぼくたちの席にやってきていっしょにすわったとき、ぼくは恥ずかしくてたまらなくなった。ふたりのうちの女のほうは母と同じ年恰好《かっこう》で、いっしょにいる少年はぼくとおなじくらいの年恰好だったからだ。あのとき食堂にいた人がひとり残らず、ぼくたちをなにか超自然的なたがいの鏡像だと思ったことは、誓ってもいい。母がふたりを、ドレバーグウィルダとドレバーウルフだと紹介した。ふたりとはきのう会ったのだという。

ウルフは如才のない冷血野郎《フリーザー》で、母がこいつのことを、礼儀正しくてぼくの友人としてふさわしいと考えているのは、すぐにぴんときた。ぼくはすでに、この出会いが仕組まれたものに違いないと思っていた。そしてグウィルダの夫は、きっと役人だ。

ウルフは歯を剝《む》きだしにしてぼくに笑いかけ、「今日、帆船を手に入れるんだそうだね、ドローヴ」

「そう」

「ぼくも帆走《セーリング》に夢中なんだ。ドレバでは排水型のスループ型帆船に乗っている。でも、ここには運んでこられなかった。運んできても、粘流《グルーム》用じゃないから意味がないし。きみのは平底の滑走艇《スキマー》だよね」

「そうっぽい」

「この時期にはまだ乗れないわけだ、もちろん。自分から面倒を招くことになるからね。グルームが来るまで待たなくてはいけない」

「自分の鼻が変な恰好だって知ってた？」

「ぼくもついていくから、いっしょに引き渡しを受けよう。徹底的に点検してあげるよ。パラークシの連中には気をつけないといけない。ひとり残らず盗《ぬす》っ人《と》だからね。観光客のせいでいい気になっているんだ、もちろん」

ここで母が、グウィルダとの超高速の会話を中断して、「それはほんとうにありがたいわ、ウルフさん。なんでもできるお友だちが作れてうれしいでしょう、ドローヴ。じゃあ、ふたりして行ってらっしゃい」

ぼくたちふたりは並んで通りを進んでいったが、ウルフの隣にいると、なぜか自分がだらしなくて子どもっぽい気分になった。「パラークシはもともとアスタ人が造ったのは知っていたか?」とウルフが聞いた。「この星のこちら側では、ここがいちばんアスタに近い場所だ。パラークシの町は第六七三復興年に当時のアスタの族長によって建設された。ユッパ－ガボアってやつだ。数百年後、エルト人の遊牧民の大群が突然、黄土山脈から押し寄せてきて、アスタ人を海に追い落とした」

「アスタ人だって泳げただろ?」

「歴史というのはとても興味深いね、ドローヴ。先祖について学ぶことで、自分やまわりの人たちについても多くが学べるんだ。だろう?」

「そう」

「さあ着いた。シルヴァージャックの造船場だ。さて、ここの責任者はだれだ? きみの船はどこ?」

「知らないよ、そんなこと。はじめて来たんだから」

ウルフは自信ありげに建物の中へどんどん入っていき、ぼくもそのあとを追った。建物は巨大な納屋《なや》のような造りで、鉋屑《かんなくず》やタールのにおいがたちこめ、完成までのさまざまな段階にある船が雑然と置かれている。作業台にかがみこんだり、船の下で動きまわったり、どこを見ても工員が作業中だ。建物全体が、金づちや鋸《のこぎり》の音だの船乗り独特の罵倒《ばとう》だのが反響する騒音の塊だった。だれもぼくたちの相手をしようとはしない。ウルフがすぐそばの男の肩を叩いた。男はさっとふりむくと、ぼくたちを見つめた、片方しかない目で。大きな傷痕《きずあと》が額からあごにかけて顔の片側を走っている。

ぼくは気分が悪くなって顔をそむけた。アリカでは先天的奇形に注意がむくことはほとんどない――その気になればいたるところで目にするから――が、事故の影響が体に残っているようなのは話が別だ。近くの男の指が一本ないことにぼくは気づいた。たぶん作業中に失ったのだろう。建物内の騒音がのしかかってくるようで、ぼくは病んだもの、おそろしいものに包囲されている気分になった。そのとき、ウルフがぼくをつついた。

「あっちのほうだそうだ。だいじょうぶか？　顔色が変だぞ。おいしっかりしろ」

気がつくとぼくは小さな事務室の中にいて、うしろで扉がばたんと閉まると、騒音がいきなり消えた。男が机を前にすわっていた。ぼくたちを目にした男は立ちあがって、理屈抜きの脅威を感じさせながら、足を引きずってこちらへむかってきた。最初は男が毛皮のジャケットを着ているのかと思ったが、そのあと、腰まで裸なのだと気づいた――もしかするともっと下まで、のような気もする。これほど毛深い人間はそれまで見たことがなく、顔も特異な凸型をしていた。あごが傾斜して鼻に上がっていき、額も同様にそこへ下りていくので、まるで魚だ。ぼくが男を見て目を丸くして突っ立っていると、ウルフが平然といった。

「あんたがパラークシ－シルヴァージャックだね。アリカ－ドローヴの船はもう準備できてる?」

野獣は――いまにもぼくたちの手足を引きちぎりそうに見えた――急に立ち止まった。毛に隠れていた大きな口があらわれて、

「そりゃもちろんさ、若造ども。準備できてるに決まってるだろうが。シルヴァージャックの船が期日に遅れたなどとは絶対いわせん。こっちだ。ついてきな」

シルヴァージャックは造船場を通り抜け、下の水際までぼくたちを連れていった。そこに、打ち寄せる波から数ペースのところに、これまで見た中でいちばん美しい小型帆船があった。外側は青く塗られ、内側はワニスがかかっている。初夏の薄明かりの中で、それは輝いているように見えた。平底で帆柱《マスト》が高く、見るからに速そうで、粘流《グルーム》の表面を滑走するよう巧妙に設計されている。全長約四ペースで、小さいからほ

くがひとりで操船可能だが、この大きさがあれば三人以上の客を乗せることも、ぼくがそう望むなら、可能だった。「問題はなさそうだ」とウルフがいった。

「パラークシで最高の小型帆船さ」シルヴァージャックが声を轟《とどろ》かせた。「帆の揚げかたを教えてやるよ」

「それは必要ない」ウルフがいった。「帆船の操船は何度も経験した」

「大勢の若造がこれまでそうほざいちゃあ、あとで泣きを見た」シルヴァージャックはウルフの言葉をいなすように叫ぶと、帆を揚げた。ぼくはこの男が気にいった。ウルフの前に障害が立ちはだかったと感じたからだ。空色の帆がかすかなそよ風にはためく。グルームまで待たなくてはならないなんて残念だった。

　ウルフが帆をじろじろ見て、「大三角帆装備だ」とつぶやき、ワニスをかけた材木片をひろいあげた。「これは垂下竜骨《センターボード》だな」

「違う違う」とシルヴァージャック。「おまえさんがグルーム滑走艇《スキマー》のことをなにも知らんのはよくわかったよ、ひよっこ。そいつぁその小帆走船《ディンギー》のだ。スキマーにゃ垂下竜骨なんてない。ほら、船体の形を見てみ。竜骨《キール》がわかるか、浅いやつが、船体の両側にひとつずつと、まん中にひとつあるだろ？　スキマーにはあれだけあればいい。どうもおまえさんらは、世界のこの辺のことを知らんようだな。粘流《グルーム》が来るとな、海水が濃くなるんだ」と手のひらで水平を示して、「蒸発がその原因だ」

「パラークシのことはすごくよく知ってるよ、悪いけど。ここにはよく来るから」

「観光でか？」シルヴァージャックはウルフにむかって、この上なく親しげににやりとした。「いいか、よく聞きな――わざわざ説明してもらえるなんて、ついてるんだからな。この船はグルーム用に造られてる。今日、こいつで海に出たら、おまえさんたちはどえらい災難に遭《あ》うぞ、若造」そしてウルフの肩をつかむと、吠《ほ》えるように笑い、ぼくはこっそりこの男に祝福をあたえた。

「今日はほとんどうねりがないな」港のおだやかな緑色の海面にちらりと目をやって、ウルフは平然といった。視線を一瞬、船に戻して、「この船くらい乾舷《フリーボード》があれば、この天候ならだいじょうぶだ。海に出るよな、ドローヴ！」

ぼくは自分の手にあまる種類の人間たちのあいだに放りこまれていた。「あのさ、グルームを待つべきじゃないかな、ウルフ？」ぼくは力なくいった。

シルヴァージャックがぼくたちをじろじろと見て、「これはだれの船なんだ、若造ども？　ドローヴのだって話だったが、ここはウルフが仕切ってるようだな」

ウルフは見下すような視線をぼくにむけた。「怖《お》じ気《け》づいたというのか？」

ぼくは顔が熱くなるのを感じ、かがんで舷縁《ガンネル》をつかんだ。ウルフが反対側を持ちあげ、ふたりで船を海にすべりこませた。そして乗りこむと、そよ風が帆を膨《ふく》らませ、ぼくたちは船架《スリップウエイ》から遠ざかっていった。シルヴァージャックの毛深い背中がひっくり返しの大きな船のむこうに消えるのが目に入った。シルヴァージャックはふりむきもしなかった。

だがぼくは、シルヴァージャックのことをほぼ一瞬で忘れた。内港いっぱいに停泊している漁船や娯楽用船舶や小帆走船《ディンギー》のあいだを滑走したり、パラークシをはじめての角度から眺めたりすることに、興奮していたからだ。ユキシロモグリ鳥が通りすぎるぼくたちを檣頭《マストヘッド》から見おろし、西岸で仕事中の人々が手を休め、いま処女航海がおこなわれていることを感じとって——人はなぜかそういうことを感じとるものだ——手をふってくれた。東の波止場では、小さな漁船が漁の成果を公開公設市場に直接陸揚げしていて、何百羽ものユキシロモグリ鳥が平屋根の上で場所を争っていた。建物の切れ目のむこうに〈黄金のグルームワタリ鳥亭〉がちらっと見えた。だれかが窓から外に布を出して埃《ほこり》をふり払っている。帆のむこう側を見つめていると、外港への通路がわかった。路面軌道スチーム車が煙を吐きながら防波堤をゆっくり走っていく。運転台から白煙が上がり、数秒後、かん高い汽笛の音がぼくにも届いたとき、船は石造りの高い突堤をあとにして、外港の深く青い海へとすべるように乗りだした。

ウルフが声を上げた。「この船の中、水が多くないか」

4

ぼくは艫《とも》の腰掛梁《ばり》にすわって舵《かじ》を握り、ウルフは船体中央にすわって帆脚索《メインシート》をつかんでいた。ぼくたちはすでに外港に達し、崖《がけ》の陰から出ていきつつあった。風は微風からだんだん強まっていき、防波堤の先端の灯台のほうへぼくたちをぐんぐん進めていく。このあたりでは海に少し三角波が立ち、低い舷縁を波が乗り越えることもしょっちゅうだった。

「なら、水を汲《く》みだすんだ、ウルフ」船長《スキッパー》の権限を行使してぼくは命じた。

ウルフは不安で気もそぞろに、「汲みだすのに使えるものがなにもない」

「波が少し入っただけだろ、どうせ」

「その程度じゃない。この船は穴でも空いてるみたいだ。どんどん水が入ってくる。見てみろ！」

すわっていた場所から動くと、凍《い》てつくような水の流れに足が浸《つ》かり、冷たい恐怖が足を駆け上がった。船は沈没しつつあった。海の水は凍えるような冷たさだ。ぼくは助けを求めて半狂乱であたりを見まわした。いちばん近くの船からも相当な距離があって、このままではぼくたちは、冷たい水を防ぐ術《すべ》もなく、徐々に体を冷やされ、脳を凍らされて死んでいくしかないが、その前におそろしい狂気に陥るだろう。

最悪の事態に面とむきあったことで、ぼくはもっとさし迫った問題に注意を集中できるようになった。「防波堤までたどり着くのは絶対無理だ」とぼくは口をひらいた。ぼくたちの左手には、崖が黒々と高くそびえている。「もしかすると、あそこまで漕《こ》いでいけるかもしれない。風の流れから外れれば。ほら、あそこに浜がある。陸に上がれるんだ。そんなに遠くじゃない」

「漕ぐってなにで？」ウルフが投げやりに聞いた。さっきまでの大口もどこへやら、海水が足首を越えて上がってくる中で、体をかかえこんで震えながら中央の腰掛梁にうずくまっているウルフは、急に縮んでしまったように見えた。恐怖で白目を剝《む》きはじめている。ユキシロモグリ鳥が船をかすめて海に飛びこんだとき、ウルフが怯《おび》えて飛びあがり、船がゆっくりとゆれた。

「舵を使おう。きみは帆を降ろしてくれ、ぼくは舵を取り外す」

ぼくはうしろをむくと、舵を固定しているナットを探して氷のような水の下を手探りした。ウルフが前触れもなく背後から体をぶつけてきて、ぼくの顔を艇尾板《トランソサム》に叩《たた》きつけ、船が危険なほど大きくゆれた。身を引き離したぼくは、冷たくてねっとりした邪魔っけななにかを拭《ぬぐ》いとろうとじたばたしているところへ、後頭部に鋭い一撃を食らい、そして気がつくと、狂気に満ちたウルフの目をまっすぐに覗《のぞ》きこんでいた。ぼくが思っていたよりも早く、寒さがウルフを捕らえたのだ。ぼくは片手を自由にすると、精いっぱいの力でウルフの顔を殴《なぐ》った。ウルフはうなり声を上げてあとずさり、舷縁を手探りした。のしかかっていたウルフの体重から解放されたぼくは、かろうじて腹に膝蹴《ひざげ》りをぶちこんでやった。

あえいだウルフが目に恐怖を浮かべて、めちゃくちゃに拳《こぶし》をふりまわし、海鳥のように絶叫しながら、またぼくに飛びかかってきた。再度うしろに倒れかかったぼくの体は舷縁を半ば越え、ウルフの拳をよけようと頭を反らすと、船の下をすべるように動く、腐肉喰《ぐ》らいに属する魚の長く黒い影が見えた。断言してもいいが、海面の半ペース下を通りすぎるそいつの冷ややかな目は、ぼくにしばらく据えられていた。ふりむいたところへ、またウルフの拳を食らった。ウルフの腕を鷲《わし》づかみにして引っぱり、ふたりで揉《も》みあいながら船底を転がる。しばらくして気がつくと、ぼくがウルフの上にまたがっていた。首根っこをつかまえて、ぼくたちが争っているあいだにどんどん水かさを増していた船の中の海水に頭を突っこんでやると、ウルフの抵抗は弱まった。

「ドローヴ！」ウルフがうめく。「放せ、この冷血野郎！　落ちつけってば。なにもこわがらなくていいんだから！」

「ラックスに落ちろ！」ぼくはウルフを放さなかったが、自分のしていることにさっきほどの自信はなくなっていた。ウルフの目に浮かぶ狂気は薄れていて、急に自分がほんとうにそんなものを見たのか、それとも想像しただけなのか、わからなくなった。

「じゃあ、なんで襲いかかってきた？」

「なにいってる、襲ってきたのはそっちだぞ。か、顔を殴りやがって！」

「そっちが飛びかかってきたからだよ」

「飛びかかってなんかいない。いきなり帆が降りてきたせいで倒れそうになったんだ。そしたらきみが暴れだした」

「なにいってるのさ？」切羽つまったようなウルフの顔に敷板から見あげられながらその話についてちょっと考えているあいだにも、水位は上がっていった。どうも誤解だったようだ。ぼくが手を放すと、ウルフはさっきすわっていた場所へ這《は》い戻り、ぼくたちは警戒しつつ見つめあった。帆はくしゃくしゃの塊になって、ぼくたちのあいだに落ちている。水がそれを浸していくのを見て、ぼくは動く気を取り戻した。「自分でこの凍《フリージング》った舵を外してみなよ」ぼくはいらだち気味にいった。

　場所を入れかわったウルフは艫《とも》の下をうろうろと手探りしていたが、体に押し入ってくる冷たさへの恐怖に泣き言をつぶやいた。そしてほどなく立ちあがると、「外せない」いまにも泣きだしそうだ。「こんな氷《フリージング》、動かせるか。がちがちに留まってる」とあたりを見まわす。ここはものさびしい黒々とした崖の下で、だれかがぼくたちを見ているとは思えない。「助かりっこない！」ウルフが悲鳴を上げた。

ぼくは頭を働かせることで気をそらした。船の中はいまや半分水がたまっていたが、ぼくたちの体重がかかっているせいで、外側では海面がほぼ舷縁の位置まで来ていて、波が舷縁を乗りこえていた。次はなんだ？　海がまわりじゅうから巨大な滝のようにまっすぐ流れこんできて、船とぼくたちを海底まで一直線に沈めるのか？　それとも船の中で釣《つ》りあいが取れる状態になって、水浸しながらも浮かびつづける？

その解答を告げたのはうろたえたウルフの叫び声で、それはふたつの可能性のあいだのどこかにあった。船の中には目を剝くような勢いで水が入ってきていたが沈む速度は遅く、そしてそれからすぐに沈降は止まったけれど、船体すべてが海面下にあることに変わりはなかった。海の上に出ているものといえば、ウルフとぼくの胸から上と、帆柱だけ。麻痺《まひ》するような冷たさとそれがもたらす恐怖にもかかわらず、だれにもこんな馬鹿げた状態のところを見られたくないと思う余裕はあった。

「ウルフ」とぼくは慎重に声をかけた。「急に動いちゃ駄目だよ、転覆しちゃうから。いま腰かけてる座席をゆっくり外して、あそこの浜まで漕いでいこう。いい？」

同時にぼくは水中を手探りして、艫の腰掛梁を握りしめた。ぼくたちふたりはぶるぶると震えながら、見えない船を岸にむかって漕ぎはじめた。こんな状況は聞いたこともなかったから、せっせと漕ぎながらぼくは、自分の考えにまちがいがあったのではと気になっていたが、海面の漂流物が船尾方向に遠ざかっていくことから判断して、船が移動していることは確かだった。やがて平底が浅瀬にぶつかり、ぼくたちは船を降りて、それを浜まで引き上げた。

「きみは弁解する必要があるだろうな」とウルフがいった。「お父上は、きみが船を海に出した理由を知りたがるだろう」

　ぼくはウルフを無視して、自分たちのいる場所を眺めまわした。水際《みずぎわ》から約十五ペースのところから崖がそびえている。ここは幅三十ペースほどの小石の浜だ。崖はでこぼこが多く、慣れた人なら難なく登れるだろうが、ぼくは高いのが苦手だったし、ウルフも同じように感じている気がした。どっちにしろ、ウルフが崖をよじ登って救助隊を連れてきて英雄扱いされる、というすじ書きは楽しいものではない。ぼくは、崖を登るのはどうかとは提案せず、かわりに地面から二ペースほどの崖面にあいた大きな丸い穴から、何とも知れない液体がしたたっているところを指さした。

「あれはなんだろう？」

　ウルフはそのきたならしいものを見て嫌そうな顔をすると、「下水の穴だろ」

「下水道にしちゃ大きくない？　あれくらい大きければ這って入れるよ」

「そうか、じゃあそんなことは忘れるんだ。下水道を這いまわるなんて却下だからな、アリカ－ドローヴ」

海と崖にはさまれたこの狭く細長い浜で閉所恐怖を覚えはじめながら、ぼくは自分たちのいるここをもっとよく調べてまわった。浜の東の端まで歩いて、海に突きだした丸い巨岩のむこうに道があるのではと思って登ってみたが、さらに岩また岩がつづき、そのあいだには深い潮だまりが、上には高い崖があるばかり。崖には無数のユキシロモグリ鳥の巣から鳥糞石《ちょうふんせき》がぼたぼた落ちている。

潮だまりの縁まで降りて、覗きこむ。水は澄んだ緑色、生き物はいないように見えたけれど、うしろをむきかけたとき、底のほうでゆれている緑色の藻のあいだで、なにかが動くのを見た気がした。水に突っこめるような棒を探していると、白いものがかたわらをかすめた。さっきの動くものをユキシロモグリ鳥も見ていたのだ。ぼくは本能的にあとずさっていた――鳥に頭のそばをかすめられたのだから――が、水が跳ねる音は聞こえなかった。

つむっていた目をひらいたとき、潮だまりの全体が不透明になってきらめいていた。鳥の脚のあたりが、水に飛びこむ途中の体勢のまま水面から突きだしている。水掻《みずか》きのある脚がむなしくばたついていたが、見守っていると動きは断続的になって、やがて止まった。ぼくは身震いした。すべてはあまりにも突然の出来事だった――そして、ぼくはなにも疑わずにあの潮だまりに手を入れていたかもしれないのだ。石をひろって投げると、それはきらめく固い水面をすべっていき、むこう端で弾んでから海に落ちて水を跳ねあげた。ぼくを呼ぶウルフの声がかすかに聞こえたが、ぼくは潮だまりを眺めつづけて危険な魅力に惹《ひ》かれていった。もう少しで魅力に屈しそうになったとき、不意に奇妙な結晶構造が溶けて透明な水に戻り、ユキシロモグリ鳥がさざ波に乗って浮き沈みしはじめた。死んでいる。見つめていると、銀色がまだらに入った青い糸を細く編んだようなものが潮だまりの底から伸びあがってきて、そっと鳥をくるみこむと、水面下に引きずりこんだ。

ぼくは震えながら巨岩を登りなおして、ウルフのところに戻った。ウルフといっしょに数人の子どもがいる。その子たちは、じつはまわりの岩が生きていて、人型になって動きだしたかのように見えた。ウルフと子どもたちは帆船を調べていた。

「岩のあっちに氷魔がいる」ぼくが挨拶《あいさつ》がわりにいうとウルフたちがふり返り、ぼくは口をつぐんで目を見ひらくことになった。ウルフといっしょにいるのは、ぼくたちより小さな男の子がひとり、そして少女がふたり。

少女の片方は、パラークシ－ブラウンアイズだった。

ブラウンアイズはぼくがだれだか気づくと恥ずかしそうにしてから、目をそらした。彼女はなにもいわなかったし、ぼくもいうことをなにも思いつけず、それでも新しく増えた三人のことについてなにか口にした。もう片方の少女はブラウンアイズより背が高く、自分に自信を持っている感じがする――要するに、ウルフの女性版。小さな男の子は、小さな男の子としかいいようがない。だらしなく、きたなくて、見下すまでもないちびっ子。

最初にしゃべったのはこの男の子だった。「栓《せん》をはめてない船が浮くとでも思ったわけ？」とかん高い声で聞く。

しゃくに障るやつだと思いながら、しゃがみこむ。その子のいうとおりだった。艇尾板のふたつの排水孔に、本来ならはまっているべきコルク栓がはまっていない。造船場を出発したときには、あんな状況だったので、ぼくは確認することを思いつかなかった。非難の視線をウルフにむける。ウルフはまっすぐ前をむいたまま、少し顔を赤らめていた。「船長はきみだろ」ウルフが突き放すようにいう。「なら、出帆前に自分の船を点検するくらいの分別があっていいはずだ、アリカ－ドローヴ」

「あんたたち観光客だね、きっと」といった背の高い少女の声には、軽蔑《けいべつ》がたっぷりとこめられていた。「ものを知らない観光客が、船乗りを気どろうとしてたんだ」

「沈没した船乗りだぁ」と男の子が調子に乗る。

「黙りな、スクウィント。でもさ、あたしたちがちょうどこの辺にいたなんて、あんたたちついてたよね、そう思うだろ、ブラウンアイズ？　あたしたちはここいらのことをよく知ってるもの。一年じゅう、この町に住んでるんだからね。だろ、ブラウンアイズ」

　ぼくが盗み見たブラウンアイズは、淡紅色の薄明かりに染まった空みたいにすてきだった。ほかの三人がここにいなければ——とは思うけれど、たとえ彼女とふたりきりだとしても、話をする勇気は出ないだろう。見つめているぼくのほうを、彼女は見ていなかった。ブラウンアイズが眺めているのは、大きな漁船が路面軌道スチーム車に陸揚げしているところで、もしかするとぼくに対する彼女の気持ちって、彼女に対するぼくの気持ちほど強くないんじゃ、と不安になる。でも、ぼくがだれだかわかったのだけは、確かだ。

「そうそう」なにかをむしゃむしゃやりながら、スクウィントがいった。

「こら、黙ってろっていったろ、スクウィント。さて……」背の高い少女は得意満面でウルフとぼくを見て、「自分たちではまりこんだこの災難から抜けだすのに、あたしたちをあてにしてるんだよねえ」

「この連中、あの下水道から這いだしてきたんだ、ドローヴ」うっとうしげにウルフがいった。「まるでドライヴェットだ」

「もういちどでもそんなことといったら、置き去りにしてやるから、飢え死にするのでも、寒さで発狂するのでも、好きにしな。だけど、あの雨水管に入ったら、絶対に出口は見つからないよ、あたしたちの案内なしじゃね——地下墓地みたいなところだから」

「おれの知ってた男の子が、あそこで迷ったことがあるんだぜ」スクウィントをおとなしくさせておくのは無理なようで、なんだか知らないが口いっぱいに頬《ほお》ばったまま金切り声を上げた。「そいつは何日も迷いつづけて、完全に頭がおかしくなって、見つかったときにはまっ白けな骸骨《がいこつ》になっちゃって、鳥に両目を引っぱりだされてたんだ」

背の高い少女は一瞬黙ったまま、この矛盾はあっても生々しい説明を頭の中で整理してから、大きくうなずいてみせて、「確かにそんなことがあった。覚えてる、ブラウンアイズ?」

ブラウンアイズは海のほうに視線をむけたままだった。「もういいじゃない、リボン、ねえその人たち濡《ぬ》れて寒そうで、ここから連れだしてあげなくちゃすぐ死んじゃいそうだけど、あなたがそうなっちゃえって思っていても、わたしは違うから」彼女は聞きとれないほどの早口で一気にこれだけいうと、顔をまっ赤にした。

リボンはそんなブラウンアイズをまじまじと見つめてから、肩をすくめて、「スクウィント、排水孔に海藻を詰めこんで、こいつらの船を戻しといてやって。あんたたち、あたしについてきな」そして下水道に入っていって、見えなくなった。

ウルフがそのあとを追って、それからぼくがつづき、ブラウンアイズがしんがりをつとめた。ふり返って、スクウィントが手慣れた様子で帆を巻き上げているのを目に入れてから、ぼくは手を伸ばしてブラウンアイズが地下道に入るのを助けた――だがどう見ても、手伝わないほうがうまくいく結果になってしまったが。ふたりで前進する途中、ぼくはゆっくりとブラウンアイズの手を放していきながら、手を握ったままでいる口実が少しでもいいから見つからないものかと考えていた。同時にブラウンアイズも握っていた手をゆるめていくので、彼女もぼくと同じことを考えているのかな、それともぼくは去年の夏の出来事を拡大解釈しすぎているのかな、と気になった。長い冬があいだにはさまって、ぼくには想像力を働かせる時間がたっぷりあった一方、ブラウンアイズには忘れるための時間がたっぷりあったのだから。

地下道の中ではまっすぐ立つことはできず、ロリンを思わせる前かがみの歩きかたでゆっくりと進んだ。ぼくたちの前方では、まちがった道に曲がったらどうなるかを絶え間なく不吉に警告するリボンの声が反響し、足もとからは、なにかが騒々しくうろちょろする音やかん高い鳴き声が聞こえる、というか、聞こえる気がした。リボンは徹底してこの地下道を雨水管と呼んだけれど、ぼくの鼻が突きつけてくる証拠からすると、黙ってウルフに同意するほかない。これは下水道、それもつんとにおうやつだ。中央をちょろちょろとなにかの液体が流れている。地下道の横断面はおおよそ円形をしていたので、両足をひらいて歩けば、汚水に踏みこまなくてすんだ。

リボン以外はだれもしゃべらなかった。リボンは統率者の素質を備えていて、やがて上から日の光が漏《も》れてくる地点で立ち止まった。ここでは悪臭が際立ってひどい。「ここは町でいちばん大きな魚屋の真下だ」とリボンはぼくたちにいった。「店が掃除の最中じゃないなんて、あんたたちついてたね、さもなきゃ、魚くさい水がいっぱい、どぼどぼとここに流れ落ちてたんだから。さて、ここで地下道を右に曲がるんだ。左に曲がったら、ひどい目にあうよ」

左側の地下道にどんな悪夢が待ちうけているかの説明はなく、そんな質問をすることの愚をすでに学んでいたぼくたちもたずねなかった。一行は黙ったまま、ざらざらした地下道の天井が低くなるのにあわせて腰をどんどんかがめながら、よろよろと歩きつづけた。

「何年も前、あたしがまだ子どもだったころに雨水管の天井が崩れてね」と前方の声がしつこく脅してくる。「それでここの中身が全部逆流してさ、行き場がなくて。そうだよ、このにおいだよ」

ウルフが急に立ち止まったので、ぼくは勢いよくぶつかってしまった。ウルフはいらついたようにぼくの腹を肘《ひじ》で小突いて、「ここで停止だ」と嚙《か》みつくようにいった。神経が参っているらしい。

「あたしが案内できるのはここまで」というリボンの声は、少しも申しわけなさそうではなかった。「あたしの家《うち》はこの先だし、酔っぱらいがいるからブラウンアイズの家には行くなっていわれてるし。あたしん家《ち》に来て体を洗ってけばといいたいところだけど、うちの両親が嫌がるだろうから。うるさいところのある人たちでさ、っていってもわからないかもだけど」

うしろからブラウンアイズの小さな声がした。「わたしの家に来て体を洗ってもらうのは、別にかまわないわ」

「ありがとう」とぼくは答えた。ウルフは黙ったままだ。

ブラウンアイズは体を横にしてぼくたちの脇《わき》を通りすぎ、壁面に打ちこまれた鉄の大釘《おおくぎ》を伝って垂直な竪穴《たてあな》を昇っていった。一瞬手探りすると、頭上の隙間《すきま》からさしこんでいた光が急に広がって明るい長方形になる。ブラウンアイズはその穴をくぐり抜けて、ぼくたちを見おろすと、「昇ってきて」

穴を昇ったぼくは、これまでに見た中でいちばんわくわくさせられる部屋のひとつに出た。天井が低くて奥行きがあり、石の壁沿いに並ぶ大きな木の樽《たる》や大桶《おおおけ》、豆型平底桶などは茶色くて古びていて、母が持っている本の一冊の挿絵そのままに謎《なぞ》めき、禁断の雰囲気を漂わせている。部屋を照らすのはランプひとつのか細い炎だけ。ぼくは悪《あ》しきものにまわりを囲まれていて、それはすばらしいことに思えた。部屋の片隅に、見慣れた缶が何個かある。確かめてみると、案の定、中身は蒸留液だ。けれど、燃料用ではない。〈黄金のグルームワタリ鳥亭〉の酒場でどんちゃん騒ぎをして人生を無駄にしている全身酒浸しの連中用の代物《しろもの》だ——と、これは母の言葉のいいかえ。空気は頭がくらくらするほど酒のにおいで満ちていて、ぼくはうっとりした気分になった。

「酒蔵か」といったウルフの声は淡々としていて、この場所の魅惑的な雰囲気をかけらも感じさせなかった。「なぜ出口が下水道につながっているんだ?」

「樽を洗った水を流すから」ブラウンアイズはそう答えた。

「むしろ密輸入用に見えるが。いっておくが父は税関吏でね、この町まで来たのは、開戦以来この手の密輸がつづいているからだ。あの蒸留液はどうやって入手した? アスタ製じゃないか」

ウルフの父親がぼくの父と同じで役人だと聞いても、驚きはなかった。思いもよらなかったのは、ブラウンアイズをこんな風に激しく責めたてるほどに、ウルフが父親の仕事に関心を持っているらしいことだ。

「なに突っかかってるんだよ」ぼくはかっとなっていった。「凍るほどの《フリージング》いい子ちゃんじゃなかったのか、ウルフ? ぼくたちはここでは客の立場だろ。この蒸留液は、戦争がはじまるよりもずっと昔に貯めこまれたんだ。みんながやってることさ。父もやってる。役人だけどね」

こんどばかりはウルフも恥を覚えたようで、「いや、敵と商売する者がいるというのが、ちょっと気にくわなかっただけだ」とつぶやいた。「それは反逆になる」

「悪いけど、ウルフ、そんな話は馬鹿げてると思う。宣戦布告は、ある特定の日におこなわれた。じゃあ、蒸留液の輸入が、ある日は問題のない商売だったのに、翌日は反逆罪になったってこと？　それに宣戦布告の瞬間に相手国との行き帰りの途中だった船の人たちは、反逆者になるわけ？」

この時点でぼくは、ウルフが抽象的な議論が苦手なことに気づいていて、じっさいこのときもウルフはお手上げになった。ブラウンアイズが感謝の表情を浮かべてぼくを見たが、その間もウルフは、戦争の倫理と現在の紛争の歴史的背景に関する自説をくどくどと説明しようとしていた。

5

ブラウンアイズの母親であるパラークシ－アンリーが、背もたれの高いふかふかの椅子《いす》にすわって毛布にくるまっているウルフとぼくに出してくれたスープには、ワインがたらしてあったように思う。ぼくたちは〈黄金のグルームワタリ鳥亭〉の奥の部屋で親が連れにくるのを待っていて、アンリーが酒場とのあいだの扉をせかせかと出入りするたびに、むこう側から話し声や笑い声がわっと押し寄せ、そのあとしばらくは空気に酒と煙草《たばこ》のにおいが残っていた。

いまいる部屋の装飾に、ぼくは驚いていた。まわりじゅうが信じられないほど整然と秩序正しい中で、目の前でゆらめくランプの炎は唯一それを乱す要素だった。守衛のように直立する装飾品には高級すぎて手を触れがたい雰囲気があり、輝く何枚もの鏡が、整頓《せいとん》された明るい室内を果てしなく映しだしあっている。あらゆる物がほかのあらゆる物に対してぴったり正しい角度になるよう、注意深く配置されている感じ。そこには宗教的主題がこめられているようでさえあった。むこう側の壁には復興《ルネサンス》時代の棚が置かれている。大ロックス《グレート・ロックス》の姿をとった太陽神フューの彫像が、無数の触手を持つ氷魔が象徴する死せる巨人ラックスに捕らえられたこの世界を引き離そうとしていた。この部屋を取り巻く装飾品の多くが同じような宗教的意味あいを持っていることにぼくは気づいたが、そのことと、隣の部屋から聞こえる罰当たりな馬鹿騒ぎとには、矛盾を感じずにいられなかった。

ブラウンアイズが部屋に入ってきて、彼女のうしろにはウルフの母親と、疑いに満ちたいかにも税関職員っぽい表情からしてウルフの父親だろう男がいた。「ウルフ、この馬鹿者めが」男は前置きなしに怒鳴りつけた。「これまでもずっと馬鹿だったし、この先もずっと馬鹿のままだろう」

「こんな下々の連中の宿屋にわたくしの息子がいるだなんて」とウルフの母親が小声で嘆いたが、声はもっと小さくできただろう。その言葉は、ちょうど部屋に入ってきたアンリーの耳に入っていた。アンリーは殴《なぐ》られたような顔になった。

「この子の服よ」アンリーは落ちついた声でいいながら、服を手渡した。「洗っておいたわ。きれいにして、乾かしてある」

「着ている時間はありませんよ、ウルフ」ウルフの母親は服の束をおそるおそる受けとると、指先でつまむように持った。「その毛布だかなんだかを羽織ってなさい。ロックスカート《ツクスカート》車を外に待たせているから」ブラウンアイズとアンリーに上品な満面の笑みを見せて、「うちの子の世話をしていただいて、心から感謝いたしますわ」

「毛布で町を歩くなんて嫌だ！」

文句に耳を貸すことなく、ウルフの父親は息子の腕をつかむと無理やり扉のむこうに連れだした。一瞬にしてウルフ一家は姿を消した。

ブラウンアイズとアンリー、そしてぼくは、いきなりぽっかり穴が空いたような雰囲気の中、とまどいながら見つめあった。「ドローヴのご両親には知らせてくれたのよね、ブラウンアイズ」ようやくアンリーが聞いた。

「あとから来るって」

「あの、服が乾いているなら、それを着て帰りますけど」ぼくは早口にいった。

「それは駄目」アンリーは当然という口調でそういい、「途中で行き違いになるかもしれないでしょ。もうしばらくここにいていいのよ。まだ夕方といっていい時間だし。わたしは仕事があるけれど、きっとブラウンアイズが話し相手をするわ。でしょ、ブラウンアイズ？」

うつむいたままブラウンアイズがうなずき、アンリーは部屋を出て扉を閉めた。

ブラウンアイズは、さっきウルフがすわっていた椅子に腰を下ろすと、ぼくをまっすぐ見つめて、かすかなえくぼと、かろうじて笑顔とわかる表情を浮かべた。ぼくも微笑《ほほえ》みかえしたが、そのうち子どものにらめっこみたいになってきて、目をそらすほかなくなってしまった。膝《ひざ》の上で組まれたままじっとしているブラウンアイズの両手を、ぼくは見つめた。小さくて形がよくて白いそのすてきな手の片方を、今日の午後の早い時間にほんの少しだけ握っていたのを、思いだしながら。もういちどそれを握る勇気があればいいのにと自分でも思うけれど、ブラウンアイズは手を伸ばしても届かないところにすわっている。ひと息に距離を詰めて彼女の手を握りしめるなんて、ぼくにはとてもできない。

淡紅と青の花模様がついたきれいな白い服を着たブラウンアイズは、とても清らかで愛らしく、ぼくではとても釣りあわないように見えた。さっきまでのきたないジーンズとセーターのほうがぼく好みかも、という気分になりかける。ブラウンアイズは膝も魅力的で、履いている靴もかわいい。ぼくたちはずいぶん長いこと無言でいたらしく、その先もそのまま、ひと言もしゃべらずじまいになっていたかもしれない。

「この服、気にいった?」とブラウンアイズが聞いてくれたので、ぼくはもっと遠慮なしに彼女を見られるようになった。

「うん。すてきだ」

「さっきの服はよごれたから脱がなくちゃいけなかったの」

「やっぱり。ええと……ぼくを連れてきたせいで迷惑がかからなければいいんだけど。ぼくたちを連れてきたせいで、ってことね、ウルフとぼくを」胸の下のほうが激しくどきどきと脈打って、息ができない。

「ウルフはお友だち？」

「うん」具体的な話題が見つかってほっとしたぼくは、勢いこんでそう答えてから、

「つまりそうじゃないってこと。今日会ったばかりなんだ。きっと母のお膳立《ぜんだ》てだよ。いっつもぼくにふさわしい友だちを探してるんだから」ここでぼくが笑みを浮かべようとしたのは、言葉に刺《とげ》があったんじゃないかと気になったからだ。自分の母親を軽《けい》蔑《べつ》するような冷血野郎だと、ブラウンアイズに思われたら嫌だ。

けれど彼女は微笑みで応じただけで、また無言の時がつづいてしまった。

「ほんとはウルフのこと、かなり気にいらない」投げやりな気分で口にする。「今日、難破したのは、あいつのせいなんだから」

ブラウンアイズはこんども微笑んで、細い鎖《くさり》で首から下げたなにかをいじっていた。光の中できらめいたので、それがなんだかわかった。結晶だ。アリカを発《た》つとき母が捨てたような氷小魔からの培養品という可能性もあるが、むしろこれは本物の結晶っぽい。殺された氷魔から切りとられた、悪の死を象徴する物。それを目にしてぼくは動揺を感じた。少女の首にかけられた宗教的象徴には、なにかぞっとさせられるところがある。

ブラウンアイズはぼくの視線を下にたどって、ほのかに顔を赤らめた。「母さんが

つけていろって」と弁解するようにいう。そして服の前をなでつけたので、膨《ふく》らみはじめた胸のかわいらしい曲線が薄い布地にくっきりと浮きでた。ぼくはめちゃくちゃうろたえて、あわててそっぽをむいた。「母さんはそういう、とても信心深いところがあるの」ブラウンアイズが話をつづける。「ね、この部屋にある物を見ればわかるでしょ。だけど……わたしも母さんみたいだなんて思われたら……」

「ぼくの母もいっしょだよ」ブラウンアイズがかわいそうに思えて、ぼくは力強くいった。「母はなんだって信じちゃうんだ。信じるものを探しまわってばかりいるんじゃないかって、ときどき思うよ——とくに最近、戦況が悪化してきてからは。アスタ人につかまる前に心の安らぎを得ようと必死な感じ。母もあそこにあるみたいな復興時代の棚を持ってるし、戦況地図を作ってそこに針を刺してるけど、そのどっちが心の支えとして大きいかはわからない。ぼくがどっちも信じてないのは、確かだけど」と最後にいい足す。

ブラウンアイズはぼくの顔を真剣に見つめていた。真剣なときの彼女は、ほんのちょっと悲しそうに見える。「でも、あなたのお父さんは役人でしょう」ブラウンアイズは静かな声でいった。「そしてあなた方が住んでいるのは内陸の、アリカだわ。ここ、パラークシのわたしたちは、アスタにずっと近い——だから平和だったころには、アスタ人の船乗りをたくさん知っていた。パラークシのわたしたちには、戦争が起きているのが嫌でもわかる。まわりじゅうがその証拠だらけ。夜、海のむこうでなにかが光ったり。公共の交通手段がもう動いていないから、ロックス車に乗るか、歩くほかない。それに食べ物もあんまりないわ、庶民にはね」

「魚なら今日もたくさん見たけど」

「魚ばかりじゃ飽きちゃうし、割当制なのは変わりがないし。獲《と》れた魚の大部分はいまでは新缶詰工場にまわされて、そこから全部が内陸のどこかへ送られているのよ」

　こんな話がしたいわけじゃない。時間を無駄にしている、ふたりきりだっていうのに。でもこの話題をやめたら、ほかに話すことが見つからないかもしれない。なんでこうなっちゃったんだろうと考えて、出てきた答えはぼく自身の経験不足のせい。はじめはとても打ち解けた話をしていたのに、なぜか途中で脇道《わきみち》にそれてしまった。もしかするといまこの瞬間に、きみってきれいだ、といってあげるのが正解なのかも。また胸がどきどきいいはじめて、自分にはそんなことは口にできないのがわかった。

「きみ……のいった新工場の仕事を父がしてるんだ。だから、今年はこの町にかなり長くいることになるかもしれない。パラークシっていいところだよね、そう思わない？」

「お父さんはアリカで仕事しているんだと思っていたわ」

「きのういってたんだ、この町で山ほど仕事が待っていそうだって」なんでぼくたちは冷血親父《おやじ》の話なんかしてるんだ？

「じゃあ、とても長いことこの町にいることになりそうね。霧《きり》や温かい雨の季節のパラークシもすてきよ。冬だって内陸よりずっと暖かいの」

これで会話の手綱《たづな》が取れると思ったちょうどそのとき、扉がひらいて、酒場の喧騒《けんそう》がそのままこちらの部屋にもあふれた。宿屋の主人としての職業的な笑顔の名残を張りつかせたままの赤ら顔があらわれる。その男がパラークシ－ガース、ブラウンアイズの父親だと、ぼくは気づいた。

「よお、アリカ－ドローヴ少年」とガースが挨拶《あいさつ》をよこす。「なにか邪魔したのでなければいいいんだが」大げさなウィンク。「いま人手が足りなくてね、ブラウンアイズをきみから取りあげなくちゃならない。すまないが、わかってくれるね」そこでいい淀《よど》む。ガースのうしろでは煙草の煙が渦を巻き、騒々しく獣じみた喚声が上がっていた。「服を着て、店のほうに来ちゃどうだい。ご両親もきっと気にしないよ」

「服を取ってきてあげる、ドローヴ」そういってブラウンアイズは、部屋を走りでた。ぼくは翡翠色《ひすいいろ》の腕輪のことを思いだした。いま、あれを返せればよかったのに。

そのあと、ぼくは酒場の片隅にすわって、そこでの出来事を眺めていた。そしてそのすべてが、自分の想像していたものとまったく違っていることに気づいた。においがひどく、煙草が煙たく笑い声が耳障りで会話がやかましいのは思っていたとおりだが、悪の雰囲気、危険な場所だという感じは、なぜかここにはなかった。かわりにぼくが目にしたのは、部屋いっぱいのとても盛りあがっている人たちだ。これはどういうことだろう。ぼくはブラウンアイズが持ってきてくれたコップ一杯のなにかをすすりながら、答えを見つけようとした。

「よお、坊や!」轟《とどろ》くような声がした。

びっくりして顔を上げる。大きな顔がかがみこんできて、異様な形の手に肩をつかまれた。黒ずんだ歯を剝《む》きだした笑顔。ぼくは不安を感じつつぽかんとしてこの闖入《ちんにゅう》者《しゃ》を見つめていたが、突然それがだれだかわかって、ちょっと自分が馬鹿に思えた。ベクストン・ポストで降ろしたトラック運転手じゃないか。なんていったっけ。グロープだ。そのうしろでは、首の柔軟な相棒の男が長い顔をぼくのほうに伸ばして、黒っぽい飲み物のグラス越しに気のない笑みを浮かべている。

「ベクストン・ポストにいるんだと思った」考えなしに馬鹿なことをいってしまったが、まともなことを思いつけたわけでもない。

グロープは危なっかしい足どりで卓をまわってくると、長椅子のぼくの横に腰を下ろし、まだ卓のむこうにいる相棒の席を作ろうと無遠慮にぎゅうぎゅう詰めてきた。ふたりとも長く黒い巻き煙草を吸っていて、そのにおいがすさまじい。ぼくは救いを求めて見まわしたが、ブラウンアイズは部屋の反対側にいて、泡のこぼれるマグを片手いっぱいに持って運んでいた。あんなにきれいでかわいらしいブラウンアイズが、こんな荒くれ者たちのあいだをかきわけているのはあまりに似つかわしくなくて、急にぼくは気がふさいだ。

グロープが耳もとで怒鳴《どな》る。「思いだしたか、おれたちのこと。あの氷結トラックは放ったらかしにするしかなかったよ。いまじゃロフティとおれは役人なんだ、おまえの親父といっしょさ。獲れた魚を政府が全部持ってくようになったもんでな——新缶詰工場の分だけじゃなくて。いまはお国の一大事なんだとさ。ぶっ壊れたトラックを取りに行く時間なんかない、そんなものは乗り捨てたままにして別のに乗れ、といわれたよ。国民に食い物をくれてやれ、グルームワタリ鳥みたいになるまで魚を喉《のど》に詰めこんでやれ、ってことかなぁ、ドローヴ？」といって吠《ほ》えるように笑ったので、この人は酔っぱらってるんじゃないかと思った。

部屋のむこうにホーロックス－メストラーの姿が見えた。きちんとした服装だが、ここのがさつな客たちに混じってくつろいでいるように見える。ぼくを見つけると手を上げていかめしく挨拶をよこしたので、この人と父の身分関係がちょっと気になった。メストラーが父になにかいってぼくに帆船を買いあたえさせたのだと、ぼくは考えていた。メストラーがぼくをこのむかつく男から救いだしにきてはくれないだろうか。ブラウンアイズはカウンターのところにいて、新しい満杯のマグを父親から受けとっている。母親のアンリーは姿が見えない。

「やつらは頼むんじゃないんだ」グロープはどうでもいいことをだらだらしゃべっている。「ったく、そうさ、あの冷血野郎《ラックス》どもがそんなことするわけゃない——人にものを頼むなんて。こういってそれで終わりさ、おまえらトラック運転手は全員、われわれのために働け、って。議会は人をそうやって扱う。頼みゃしない、凍える《フリージング》ほど上からお命じになるんだ」

ロフティが相棒の体をまわりこむように首を伸ばして、ぼくにむかって直接、「奴隷同然」と核心を突いた言葉を告げると、姿勢を戻してマグをじっと見つめた。

「なあ教えてくれないか、若き友よ。教えてくれ。軍隊はどこにいるんだ？　おれたちを守ってくれるはずの軍の姿が見えねえんだよ、アスタの艦隊がまっすぐパラークシの港に入ってくるかもしれねえってときに——そりゃもう時間の問題だぜ、ここはあっちの冷血国と海をはさんでいちばん近い場所なんだから」グロープは頭の中で鳴っている警報に目をかっと見ひらき、自分だけに見えている妄想上の艦隊を凝視して、二叉《ふたまた》の手をふってその位置を指し示した。その艦隊はぼくたちの席とカウンターのあいだのどこかに投錨《とうびょう》しているらしい。

「もうじき粘流《グルーム》が来る」ロフティが指摘した。「グルームが来たら、あいつらは歩いて、パラークシまで来れるようになる、こんなに近けりゃ」

酒場の話し声と笑い声がうなりになってのしかかってくる上に、空気もかなり不足気味。グロープが一方から、煮こんだ肉のにおいがする落ちつきのない大女が反対側から、体を押しつけてくる。ぼくは気分が悪くなって唾《つば》をのみこんだ。いつのまにか、ブラウンアイズが心配そうな顔をしてぼくの前に立っていた。「やあ、これはこれはぁ」ひとり笑いをしながらグロープがつぶやいた。「なにを持ってきてくれたんでしゅか、お嬢ちゃん」

「ドローヴ、お店がすごく忙しいの。もしかして……」と口ごもってから、「もしかして手伝ってもらえたりしない？」

いいようもないほどほっとしながら、ぼくは立ちあがった。「もちろんいいさ」嘘《うそ》偽《いつわ》りのない言葉だった。「で、なにをすれば？」

「お店に出してある飲み物がなくなりそうなの。地下の酒蔵から酒瓶をもっと持ってきて。場所はわかる？」

「だいじょうぶ」

酒場を出るとすてきにひんやりとしていて、ぼくは無駄に時間をかけてランプに火をつけ、その間に新鮮な空気を味わった。それから薄暗い廊下を進んで、階段を降りた。

酒蔵の扉をあけると、どうしてだか冷たい空気が吹きつけてきて、ランプが消えた。

ぼくは片手でランプを握ったまま、もう片方であたりを手探りしながら、のろのろと進んだ。さっきの記憶では、床のまん中に箱がひとつ置いてあって、机がわりに使われていた。そこに酒蔵用のさまざまな備品がのっていた中に、マッチがあったのを目にしている。注意はしていたが、思ったより早く箱のところまで来てしまい、むこう臑《ずね》をぶつけた。しばらくぼくは臑をさすってぶつぶついいながら、ふらふらとうろついた。そのとき、箱のむこう側に四角く光が漏《も》れている部分があるのに気づいた。

下水道への上げ蓋《ぶた》がひらいている。ウルフとぼくが酒蔵に入ったあとでブラウンアイズが蓋を閉じたのをはっきり覚えているし、そのあとで蓋をひらく必要があったとも思えない——ブラウンアイズの父親がこの部屋を掃除したのでなければ。だとしても、上げ蓋を閉め忘れはしないだろう。そこから泥棒が入ってこられる。

あるいは、密輸業者が。

床の光がゆらめきはじめて、明るさを増していき、そのうちそれにあわせて低い天井にも明るい部分ができた。だれかが下水道をこちらへむかっている。ぼくの想像力が暴走をはじめた。もしここで密輸業者につかまったら、刺し殺されるだろう。ぼくはできるかぎり静かに、しかし急いで扉にむかったが、怯《おび》えていたせいで方向感覚を失い、気がつくと手探りしていたのは酒樽《さかだる》だった。光は明るさを増しつづけていて、ぼくは催眠術にかかったようにそれを見つめたまま、動けなくなった。ランプを持った手が床からぬっと出てきた。酒蔵全体が一瞬にして明るくなり、ぼくは大きな酒樽のうしろに隠れた。できるかぎり静かにすり足でうしろに下がり、壁に背中が当たって止まる。そしてゆっくりと腰を落とし——というか、こわくて膝の力が抜けたのかも——がっしりした木枠に載った、体が隠れるほど大きな酒樽の下から様子をうかがった。さっきの手は姿を消し、ランプだけが石の床に置かれていた。その横に蒸留液が四缶あることに、ぼくははじめて気づいた。

そこへ、二本の手があらわれた。大きくて毛深いそれが床の穴のへりをつかみ、男がひとり、穴から上がってきた。その巨漢は黒っぽいぼろ服を着て、顔はロリンのようにもじゃもじゃの毛で覆われている——立ちあがった男の姿が、脚だけ残して樽にさえぎられる前に、ぼくはそれがだれだかわかった。

シルヴァージャックだ。脚はかなりのあいだじっと動かず、ぼくはシルヴァージャックが耳をすましているのを感じた。もしかすると、動物じみた外見にお似合いの本能が働いて、ロリンのような精神的手段でぼくの存在を察知したのかもしれない。ぼくは頭をもっと低くして、息をしちゃ駄目だ、木材や石とひとつに溶けあうんだと考えていた。ようやく動いたシルヴァージャックは、裸足《はだし》で大股《おおまた》に歩いて酒蔵の扉の前に行った。そこでまた立ち止まって、低く口笛を吹く。

シルヴァージャックはしばらく待ってからもういちど、ニュース鳩《ばと》の鳴き声のように低くそっと口笛を吹いた。扉のむこうで物音がして、シルヴァージャックが酒蔵の中に引きかえすと、やはり靴は履いていないが毛深くはない別の人物の脚が、足音を立てずにあらわれた。女の人の脚だ。ささやき声で会話が交わされ、ぼくには二、三の単語がわかっただけだった。女の声はほとんど聞きとれなかったが、シルヴァージャックがこういったのはわかった。

「イザベル、グルームの前」

それからの長い無言の時間のあいだ、ふた組の脚はごくごく間近でむきあって、触れあっていたがシルヴァージャックと女の人はほとんど声を立てず、ぼくは顔が熱くなるのを感じながら、心の中で繰りかえしていた――いまここにいるのが見つかりませんように、いまここにいるのが見つかりませんように……。

やがてシルヴァージャックがうしろをむき、床の穴に降りていって、ランプをつかむと姿を消し、そのあと上げ蓋が閉じた。酒蔵に沈黙が戻り、女のほうも出ていったのはあきらかだったので、ぼくは隠れ場所から這《は》いだしたが体はすっかり強ばっていた。手探りしてマッチを見つけ、自分のランプに火をつける。しばらくぼくはいまの出来事について考えこんだが、この件でなにができるというわけでもなく、いまは単に酒瓶の函《はこ》を上に持っていく以外できることはなさそうだった。

頭を下げ、函を落とさないことにだけ集中してほかになにも考えないようにしながら酒場の扉をよろよろとくぐると、喧騒が壁のように打ちつけてきた。

冷たい手に手首を触られて顔を上げると、ブラウンアイズがぼくに微笑んでいた。

「カウンターの中に運んでくれる、ドローヴ」

ぼくはいわれたとおりにした。空函が積んである横に持ってきた函を置いて、体を起こすと、ブラウンアイズの両親が目の前にいた。ふたりとも無言で、沈黙が気まずかった。

「それ、ドローヴが運びあげてくれたの」嬉々《きき》とした声でブラウンアイズがいった。

「おかげでほんとに助かったでしょ」彼女は両頬《りょうほお》にえくぼを作ってぼくに笑顔をむけた、無邪気に、そしてとてもすてきに。

自分がけがれているように思えた。ブラウンアイズの父親の警戒心に満ちた探るような凝視から目をそらすと、かわりにアンリーを見つめることになってしまった。青白い顔の中で唇だけが不自然に赤く、茶色い瓶をきつく握りしめているせいで両手は白い。

「全然気にしないでいいから」ぼくはゆっくりあとずさりながら、悲惨な気分でつぶやいた。

大声でビールを注文する客がいて、ありがたくも呪文《じゅもん》は破られた。アンリーはその場を離れてビールを注ぎはじめ、最初はグラスのぶつかる音がやかましかったが、すぐにあざやかな手さばきになった。ガースは客の冗談に吠えるように笑うと、ビールポンプ相手の仕事に取りかかった。ブラウンアイズはいくつものマグの取っ手をまとめてつかむと、いちばん遠くの客たちのところに運んでいく。脇を通りすぎる彼女の腰に、ひとりの馬鹿男が腕をまわそうとするのをぼくは見た。ブラウンアイズはひらりと身をかわすと、なにもなかったかのように騒々しい集団にビールを渡してまわった。ぼくはしばらくのあいだ、問題の馬鹿男をじっと見つめて殺意と無力さを感じていたが、ふと気づくと、どれがそいつだかわからなくなっていた。客たちはみな同じように見えるし、それにブラウンアイズがカウンターに戻ってきて、ぼくににっこりと笑っていた。彼女はいまのことをなんとも思っていない。いつものことでしかないから。このときぼくははじめて気づいた、自分はブラウンアイズのことをほんとになんにも知らないんだと、彼女の暮らしはぼくのと全然違うんだと。

その夜のことは、ほかにはあまり覚えていない。何度か酒蔵に降りて店の酒を補充し、何度かぼくにとって不快な目つきでブラウンアイズを見る男たちを殴りたくなり、といったことが当たり前の気がしてきて、そのあいだも飲んで騒いで笑ってはずっとつづいていたが、ぼくはほとんどそれを意識していなかった。

だがしばらくして、扉が乱暴にひらかれ、店内が突然静まりかえったときには、ぼくも気がついた。店の入口に立ちはだかって、煙草の煙にかすむ店内のあちこちにラックスのような顔で鋭く視線を走らせているのは、ぼくの父だった。

6

ぼくは日数を数えていられないほど長いあいだ別荘から出してもらえず、顔を見る人といえば母と父、そして時たま、この地域のほかの別荘のさまざまな住人たちだけだった。その住人たちというのも大人の、それも高齢者ばかりで、囚《とら》われの少年の遊び相手にはならない。ぼくが監禁されているあいだに、太陽が地平線の上に姿を見せるようになり、光が強さを増して、やがて昼の長さが夜と同じになった。海は誘うようにきらめき、中庭からは小さな小帆走船《ディンギー》の帆の数々が、やかましく音を立てる一隻《せき》のスチーム船に時おり邪魔されながら、白い羽のように青い海の上を漂っていくのが見えた。真夏がやってきて、潮の流れは止まっている。天候が温暖でおだやかなまま安定しているのは、自然が粘流《グルーム》にむけて準備をしているのだった。

監禁されているあいだのありあまる時間でぼくは自分の行動の誤りをよくよく反省し、なおかつ、〈黄金のグルームワタリ鳥亭〉から丘の上の別荘へむかうモーター車の中で、激した父が親の面目丸つぶれだとまくしたて、その横で母がしくしく泣いていたことをはっきりと思いだしていた。

「自分の息子ががさつな田舎《いなか》の一般大衆に混じって安宿で飲んでいるところを、わたし自ら引きずりださねばならん日が来ようとは、思いもしなかった」

父がいったのは要するにそういうことで、これは公正な見かたとはいえない。あのとき、ずかずかと酒場に入ってきた父に手荒な扱いを受けていなければ、ぼくはおとなしくそこを出ていたはずだ——事実、ぼくは父が店の入口にいるのを見た瞬間、腰を上げはじめていた。だが父はそんなことにはおかまいなしで、おかげでぼくは、ブラウンアイズや彼女の両親や、満員の酒場の客たちの目の前で、みっともない取っ組みあいを演じるはめになった。ある意味、それはぼくが以前から思っていた父に関する仮説の正しさを証明していた。危機的状況になると、父はつねに肉体的暴力に訴える。

その翌日、父は意外にも口を閉ざしていた。まるで厚いガラス窓が父とぼくのあいだに立っているかのように。ぼくたちはたがいの姿を目にはしたが、言葉を交わすのはあきらかに不可能だった。それでぼくは全然かまわなかったのだが、母がこの会話の真空を埋めようとした。

「いいこと、ドローヴ、お父さまとわたしは、おまえが行方不明になったと思ったの。船で海に出るところを見ていた人がいて——さんざん忠告されたのに聞かなかったのは、わかっていますよ——あとで船は戻ってきたけれどあなた方は乗っていなかった。もうどうしようかと思ったわ。お父さまなんて、悲しみのあまり気が狂いそうだったのよ。おまえはわたしたちがどう思っているか、考えもしなかったの？」

「パラークシ＝ブラウンアイズがぼくの居場所を連絡しにきたじゃないか」

「いいえ、そんな子は来ていいません。なんの連絡もないし、なんの情報もないしで、手の打ちようがなくて、ドレバ＝グウィルダさんに連絡したら、ちょうどご子息のウルフさんを宿屋から連れ帰ったところで、おまえがあのふしだら娘といっしょにそこにいると聞かされたの」

「それはブラウンアイズのこと、母さん？」と怒りを押し殺してたずねたが、まだタイミングが早すぎた。母の話はそれからが本番だった。

「酒場で働いていたあの田舎娘のことよ、おまえはあの子とつきあうつもりなんでしょ、お父さまやわたしの忠告に逆らって」母はわざとらしく顔を皺《しわ》くちゃにした。

「ああ、ドローヴ、ドローヴ、おまえはどうしてこんなことをするの？　お父さまとわたしがなにか悪いことでもした？　わたしのことはいいとしても、気の毒なお父さまのことは考えてあげて。おまえはお父さまの顔に泥を塗ったのよ、ほかのお役人の前で不面目な思いをさせたの……」

話はこの調子でその後も数日間つづいてから、ようやく母も変奏曲の種が尽きて、非難がましく沈黙するだけになった。母から解放されたぼくは、この不幸な出来事の全体をもっと正気な目で見ることができるようになった。最悪な部分は、もう体験しおえている。こんどは、この件がもたらしたいい点を考えよう。第一に、ブラウンアイズとの再会と――こんな風に考えていいのか、あまり自信はないけれど――彼女がぼくを好きらしいということ。彼女が父と母にぼくの居場所をいわずにいたのはわざとで、それはぼくをもっと長くそばに引きとめておくためだった、という可能性だってあると思う。ぼくはこの思いつきを手放す気がなくなった。ぼくの両親があんな風に反応するなんて、ブラウンアイズに想像できたわけがないのはもちろんだ。酒場での父との見苦しい騒動が、ぼくの印象を悪くしなかったことを祈るほかはない。

第二に、シルヴァージャックについての魅力満点の謎《なぞ》。ぼくにはもう疑問の余地のないことに思えたが――あの男は、アスタから酒を密輸して、〈黄金のグルームワタリ鳥亭〉や、もしかするとパラークシの宿屋のすべてにまわしているのだ。それを知っていることでわくわくした気分になれたが、話して聞かせる相手がいないのだけは残念だった。父は母との会話の中で何度もシルヴァージャックの名前を出した――あの毛深い男は、もうじき政府のためになにか水先案内の仕事をするらしい――が、その男はあのとおり、まさに役人たちの鼻先で敵と取引をしている。ぼくの中でシルヴァージャックは、理想主義的な英雄に位置づけられた。

そんな考えを楽しくもてあそんでいるあいだに、日々はのろのろと過ぎていった。とうとう、ある日の朝食のとき、父がぼくに塩を取ってくれと声をかけ、母はその合図を受けて、ぼくの新しい服を出してきた。父が仕事に出かけると、母は魂胆のありそうな視線をぼくに何度かむけてから、ようやく口をひらいた。

「今日は朝のうちに、お友だちが会いにくるわよ、ドローヴ」

「なにそれ?」

「きのうドレバー＝グウィルダさんと会ってね、あなたをすごく驚かせてあげようと思って。グウィルダさんの立派なご子息のウルフさんが訪ねてきて、あなた方ふたりで遊びにいくの。すてきでしょう?」

「まったく《ラックス》もう。ウルフのせいでぼくはこんな凍える災難《フリージング》に遭《あ》ってるんじゃないか。ウルフなんて間抜け野郎なんだよ、母さん」

「馬鹿なことをいわないの、ドローヴ。あんな礼儀正しい、いい子なのに。それから、そんなきたない言葉は使わないでちょうだい。ウルフさんの前でそんな口をきいてはいけませんからね。わたしはもう出かけなくちゃ。楽しんできなさい、ドローヴ」満面のやさしげな笑みを浮かべると、母は荷物をまとめて買い物に出かけた。

ウルフが来たのは午前半ばで、くだけた服装だけれどおしゃれに見えるよう気をつかっていて、ぼくには絶対そんな真似《まね》はできない——する気も全然なかったが。「ごぶさた、アリカ-ドローヴくん」ウルフは陽気に挨拶《あいさつ》をよこした。

「おまえさ、自分の両親にあの日、どんな話をしたんだよ？」

ウルフは嫌そうな顔をして、「あれはもう全部、過去のことだよ、ドローヴ。今日、きみの遊びと学びに新時代のはじまりが刻まれるんだ。われらが共通の友人シルヴァージャックといっしょに釣《つ》りに出かけるというお膳立《ぜんだ》てが整っている。一般大衆がいかにして生計を立てているかを知るためにね」

ウルフは最後に目にしたとき以上に背伸びして大人じみたふるまいをするようになっていたが、船で海に出るという話には気を惹《ひ》かれた。結果的に別荘から抜けだせることになるなら、なんだってこのときのぼくの気を惹いただろうが。「釣りの道具は持ってきたのか？」ぼくは聞いた。「ぼくは自分のを探さないとだ」

「釣り具はむこうで準備されているらしい」とウルフ。「いっただろう、ドローヴ、お膳立ては整っているんだよ。われわれの親はあの変人のシルヴァージャックと仕事上のつながりがあるところへもってきて、きみとぼくを友だちにさせたがっているらしい——理由は見当もつかないがね。どっちにとっても申し分ない遊び相手だとでも思っているのかもな」ウルフは顔をゆがめて皮肉な笑いを浮かべ、ぼくは嫌な気分になった。

ぼくたちは港のほうへ丘を下りはじめた。急な坂道が外港に突きだしている地点にさしかかったとき、ウルフが立ち止まると道の海側の塀に寄りかかって、何隻もの船が停泊しているのをじっと眺めた。「きみが外に出てこないあいだに奇妙なことがいろいろあったのは、話しておくべきだと思うんだ、ドローヴ」ぼくたちの眼下や脇《わき》を上昇気流に乗って滑空するユキシロモグリ鳥が、時おり体を傾けると翼をたたんで垂直降下し、さざ波を立てて海面下に一瞬姿を消す。「ここからあそこを見おろしてみろよ」とウルフはいって、真下を指さした。

ぼくは塀から身を乗りだした。鳥の巣がいくつも出っぱった崖《がけ》が、ぼくたちが難破した小さな浜まで垂直に落ちこんでいる。氷魔の潜んでいた潮だまりさえ見えた。その水面はいまはなにもないふりをしているが、獲物が射程内に入ったと怪物が判断したとたん、いつでも結晶する。「なにを見ろって？」ぼくはたずねた。

「雨水管についていろいろ調べてみた」

「下水道のことか？」

「もう下水道なんて呼ばないでもらえるかな。あの雨水管は枝分かれして広がって、この町の大部分の下を通っている。そこでぼくはこう推測した。夜、暗くなると船がむこうの岬をまわりこんで近づいてきて、それから湾をまっすぐ横切ってきみの別荘の下の浜まで来る」とウルフは指さしてみせた。「そのあと崖の下をこの浜に近づいてきて、そこで荷を降ろす。そして物《ぶつ》は地下道を通って運ばれる」

「まだ密輸がどうこういうたわごとをいってるんじゃないよな？」不安を感じながらぼくは聞いた。

「連中が地下道を使ってミルクを運んでいるとは、とても思えないね」

「地下道でなにかを運んでるって、どうしてそんなに凍るほど確信《フリージング》があるんだ？」

ウルフは鋭い目でぼくの顔をじっと覗《のぞ》きこんだ。ぼくははじめて、相手の両目がすごくまん中に寄っているのに気づいた。「連中を見たからだよ」ウルフはいった。

「連中を見た？」ぼくはつぶやいた。密輸の一件には触れずにおいたほうがいい、と少し前にぼくは判断を下していた。シルヴァージャックのことを気にしたわけではない。あの毛深い男が自分の面倒を見られるのはまちがいなかった。ぼくが心配だったのは、ガースとアンリーの立場だ――そしてその先にはブラウンアイズがいる。ブラウンアイズが密輸のことをなにも知らないのは確実で、そうでなければ、搬入の予定があったあの夜にぼくを酒蔵に行かせたりは絶対しなかったはずだ。それでも両親が関わっている以上、犯罪行為が発覚するようなことがあれば、彼女にも影響は及ぶだろう。

「〈グルームワタリ鳥亭〉の酒蔵で疑いをいだいて以来、この件についてずっと調べてきた。ふつうは三日ごとの夜に、船が下のあそこへ来て荷を降ろす。その船をまた見たら、ぼくにはそうとわかる。甲板室が黄色い船なんだ。ここできみの協力が必要になる。次に荷物が届く夜に、ふたりであの潮だまりに隠れて、近距離から状況を見張るんだ。浜まではきみの帆船で行く」

「極寒《フリージング》本気じゃないよな！」

　ウルフが体のむきを変え、ぼくたちはまた丘を下りはじめた。「考えてみろ、ドローヴ」ウルフはさりげない口ぶりで、「少なくとも、面白い訓練にはなる。すべてをうちの父の手に渡して公式に調査してもらうよりずっといい、そう思うだろう？　だって、ぼくがまちがっているかもしれないからね。ああ、ところでだ、話題を変えないか。〈グルームワタリ鳥亭〉のあの女の子には最近会ったかい、なんていう名前だっけ？」

「おまえさ、名前なら凍るほどよく知ってるはずだし、ぼくが何日もだれとも会ってないのだって凍るほどよく知ってるくせに！」

「ふたりとも、気が立っているみたいだな」魚市場を抜けてシルヴァージジャックの造船場に入ったところで、ウルフが他人事《ひとごと》のようにいった。ウルフが偉ぶった態度で工場主の所在をたずねると、ほとんどすぐさまシルヴァージャック本人が姿を見せて、ぼくたちを水際に導いた。点火ずみで安全弁から白い煙を立てた小さな汽艇が、船架の横の岸壁にじっと浮かんでいる。ぼくはあたりを見まわして、自分の船を見つけた。

あきらかにいい状態なのが、覆いがかかっていてもわかる。

「汽艇か」とぼくは口に出した。ぼくにいわせれば、汽艇なんて水に浮いたモーター車と大差ない。

シルヴァージャックはぼくの考えを察したようだ。「すばらしい船だ」早口で、不思議なほどどうやうやしげにいう。「これに乗ってれば、危険な目にあうことはない。さあ、全員乗船だ」

「ちょっと待って」ウルフが口をはさむ。「まだ全員そろっていない」と待ちどおしげに町のほうをふり返る。

「ほかの人のことなんて、なにもいってなかったじゃないか」ぼくは文句をいった。「ぼくたち三人だけで、釣りをするんだと思ってたのに。この船にはもう、乗る場所なんかないぞ」

「あ、来たみたいだ」とウルフ。

おしゃれな服を着た少女が、やはりぱりっとした服装の年下の男の子の手を握って、船架に散らばった木屑《きくず》をそっと踏みしめながらこっちへ歩いてくる。最初はそのふたりがだれだかわからなかったが、近づいてくると衣装にごまかされずに、パラークシ－リボンと弟のスクウィントだと見てとれた。

「ウルフ！」ぼくは焦り声でささやいた。「どういうこと《ラックス》だよ、あの女がここでなにしてるんだよ？　顔も見たくないのに。おまえ、頭がどうかしたのか？」

「こんにちは、お嬢さま」ウルフはぼくを無視して、さらりとそう口にすると、リボンの手を取って船の上に導いた。スクウィントがおそろしいほど顔をしかめてあとにつづくと、シルヴァージャックが船を出した。エンジンがシュッシュッと音を立て、ぼくたちは係留された船のあいだをすべるように進みはじめた。この前ぼくが港を目にしたときと比べて、船の数がはっきりと少ない。排水型の船舶多数が、粘流《グルーム》に備えて港につながれていた。

海に出てからしばらくのあいだ、シルヴァージャックは調子がよさそうで、操舵席《そうだせき》で年代物の煙管《きせる》をくゆらしながら、海の話を聞かせてくれた。本質的にその話は、トラック運転手のグロープがしていたのと同じようなもので、違うのは出来事が地面の上ではなく海の上で起こり、地震や洪水のかわりに嵐や渦巻きが関係する点だった。シルヴァージャックが話しているあいだに、聞く側はふたつの組に分かれていった。ウルフとリボンは操舵席の片側にすわって、語り手にはあまり注意をむけずに、釣り糸を船のうしろに引きずりながら自分たちだけでささやきあい、一方でスクウィントとぼくは反対側で気づまりに感じながらもいっしょにいる。スクウィントはシルヴァージャックの話を本気にして、口をぽかんとあけたまま耳を傾けているが、ぼくは黙ってウルフの裏切り行為について考えをめぐらせていた。ぼくがこれまで、ウルフを高く買っていたことがあるわけではない。だが、まさかここまで評価を下げることになるとも思ってはいなかった。

「さて、空を見てみろ、坊や」シルヴァージャックは、聞き手の中でただひとり熱心に耳を傾けているスクウィントにむかっていった。「あそこで輝く太陽フューを見てると、たったいま南のほうがどんなことになってるか、絶対信じる気にならんだろうな。じっさいにそこにいたことのあるおれが、聞かせてやろう。雲と霧が激しくうねり、海水は人が上を歩けそうなほど濃くなる。水が蒸発するからだ。浅瀬になんか近づいたら、氷魔が船をつかまえて、雨が降るまで半年は放そうとせん。何年も前、もっと若かったころのおれは、何度も粘流《グルーム》に乗ったもんさ。大南海に出てそのときを待つんだが、太陽があんまり近くから照りつけて、帆柱の先は焦げるわ、まわりじゅうの海が蒸気になって消えちまうわで、雲の合間から視野が確保できるのは海全体でたった一カ所になる——ほかならぬ南極だ。だからおれたちはそこへ行って、暑さと湿気で死にそうになりながら待ってると、太陽が北へ去っていくのにあわせて、雲がでっかい渦巻きになって頭のすぐ上まで来る。そして、視界がまったくきかなくなったところで、水が船を引っぱりはじめ、おれたちはロックス車のように引かれて、海流に北への旅に連れていかれる。こうやってグルームに引っぱられ……」

スクウィントはフユノ実をほおばって、目を丸くしている。

「密輸のことを聞かせてくれよ」ウルフが突然割りこんできた。「若いころは密輸を何度も目にしたんじゃないのか、シルヴァージャック？」

それまで直線を描いていた船尾の航跡に小さなぶれが生じたが、ウルフはそれに気づいただろうか。シルヴァージャックと〈黄金のグルームワタリ鳥亭〉の関係をウルフが知っているなんてことは、あるわけがない。

「密輸だと？」もじゃもじゃの眉毛《まゆげ》の下の小さな目に警戒の色が浮かんだのがわかった。「密輸か。ああ、密輸の噂《うわさ》は耳にしてる」

「そりゃだれだって耳にはしてるよ」リボンがさえずるような声でいい、ぼくは苦々しい思いでそちらを見た。いまのリボンからは、最後に目にしたときの姿はとても想像がつかない。よごれて服はぼろぼろで、下水道を這《は》っていたなんて。いまのリボンはウルフの隣にすわっていたが、ほとんどウルフのほうを見ていなかった。というか、だれのことも見ていなくて、海を眺めたり、ひとりでなにかをじっくり考えては時おりこっそりと笑みを浮かべたりして、満ち足りた様子だ。ぼくは前に会ったときのリボンのほうを、好ましく感じる。人を見下すところは不愉快だが、少なくともあけっぴろげだったから。

船が大指岬をまわると、殺風景な黒い崖は低くなって入り江の平らな地面に変わり、そこに新缶詰工場があった。波が前より高くなり、汽艇は大きく上下しながら煙を吐いて進んだ。釣り糸は二本垂らしていたが、引きはまったくなかった。

「それで?」途切れていた会話をウルフが再開させた。

シルヴァージャックはいきなり長くて込みいった冒険談をはじめたが、密輸は割にあわないというのがその話の教訓だった——とくに戦争中には。話が結末に近づくにつれて、巨大な毛深い手を顔の前でゆらして絞首台から吊《つる》された罪人たちを表現し、感情が高ぶって声を震わせるシルヴァージャックの語りぶりは、悔悟《かいご》調あるいは懺悔《ざんげ》調になってきた。シルヴァージャックの分身らしい主人公の死体をロリンが荷車で墓場へ運ぶあいだ、その男の妻がハンカチを顔に当てて泣きじゃくっているところで、話は終わった。自分がうまく話せていると確認したいかのように、シルヴァージャックはぼくにちらちらと目をむけどおしだった。ぼくは体が熱くなり、居心地が悪くなった。ぼくが密輸のことを知っているのを、シルヴァージャックがどれくらい気づいているかが——そして、ぼくがだれにもいうつもりがないのをわかっているのかどうかが、気になって。話し終えたシルヴァージャックは立ちあがって、自分は奥に引っこむからぼくが舵を取るようにといった。休む必要があるからと。そしてゆっくりと階段を降りて小さな船室に入ると昇降口を閉じて、あとには不安な視線をむけあうぼくたち四人が残された。ぼくたちは船長を動揺させたらしい。

そのあと、船が魚群と出くわして、ぼく以外の三人はしばらくのあいだ、釣り糸を巻き上げ、血しぶきや鱗《うろこ》が飛び散る中で魚を釣り針から外して釣り糸を海に投げいれ、またすぐに同じ手順を繰りかえす、という機械的な作業に熱心に取り組んだ。ぼくは、興奮のさなかにあるリボンが、気どったふりをやめて、両手をまっ赤にして血をしたたらせながら、ウルフやスクウィントといっしょになって仕事に励んでいることに気づいた。ほかの三人が楽しみを独占している気がして少しいらつきながら、ぼくは操舵に集中しようと四苦八苦した。小さなスチーム帆走船《ディンギー》が前方にあらわれた。乗員の気配がまったくしなかったので、最初ぼくはその船があてもなく漂っているのかと思ったが、近づいていくと舷縁から釣り竿《ざお》が一本、突きだしているのが目に入った。

ぼくたちは入り江と新工場のかなり近くまで来ていた。崖は大指岬のあたりほど高くも険しくもなかったが、それでも水際には巨大な岩が不規則に集まっていて、打ち寄せる波が白く泡立っている。ぼくにはやはり、スチームディンギーがそっちへむかって漂っているように見えて、その船の人は昼寝でもしているのかと考えた。ぼくは汽笛を短く数回鳴らした。

魚を釣り針から外そうと奮闘していたリボンが、手を止めた。「そんな子どもみたいな真似、しなくたって」

ぼくは二十ペースほどの距離になったディンギーを指し示した。三人は魚のことを忘れて立ちあがると、漂う船を見つめた。エンジンを絞って、こちらの船を減速させる。男がひとり、敷板の上で両手を枕にしてあおむけになっているのが見えた。「きっと心臓発作だよ」とスクウィント。「釣りをしてて、でっかい魚が釣れて、びっくりしすぎて、倒れて死んだんだ」

「うるさいよ、スクウィント」リボンが居丈高にいった。「そんなことといってる間に、シルヴァージャックを呼んできな」

「船を横づけしろ」とウルフがいったのは、まさにぼくが横づけしようとしているときだった。

船室から上がってきたスクウィントが、興奮気味に、少し怯《おび》えた様子で、「シルヴァージャックが目をさまさないよ。変なにおいもするし」

こんなかたちでぼくたちが責任を押しつけられるなんて、非現実的もいいところだった。一瞬前までぼくたちは釣りを楽しんでいた。それがいきなり、死体をふたつもなんとかしなくちゃならなくなっている。あのとき取り乱した自分は、スクウィントが船室で嗅《か》いだのは腐敗臭だったのだろうかと考えていた。ボイラーの圧力計はもう下がっていて、じゃあどうしたらいいかというとよくわからない。あっちの船がこちらとぶつかり、ウルフとリボンはこのときは都合よく、自分は命令する立場じゃないということにしたらしくて、ぼくを見て指示を待っている。海は波立ち、崖は近いように見えた。風が強くなって、ぼくたちの船を回転させた。

「なんか吐《は》きそう」スクウィントがいった。

「リボン」ぼくはきっぱりとした声で、「シルヴァージャックをなんとか起こしてきて。スクウィント、吐くなら風下に行ってくれ。ウルフは鉤竿《かぎざお》であの船の男をつつくんだ」三人はすぐさまその言葉に従い、ぼくは責任を持つことの利点に気づいた。いちど命令を出してしまえば、命令した当人は悠然と構えていていいのだ。ぼくは腰を下ろして、事の成り行きにまかせた。

　スクウィントが舷側から吐いていた。リボンがそれにちらりと目をやってから、ぼくを喧嘩《けんか》腰《ごし》に見据えて、「自分でシルヴァージャックを起こせば。あの船室は女が行く場所じゃないよ」

　その間にウルフは鉤竿を手にすると、波のうねりに乗って汽艇がゆれるので少し安定をとるのに苦労しながら、尖《とが》ったほうの竿の先で見知らぬ男の脇腹をつついた。

　男の健康状態に関する疑問は、それですべて解決した。男は痛みに悲鳴を上げて、脇腹をつかむとあわてて立ちあがり、罵《ば》詈《り》雑言《ぞうごん》をまくしたてたが、それははじまったときと同じくらい唐突に終わった。不意にだれもが黙りこみ、だれもが目を見ひらいて見つめあったまま、船が音を立ててぶつかりあっている。

　ぼくたちが見つめているあいだに、男は釣り竿を手に取ると、へら形の奇妙な指ですばやく釣り糸を巻きとった。無駄のない動きで計器類を確認し、舵の前にすわって、スロットルを前に倒す。ぼくたちのほうにはもう目をむけなかった。たちまちエンジンがかかって、艫《とも》の海が泡立つ。なめらかに速度を増したスチームディンギーは、大きく弧を描いて加速しつつ、入り江の入口にむかった。

ぼくたちは顔を見あわせ、ぼくには全員が怯えているのがわかった。しばらくだれもしゃべらずにいたあと、やがてウルフが、瞑想《めいそう》しているような口調で、みんなが考えていることを声にした。

「どういうことだ、あの男がしゃべっていたのはアスタの方言だったよな」

スクウィントはもっとかんたんに、「あいつはスパイだよ」といい切った。「アスタのスパイの悪者だ」

7

「追っかけろ！」スクウィントのちびが、スロットルに手をかけたままためらっているぼくをせっついた。

「なにを待っているんだ？」とウルフも聞く。

ディンギーは急速に距離を広げていたし、シルヴァージジャックの釣り船よりも速度が出せるのはあきらかだ。ぼくにもすぐさま追跡を開始したい衝動があったのは否定しないが、そんなのは目先のことしか見ていない行動だとも思えた。人を追いかけるのは、相手をつかまえる気があるからで——やけくそになった、しかもきっと武装しているアスタのスパイをつかまえるという考えは、ぼくにはちょっとどうかと思えた。

「逃がしてやろう」とぼくはいった。「あいつのことはあとで通報する」

「逃がす？」ウルフがとても信じられないという声で、「大した愛国者じゃないか、アリカ－ドローヴ。われわれにもせめて取り調べくらいはできる。つかまえて面とむかって問いただして、やつが正直に答えれば、なんの危険もない」

「おまえ、ついさっきまで面とむかうどころじゃなかったくせに！」

「あのときは状況に問題があったんだよ、アリカ－ドローヴ。脇腹《わきばら》をついたばかりの相手を、問いただすなんて無理だ。それに、全員が不意を突かれてもいた。海のまん中でアスタのスパイと至近距離で出会うなんて、だれも思わないからね」

「もう早く、早くったら！」スクウィントが叫びながら跳びはねるので、船が危険なほどゆれる。「氷男《フリーザー》が逃げちゃうよ！」

「シルヴァージャックの意見を聞いてきてくれ、ウルフ」もうどうしようもなくなって、ぼくはいった。

ウルフが船室に姿を消し、スクウィントは跳ねまわって叫びつづけている。リボンは面白がるような目でぼくを見つめていた。あんたこわがってるね、といわれるに違いないと思って、ぼくはせっせと乾燥樹皮や短い薪《まき》を小さな炉にくべた。炉の火勢は衰えていて、ボイラー圧が下がったのはこれが原因だった。

気がつくとウルフがぼくにのしかかるように立っていた。「シルヴァージャックは酔っぱらっている」嘘《うそ》をいっている様子はまったくない。「あいつは決断なんて下せる状態じゃないよ」

ぼくは立ちあがって、海の様子を見渡した。視野の中で唯一の船は、逃走中のスパイのものだ。真夏というのは、海がひっそりする時期と決まっている。排水型の船が係留される一方、海水はまだ滑走艇《スキマー》むきの状態になっていない。「じゃあ、船をパラークシに戻すべきだ」

「いつから船長になったのかな、アリカ－ドローヴ？」

「ご記憶と思うが、シルヴァージャックは下に降りる前に、ぼくに舵《かじ》を渡したんだ」

「なにしてんだよ！　そんなこと話してる場合かよ！」スクウィントは癇癪《かんしゃく》を起こしていた。

「まったくだ、さて諸君」ウルフはリボンとスクウィントにむかっていった。「スパイを追跡するのに賛成の者は？」

「はい！　はい！」スクウィントが叫ぶ。リボンは落ちついてうなずいた。

「こちらが多数派だ」ウルフが満足げに宣言した。「どきたまえ、アリカ－ドローヴ。きみの指揮権を剝奪《はくだつ》する」

「それは反乱だぞ！」

ウルフはぼくの腕を鷲《わし》づかみにすると、スロットルからぼくの手を引き剝《は》がした――ぼくの権威の象徴から。ぼくはいちおう抵抗してみせたが、三人ともが敵にまわったという事実ははっきりと認識していた。ぼくは肩をすくめると操舵席《そうだせき》を離れ、船室をまわりこんで前甲板に行くと、ひとりでいじけた。腰を下ろして岸を見つめるぼくの姿を、ありがたいことに船室の屋根が乗っ取り犯どもから隠してくれる。ぼくは内心激しくあの三人を嫌悪した。人を見下したようにふるまうウルフを、傲慢《ごうまん》な性格のリボンを。まったくもって、類《ラックス》は友を呼ぶだ。

ウルフがエンジンを全速力でまわし、振動が体に伝わってきた。前方に目をやると、スチームディンギーが入り江に突きでた低い丘と丘のあいだに入っていくところで、さっきより減速したようだ。スクウィントの興奮した声がする。スパイは内陸にむかっているが、目的地はどこなのだろうとぼくは思った。やつがどんな目的でエルト側の海域にいたにせよ、陸上の活動拠点があるはずだ。あんな小さなディンギーでは、ずっと海に出たままで生きていけるわけがない。この地域に、国への反逆者がいるということだ。

すぐに、ぼくたちの追っていた船は入り江に停泊する漁船のあいだに見えなくなった。新缶詰工場は粘流《グルーム》の時期になったら、どうやって原料を入手するつもりだろうとぼくは思った。グルームで潮位が下がったら、入り江のあたりを通れる船はいちばん小さな滑走艇《スキマー》だけになるのに。入り江の両側の丘には四角いビルがあった。そのときのぼくは、新工場を奇襲から守る単なる監視所だと思っていたのだが。

突然、監視所のビルのそれぞれから太い煙が勢いよく上がり、その一瞬後、力強いエンジンの響きが海面を渡ってきて、のんきな音を立てているぼくたちの船の機関を圧して耳に届いた。ぼくたちの船は丘のあいだにさしかかろうとしていた。男たちがこちらを見おろして、身ぶりでなにかを伝えている。止まれといいたいらしい。ぼくは飛びあがって、艫《とも》にむかった。この船の新指揮官にまかせておくわけにはいかない。

操舵席に降りてみると、状況は無秩序をきわめていた。小さな顔になにかを決意したような皺《しわ》を刻んだスクウィントが、いちばん前まで倒したスロットルにしがみつき、ウルフはその手を引き剝がすのと、舵を取るのを同時にやろうとじたばたしている。リボンは弟を怒鳴《どな》りつけているが、それはなにがなんでも船を進めるんだというちび助の決意をいっそう固くしているだけだった。

「あいつらが止まれっていってるんだから、スクウィント！　手を放さないと凍え死ぬよ。このままじゃ岩にぶつかるってば！」

手を出す気はなかった。こいつらが船を難破させたいなら、それはこいつらの問題であって、ぼくの知ったことではない。腰を下ろそうとしたとき、スクウィントの目が驚愕《きょうがく》で丸くなるのが見えた。スクウィントはあごをがくんと落とすと、大あわてでスロットルを手前に引いた。エンジンの回転が落ち、ぼくは目を前にむけた。

前方の水中からなにかが上がってくるところだった。巨大で黒く、水をしたたらせ、海草の垂れ下がったなにかが。まず一瞬、怯《おび》えきって、シルヴァージャックの不気味な作り話に出てきた未知の海とそこに棲《す》む不思議な化け物のことしか考えられなくなった。目の前に、氷魔の女王にして死の惑星ラックスの伝説の恋人、ラギナがそびえている。なぜそんな高貴な怪物が、船に乗った四人の子どもごときに自ら手を下すんだろう、などとはまったく思わなかった。いまや目の前にはゆれる触手があって、船の行く手をさえぎっている。

ウルフが舵を風下に切って、船は激しく傾いた。安定がとれずにぼくたちは操舵室内でよろめき、それで呪文《じゅもん》が解けた。船はいま、太くて錆《さ》びたワイヤロープと並行して走っていて、ワイヤロープからは水中まで垂直に鎖《くさり》が何本も垂れ下がり、それがまとめて両側の丘のビルのあいだに吊《つ》られている。あきらかに入り江と、そして結果的には新缶詰工場を、他国の侵略者たちから守るための仕掛けだ。でも、さっきスパイの船は黙って通過させた……。煙の柱はスチームウインチから出ていて、不審な船が接近するとこの仕掛けが海底から引き上げられるようになっていた。

「だれか来るよ」スクウィントが不安そうにいった。

一方の丘の下の波止場から高速艇が飛びだしてきた。ウルフが船をまわして外海に戻ろうとしたとき、高速艇の前甲板に集まった男たちが大きくて複雑な機械相手になにかしているのが見えた。突然、男たちが白い煙につつまれたかと思うと、耳にしたことのない音が聞こえた。空気を切り裂き、激しくぶつかる音。この船の舳先《へさき》から数ペースの海面がいきなりしぶきを上げた。

「スチーム砲だ！」驚いたウルフがうなり声を上げた。「なんだよこれ《ラックス》。止まらなくちゃ」ウルフがスロットルを引くと船は波に乗って静かにゆれるだけになり、その間にも砲艦《ガンボート》は急速に接近してきた。顔をほてらせたウルフは、怯えをたちまち怒りに転じた。「あいつら、なんの権利があって発砲したんだか、聞かせてほしいもんだ！ここはエルトだぞ！　あいつら正気じゃないのか？　この件は絶対に父の耳に入れてやるからな！」

「それはいいんだけどね、ウルフ」とぼくは辛辣《しんらつ》な声で、「その前に、あの人たちと話してこの状況を解決してくれよ。きみもぼく同様にご存じのとおり、新缶詰工場は軍指定の立入禁止区域だ。あの砲艦はぼくたちをアスタ人だと思っているわけさ！」

ウルフはぼくに憎々しげな顔をむけたが、砲艦が横づけになったときには愛想笑いに変わっていた。気がつくと、スクウィントとリボンとぼくは無意識のうちに操舵室の前のほうにかたまり、ウルフひとりが、舵を握った不利な状態で艫に残されていた。「子どもしかいないぞ」という叫び声につづいて、男がひとり飛び移ってきて船がゆれた。紺青色のエルト海軍の制服を着た男は操舵室の中央に立ちはだかり、ぼくたちは雰囲気にのまれた。「ようし」男は口をひらいた。「だれの船だ？」

「パラークシ－シルヴァージャックのものです」ウルフが勢いこんでいった。「シルヴァージャックは船室で酔っぱらっているので、ぼくたちが船をなんとかしなくてはなりませんでした。助けを求めてここへ来たのです」

海軍の男は、話など聞くだけ無意味だと思っているらしく、ぼくたちを押しのけると下へ降りていき、扉のところで少し手こずってから、ウルフの言葉を確かめるために船室に入った。スクウィントが非難をこめてウルフをにらんだ。

「スパイのことは？」と人に聞こえるような声でささやく。「スパイのことをいわなかったじゃない！」

「黙ってろ！」ウルフは脅すようなかすれ声で返事をした。「もうさっきの話は変えられないし、こういうことにしておいたほうがいいんだ。スパイなんて絶対信じてもらえないが、シルヴァージャックが酔っぱらっていることなら証明できる」

男は船室から上がってくると、布きれで両手を念入りに拭《ぬぐ》いながら、「確かにな」といった。「おまえら、戦時中は入り江付近が立入禁止区域だと知っているか？ われわれは馬鹿な小僧どもの子守りなんぞしている場合ではないのだ。大砲の前にのこのこ出てきて、自分たちが死んでいたかもしれないのをわかっているのか？ あるいは、入り江の防材《ブーム》にぶつかったらどうなっていたか？」

「はい、でもぼくたち、なんとかなると思って」ともごもご口にしたウルフは、海軍士官の反応にしょげかえっていた。

ぼくのほうは、しょげてはいなかった。怒り心頭だった。この男は、ぼくがしつこくお目にかかっている気がする種類の、傲慢な冷血野郎でしかなくて、こういう輩《やから》は

——このウルフもそうだが——自分以外の人間は馬鹿だと決めてかかっている。この船にも許可なしに乗りこんできたし、いまは当然という顔でぼくたちに説教している。激しい怒りで目の前が赤く染まったぼくは、いつのまにか口をひらいていた。

「ぼくたちが死ぬなんてことはなかったと思うよ、だっておまえの指揮官は、ぼくたちを沈める前に事実を確認しておくくらいの分別はあったはずだもの——おまえにはなくてもね。同じことは丘のどの砲についてもいえる。それにウインチは当然、船の接近が確認されたとたんに巻き上げがはじまるんだろうから、どんな馬鹿でも防材《ブーム》をよける時間はある。ぼくのいうことがまちがっているというなら、おまえの冷凍鼻《フリージング》の先に転がっている証拠を見せてやるよ。ぼくたちがこうして生きているってことさ。危険なんてなにもなかったんだ」

士官はぼくを見おろして、動じた様子もなく冷ややかに見つめていたが、不意にぼくはそれも見せかけにすぎず、相手が論破されていることに気づいた——こいつにはもう、年齢差と軍服しか頼れるものがないことに。それを取り去れば、この男も知性を持つ生命体でしかない。その点はぼくと同じだが、ぼくより低級だ。

気を吐いたぼくに、ウルフはちゃっかり便乗した。「そうそう、ここにいるぼくの友人のお父上が新缶詰工場でかなりの要職に就かれていることは、いっておくべきでしょうね。アリカ－バートという方です」

凍え死ね、ウルフ、凍え死んじまえ。父のことなんか持ちださなくてもだいじょうぶなのがわからないのか？　父のことなんか持ちだしてほしくないってことが。

「そうなのか？」士官はぼくを見たままだった。

きっと人生には、その人の人格が氷魔のように結晶して明確なかたちをとる瞬間があるのだと思う。自信のなさや外からの影響、従属、そして責任からの自由をさんざん経験した子ども時代を経て、人が自ら決断を下す瞬間が。いま、ぼくはその道へ進もうとしていた。さまざまなことを目にし、両親や教師たちの考えかたを耳にしてきたぼくは、自分がまだ知らない事実があるのは認めるけれど、それでももう、新しい事実を知っても覆されないくらいにしっかりした人格を形成していた。新しい事実は世界についてのぼくの知識を拡大はするだろうが、その世界に対するぼくの接しかたや、その世界での自分の役割に関する認識を変えることはないだろう。とうとうぼくは、自分が正しいときにはそうとわかるくらいに、他人のことがわかるようになったのだった。

だからぼくは、父が工場の実力者だという事実を否定しなかった。否定するのは子どもじみた意地っぱりだったし、手持ちの武器は活用すべきであることをわかっていない証拠でもあった。ぼくの前には、大人の象徴であり、権威の象徴である軍服姿の、背の高い男が立っている——こいつは打ち負かされねばならない。こいつを打ち負かせば、ぼくは幼児期以来ずっと人格の成長を邪魔してきた息苦しい重荷から、解放されたことになるはずだ。

「そうさ、父はアリカ－バートだ。ぼくの名前はアリカ－ドローヴ。さあ、おまえがこの船から出ていきやがったら、ぼくたちはまた外海に出る。この船の操船なんて、どうってことないからね」

男は肩をすくめ、目の奥に面白がるような表情を浮かべて、つぶやいた。「そのようだな。海での無事を祈る」男がひらりと砲艦に飛び乗ると、砲艦はむきを変えて、たちまち遠ざかった。男との対決はあっという間に終わってしまって、そんなことは起きなかったかのようだったが――あとになにも残らなかったわけではない……。

艫に足を運ぶと、ウルフが脇にどいて、舵から手を放した。ウルフは尊敬のまなざしをよこした。それが長続きしないのはわかっていたが、とにかく一瞬、ウルフは敬意をもってぼくを見た。「いまのふるまいには感心したよ、アリカ－ドローヴ」とウルフはいった。

港に引きかえしながら、ぼくたちが話題にしたのはスパイのことだった。スクウィントは真夜中の探索という考えを気にいっていた。新缶詰工場周辺の一帯で謎《なぞ》の外国人を捜しまわるというものだ。リボンがその案の穴を指摘する。真夜中にはスパイも寝床に入っているだろうから、発見はむずかしい、と。ウルフは少しはまともな提案をした。

「アスタなまりの人間が工場にいないか、お父上に聞けばいいじゃないか、ドローヴ？」

この解決策はいいと思った——その理由の一部には、自分の中にあらたに発見した成熟というものをじっさいに試す機会になるだろうから、ということもある。ぼくは大人の男どうしとして父に説明を求める、ただそれだけだ。いまのぼくは、酔っぱらいの船長の船に乗せたといって、父を非難することだってできるだろう。

ぼくのみごとな操船でパラークシ港を抜け、岸壁に船を係留したあと、ぼくたちは翌朝また会うことを決めた。午後の遅い時間で日ざしは見る間に弱まり、ウルフとスクウィントとリボンは帰っていき、ぼくは造船場に入った。自分の船が無事なのを確認したかったのだ。もう何日もそれを目にする機会がなかったのだから。

ぼくが船体を調べて、ワニスにいくつかかすり傷があるのを気にしていると、シルヴァージャックがよろよろと近づいてきた。大きな毛深い拳《こぶし》で、赤く腫《は》れた目をこすっている。「起こしてくれなけりゃ駄目だろうが、若造」シルヴァージャックはいった。「いつ戻ってきた？」

「ついさっき」

「寝ちまったか」

「酔っぱらってたんだろ」

「あのなあ、若造」シルヴァージャックは、こいつはまずいという目でぼくを見た。「そういうことをいってまわるのはいかがなもんか、ってのはわかるよな？」

「ま、いまの話はなかったたってことで」といって立ち去ろうとすると、シルヴァージャックに腕をつかまれた。

「親父《おやじ》さんにいったりはしないよな、え、若いの？」

「なぜそうしちゃいけないのさ。あんたが蒸留液を〈黄金のグルームワタリ鳥亭〉に密輸してるのを見たことも、いっしょに話すと思うよ」いったとたんに、ぼくは後悔していた。

「事務所まで来てくれるよな、ドローヴ」シルヴァージャックは静かにそういって、つかんでいた腕を放すと、判断をぼくに委《ゆだ》ねた。ぼくはシルヴァージャックのあとについていった。「すわれ」といってシルヴァージャックは机のむこうに体をすべりこませると、悪臭のする煙草に火をつけた。「おまえさんとおれで少し話をせんとな」

「話すことなんかない」

シルヴァージャックはぼくをじっと見つめた。気が落ちついてきたようだ。「わかった」シルヴァージャックはいった。「だが、おれのほうには話がある。さて、とりあえず、この造船場を見まわしてもらおうか。小さいなりにいい商売をしてる、と思うかね？」

「もうかってるように見える」

「それが、そうじゃないのさ。この造船場は何年も赤字つづきだ。ところが去年、政府が作った新しい漁業法規は小船の数を減らすってやつで、ついでに密輸を減らすのもねらいのうちだろうよ。ここにはでかい底引き網船《トロール》を造る設備がないもんだから、いまじゃおまえさんの滑走艇《スキマー》みたいな遊び用の船を造ったり、修理仕事を引きうけたりが飯《めし》の種だ。ここまではわかったか？」

「いまのところ」

「よし、だからおれはちょっとした、まあなんだ、配達の副業で小銭を稼いでるわけだ、といっても生きてくのがやっとという程度だがな。戦争のせいで、いまの世の中はしんどい——だが平和だったころには、大勢のアスタの船乗りと知りあいだった、いい連中さ。おかげでおれには、山ほどの伝手《つて》がある。必要な品物をちょいと船で運びこんで、連中が必要なものをちょいと送りだしてる、それでみんながしあわせだ。それにどのみち、いい稼ぎになる仕事を親父さんがくれたんで、そういう副業からはもうじき手を引く。おまえさんがよけいなことをいってまわったら、親父さんは気を変えちまうだろう」

「父の雇う相手が反逆者だってのは、いいことじゃないかも」

いきなりシルヴァージャックが立ちあがった。脅しつけるという感じではなく、単にうんざりして、いらだっているようだった。「親父が役人だと、息子まで頭が役人になるようだな。いいか、よく聞けよ、若造。ここパラークシじゃ、いまだって戦争中だなんてこたぁだれも知らなかったはずだ、政府だの、やつらの割当制だの、やつらの冷血禁止事項だの、やつらのつまらねえ腹黒な秘密とかがなけりゃな。おれたちはいまもアスタと取引してる――ただし見つからんようにだ。漁獲も収穫もいまだって量は前と変わらん――なのに議会は、おれたちがそれを好きにしちゃいかんといって、取りあげちまう。内陸の街が飢えてるから、だとよ。おいおい、戦争前にその街が食い物をどうしてたのか、お聞かせ願えるかね？　おれにしてみりゃ、こいつは議会のやってる戦争で、おれたちにゃ関係ない。なんでおれたちを巻きこまないで、自分らだけでアスタと戦えないんだか、おれにはわからん！」

シルヴァージャックはいまや叫ぶようにしゃべっていて、ぼくはそんな相手を見つめていた。「だれもがあんたみたいな考えかたをしているわけではないのは、いいことだ」父のご愛用のいいまわしを使って、ぼくはいった。

シルヴァージャックはぼくの肩を握りしめて、「ところが、だれもがそうなのさ、ドローヴお坊っちゃま」とささやいた。「だれもかもがな。ここパラークシにゃ議会の支持者なんてだれもいないことが、そのうちわかるだろうよ」

別荘までゆっくり歩いて帰りながら、ぼくは真剣に頭をめぐらせていた。自分の中に高揚した気分があって、しばらくはその正体がわからなかった。だが、丘のてっぺんにつづく階段の途中で立ち止まって、船が錨《いかり》を下ろす港を、むかい側の丘の斜面の家々とその中に混じる旧缶詰工場を、仕事中だったり、遊んでいたり、岸壁にすわってただ景色を眺めていたりする人々を一望したとき、その正体がわかった。

ぼくはパラークシの町を、全部ひとまとめで愛しているのだ。船も、人々の暮らしも、町の雰囲気も。そしてもしパラークシが、議会とそれが象徴する秩序や法規に逆らうというなら、ぼくもそうする。ひとりの人間としての自分を自覚しつつあったぼくは、拠《よ》って立つ大義を必要としていた。だれもひとりきりではその自覚を達成できないことに、たぶんぼくは気づいていて――そして、ぼくの大義がここにあった。パラークシが。また階段を上がりはじめたぼくは、ひとりの老婦人とすれ違った。つらそうで、やつれ、疲労の色が見えるが、くじけてはいない。不意にこの老婦人が、政府の圧制下にあるこの町を象徴しているように思えて、ぼくはその腕をつかんでこういいたくなった。お母さん、ぼくはあなた方の味方です、と。

だが象徴的ではあっても、その老婦人もひとりの人間であって、おそらくは誠実な未婚の娘に対して大きな力を持つ一方、しじゅう関節炎のことをこぼしたり、就寝中に粗相をしたりしているのだろうと気がついて、ぼくは手を引っこめたままでいた。

両親は釣りに出たときのことを根掘り葉掘り聞きたがったが、脚色ずみの話を聞かせただけで、シルヴァージャックの失態には触れずにおいた。それから、ぼくは例の件を質問した。「父さん、ぼくたちの船と行きあった釣り人が、アスタなまりでしゃべっていたんだ。その男は入り江を遡《さかのぼ》っていって、ぼくたちも追いかけて正体を突きとめようとしたんだけれど、軍の人たちが通してくれなかった。アスタ人が新缶詰工場の近くに、なんの用があったんだろう？」

父は、がっかりするくらい平気な顔で笑みを浮かべた。ひどく機嫌がいいらしい。

「それは工場の人間だろうな、ドローヴ。難民たちを雇っているのだ。エルト生まれで、開戦時にはアスタに住んでいたが、抑留される前に脱出に成功した人々だ。中には子どものころからアスタに住んでいたのに、逃げださねば監禁されるほかなかった人すらいる」

「なにもかもを失った人たちですよ」母が口をはさんだ。「アスタ人どもはそういう獣《けだもの》なのよ」

8

翌朝、朝食をすませてから、ぼくは波止場への道を下っていった。ここ数日でまばゆい日ざしにうっすらと霞《かすみ》がかかるようになっていて、それは粘流《グルーム》のはじまりを予告していたが、とはいえその日はいい天気で、気がつくとぼくは、今日が平穏な一日であることを願っていた。早朝のニュース鳩《ばと》が数羽、伝言小屋の高い塔の近くを飛び、海辺ではユキシロモグリ鳥が魚市場の屋根に列をなしてとまっている。いつもより海鳥の数が少ない。数多くの鳥たちが、グルームの接近を感知して、すでに北へ飛び去っていた。魚市場の取引は低調だったが、ぼくはちょっとのあいだ足を止めて、競売人が漁の成果のあれこれを叩《たた》き売るのを眺めた。例によってぼくには早口に繰りだされる符丁が理解不能で、少ししてまた歩きはじめた。もういくらもしないうちに、グルームが流れこみはじめるころには、昼だけでは競売人が膨大な漁獲をさばくには足りなくなって、競《せ》りは夜に入ってもつづくようになるだろう。ランプに火がつき、簡易ヒーターが設置され、内陸深くから来た青白い顔の買い手たちがうなずきでつけ値を示し、アリカやホーロックスやイバナへの輸送手段を手配する。

ただしそれもすべて、満たされることのない支配欲を持った議会が、あらゆる場面を統制下に置き、流通割当を決め、漁獲の半分をどこかの忘れられた倉庫で腐るにまかせなければ、の話だが。

魚市場の先に、なにかとうに忘れられた出来事の記念碑が建っている。議会が強迫観念のように、なんだかんだとささいな出来事や人物のいちいちに記念碑を建てようとする理由が、ぼくにはさっぱり理解できない――けれど、パラークシの方尖塔《オベリスク》は待ちあわせ場所として最高だった。なにを記念しているかは知らなくても、だれもが知っている場所。海を見おろす欄干《らんかん》にもたれ、ぼくに背をむけて立っているのは、ウルフとリボンとスクウィント――そしてブラウンアイズだった。突然、ぼくはまたあの息ができなくなったような気分に襲われ、自分が馬鹿な真似《まね》をしそうなのがわかった。でも忘れてはいけない、きのうからのぼくは自分というものをしっかり持っているのだから、当然こういう出会いにも難なく対応できるはずなんだ。

「お待たせ」とうしろから近づきながら声をかける。ウルフとリボンは案の定ぼくを無視して、ふたりだけの会話に熱中したままだったが、スクウィントはふりむき、そしてブラウンアイズも。

ブラウンアイズはほんの少し笑顔になり、スクウィントは口をひらいて、「ほら、来たよ。これで出発だよね？」

「出発って？」

「あのスパイの悪者をつかまえるのに決まってるだろ？　牢屋《ろうや》にぶちこんでやる」

「スパイなんていないんだ」ぼくは父の言葉を伝えたが、スクウィントは納得する気がなかった。

「だけどさあ」とスクウィント。「大指岬のあたりに散歩に行くってさっき決めたから、それって捜しまわるのと同じようなもんじゃないの」

「だから、あそこに行っても意味ないんだって」ぼくはいらだってきた。

たまたまふりむいたウルフが、ぼくがいることにはじめて気づいた。「好きなようにしたまえ」ウルフはいった。「とにかくわれわれは行くから。おいで、リボン」ウルフがリボンの腕を取って、ふたりはだらだらと歩いていった。

スクウィントが「行くぜ、ドローヴ」といい、ぼくにはブラウンアイズがどうしたいのかわからなかったし、とにかく仲間外れだけは嫌だったので、あとについていった。

大指岬への道は、うっそうと木が茂る一帯へと登る急な坂道になる前に、港の端を抜ける。ぼくたちは防波堤の風下側の端に近い浜で休憩して、漁師たちが粘流《グルーム》に備えて船を係留するのを眺めた。それはこの時期特有の作業だ。二十人ほどの男たちがふた組に分かれて、浮かんでいる船の両側をつかむ。そして決められた合図とともに船を持ちあげると、膝《ひざ》を屈伸し、足もとから逃げていく丸石の上を滑走するようにして、波打ち際と平行に並べられた短い丸太のところまで船を運んでいく。数頭のロリンが手伝っていて、ずんぐりした脚に濡《ぬ》れた毛がもじゃもじゃに張りついていた。船はその丸太の列をたどって、浜よりも高いところにある保管場所まで引っぱり上げられるという仕組み、なのはいうまでもないが――じっさいは、そううまくはいかなかった。浜に大きめの石が混じっているせいで丸太は回転するどころかじっとしたまま動こうとせず、船の重さで浜の砂に埋まってしまう。これを見るたびに、丸太なしのほうが却っていいような気がするのだが、この全体が伝統化していて、男たちは専用の衣装を着て、歌を唱和しながら船を引っぱり、それを人々が防波堤に並んで見物するのだった。

いつかだれかが、伝道者を連れてきて太陽神フューにグルームのあいだの無事を祈らせることを思いついたら、この作業は見せ物として申し分ないものになるだろう。

ぼくとしては、男たちがもっと大きな船を引き上げるのを見物していたかった。そのときには大ざっぱだが実用的な、ぼく好みの手段が使われる。旧缶詰工場行き路面軌道車の線路から浜までの仮設線路が敷かれ、スチームエンジンが船首につながれて、排気音が断続的にうなり、回転する車輪が絶叫し、船は所定の場所まで逆らいようもなく引っぱられていくのだ。

木々の陰になったあたりまで登るころには、道路は踏み分け道程度のものに変わっていた。数頭のロリンが枝葉のあいだからこちらを見つめていて、いつもの行動様式どおり、ぼくたちが有知覚のヒトクイ樹——この地方でよく見かける危険なイソギンチャク樹の一種——に近づきすぎるたびに声を立てて警告してくれた。一説によると、ヒトクイ樹はもともと海の生き物だったのが、無数のグルーム時に潮位が下がって置き去りにされたために陸上生活に適応し、いまでは沿岸地帯の大部分にはびこっているのだという。ヒトクイ樹は内陸部のイソギンチャク樹よりずっと大きい。あきらかに氷魔とは遠縁の関係にあった。

ウルフが大声で叫ぶと、まだ木々のむこうに見えている港のほうをむいて立ち止まった。「見ろよ！　あれだ、あの黄色い甲板室の船！」と指さして、「前に話したのは、あの船のことさ。あの船で密輸をしているんだ！」

小道を外れて木のあいだを崖《がけ》の縁まで進むと、近くでは斜面が崩れて大きな石がはるか下の青い海になだれ落ちていった。問題の船は防波堤の途中あたりの外港に錨《いかり》を下ろしていた。ぼくたちが見つめているあいだに、甲板室から男がひとりあらわれて船首のほうに行くと、一定の速さを保ったまま錨鎖《びょうさ》をたぐり寄せた。一連の出来事ははるか遠くの、ぼくたちとは無関係なことのように思えた。やがて小さな人影は錨を甲板の上に置くと、操舵室《そうだしつ》に戻った。短い煙突から煙のすじが上がり、船は停泊中のほかの船舶のあいだをゆっくり進んで、男たちが係留作業中の浜へむかった。

「あれ、シルヴァージャックじゃん！」スクウィントがおののいたようにささやいた。「シルヴァージャックは密輸してたんだ！」

ウルフが、これだけ見ればじゅうぶんだという雰囲気でふり返った。「ぼくは前になんといったっけね、ドローヴ？」

「係留したら密輸なんてできないじゃないか」ぼくは反論した。

ウルフは哀れむようにぼくを見た。「粘流《グルーム》くらいのささいなことが、ああいう男を邪魔できると思うのか？　いいか、あいつはきっと滑走艇《スキマー》を準備する。そのときを待ち伏せるんだ。密輸品を降ろしたところを、現行犯でつかまえる」ウルフはいきなりブラウンアイズに目をむけた。「この計画をどう思うかな？」

ブラウンアイズはまっ赤になったが、彼女が自分の両親とシルヴァージャックのつながりをまったく知らないのはまちがいない。ぼくが前から気づいていたように、ブラウンアイズは急に話しかけられるとまっ赤になってしまうのだ。「ほんとうにあの人が密輸をしてるって思っているの？」ブラウンアイズは静かにたずねた。

「まちがいないよ、お嬢さん。まちがいない」ウルフはまたリボンの腕をつかむと、ふたりで先に小道のほうへ戻っていった。

ブラウンアイズとぼくは黙ってそのうしろを歩き、スクウィントは興奮を抑えられずに、ぼくたち四人のまわりを跳びはねている。「シルヴァージャックは密輪野郎」スクウィントは繰りかえしさえずって、とうとうリボンから黙れとどやしつけられた。スクウィントは一瞬おとなしくなってうしろに下がったが、足で地面をこすりながら口笛を吹きはじめた。

前を歩くリボンとウルフが、腕を組み、頭を寄せあって小声で言葉を交わすのをぼくは見ていた。リボンは丈の短い服を着ていて、そのせいで剝《む》きだしになっているリボンの脚がすばらしいことは否定のしようがなく、気がつくとぼくは、歩いているリボンの膝《ひざ》の裏側をじっと見つめていた。

「リボンってとってもかわいらしいでしょ？」ブラウンアイズがいった。

ぼくは失敗をやらかした。リボンを出汁《だし》にしてブラウンアイズの容姿を讃《たた》える絶好の機会だったのに、そこまで図々《ずうずう》しい真似ができなかったのだ。「見た目はいい、かな」ぼくはつぶやいた。

「背の高い女の子が好きなの？　わたしもリボンくらいに背が高ければいいのに」

ぼくはブラウンアイズに顔をむけた。彼女は美しい目をきらきらさせてぼくを見あげ、すてきなえくぼを浮かべて微笑んでいた。ぼくは口ごもった。そのときぼくは、自分が好きなのはブラウンアイズみたいな顔と姿の女の子だ、といいかけていたのだと思うが、ウルフがおしゃべりをやめて、聞き耳を立てていたらしい。

「この下でいま埠頭《ふとう》を造っている」ウルフはいった。「あそこだ」

ぼくたちは岬の先端をまわりこみ終えて、小道は崖っぷちのぎりぎりにむかっていた。はるか下では男たちが作業中で、シャベルで土をすくい、大きな石をどっさり積んだ荷車をロックスに引かせ、つるはしをふるい、崖の表面を切り崩している。でこぼこの道が埠頭から崖の下に沿ってつづき、曲がりくねって張り出し《オーバーハング》のむこうへ見えなくなっていた。

「あの辺は海が深いから」とリボンが考えを口にする。「ものすごくたくさんの岩を使わなきゃ、あの道は造れなかったはず。なんのためにあんなものを造ってるの？」

ウルフは黙っていた。答えがわからないのだ。

「粘流《グルーム》が来たら、大きな漁船は入り江から新缶詰工場まで行けなくなる」ぼくは説明した。「これを造っておけば、陸揚《りくあ》げする場所ができる。そしてここから魚をロックス車で工場まで運ぶんだろう。路面軌道車を走らせる気かもしれない。沖の」とぼくは指さして、「あの辺にパラークシ海溝があって、ずっと海のまん中まで延びている。海溝の水深が浅くなることはなくて、それはグルームのあいだでさえ例外じゃないから、船はいつだってあの方向から近づいてきて、この埠頭までくることができるわけだ」

「海溝のことなんて、いわれるまでもなく知っていたよ」とウルフ。

「あそこを見て」ブラウンアイズがいった。

あざやかな海の青が何カ所かで茶色やあぶくの白い色で破られているのは、海面から突きだした岩のせいで、きのうはそんなものはそこになかった。海面が急速に下がっているのだ。もうすぐグルームがここにやってくる。


大指岬から急斜面を下りはじめると、木々はまばらになった。田園地帯が眼下に広がる。はるか遠くになんとか見てとれる黄土山脈からむこうは荒れ地だが、手前のこちら側には緑豊かな丘陵がうねっている。ずっと手前では入り江が狭まって川になり、かすんだ日ざしの中で輝きながら曲がりくねって内陸の丘のあいだに姿を消していた。真下には、ごちゃごちゃとビルが散らばり、掘りかえされた土がいくつも山になった、新缶詰工場の敷地。新しい道路が工場から傷跡のようにぼくたちの右手をまわりこんで、うしろのパラークシにつづいている。草に縁取られたすぐ近くの土手がロリンの居住地になっていて、いくつもの大きな穴があいているのにぼくは気づいた。パラークシ周辺の土が軟らかい場所では、そうした穴をよく見かける。穴は五十ペースもの深さのところで網の目状につながっているといわれていた。数隻の漁船が入り江を行き来し、ちっぽけな人影がビルのあいだや川岸を歩いているのも見てとれた。土煙の尾を引いて車が走っていた。

「まるで絵みたい」うっとりとブラウンアイズがいった。彼女が両親や〈グルームワタリ鳥亭〉でのあれこれの仕事から離れられることはどれくらいあるんだろう、とぼくは思った。自分が住んでいる土地をじっくりと目にする機会はどれくらいあるんだろう。

ブラウンアイズがいったとおり、その眺めは絵のようで、そのせいでほんのちょっとだけ非現実的だった。あのちっぽけな人影が現実の人間なんだろうかと、ぼくは思いはじめていた。ものを考えたり、小便をしたり、奥さんや子どもと喧嘩《けんか》したりといったことを、ほんとうにしているのだろうか——もしかして、ぼくを楽しませるためにしつらえられた、動くつづれ織りなんじゃなかろうか。自分が高いところから人々を眺めている一方、その人たちがそうとは知らずにいると思うと、自分が強大な存在になったように感じた。自分の胸のうちひとつで、あの人たちすべてを消し去れるような気分だった……。

それから、ぼくたちは川の流れる谷を歩いていき、食べる物を買おうと道端の小さな店に寄った。店をやっているのは年取った女の人で、川と同じくらい昔からそこにいるように見えた。日焼けして皺《しわ》くちゃな顔が、年寄りらしく髪の毛にすっかり隠されている。その様子はまるでシルヴァージャックの母親で、ウルフとリボンは小馬鹿にしたような口をきき、ばあちゃんと呼びかけては、その外見や店の様子を冗談にしていた。店をもっと清潔に保てたはずであるのは、ぼくも認める。

しかし、だからといってこのお年寄りを笑いものにしていいというものではなく、いつまでもからかうのをやめないふたりを前に、ぼくは恥ずかしくて体が熱くなった——が、やがて気がついた。もしリボンのような性格の少女とふたりきりのときにいい恰好《かっこう》をしようとしたら、ぼくも同じことをするだろう、と。そう考えると、ウルフとリボンとぼくの三人はどうしようもないやつだ、と思えるだけになった。ブラウンアイズを批判の対象に含めなかったのは、彼女がまったく悪意というものを持たない人間だったからだ。スクウィントについては、幼稚すぎるというのが理由。

「あのさ」ぼくはとうとう口をひらいた。「おまえらふたり、極寒《フリージング》に下らないことというのやめて、食べ物を買わないか?」ブラウンアイズが感謝のまなざしでぼくを見たが、それも全然救いにはならなかった。罪深さではぼくもあのふたりと同様なのだから——少なくとも、そうなっていた可能性はある。

ぼくたちは干物とキイロノ実を食べ、それを店の自家製飲み物で流しこんだ。その飲み物はアルコールが入っていないから、飲んでも午後をひっくり返って過ごすなんてことにはならない、とそういうことに関してはぼくたちの中でいちばん詳しいブラウンアイズが保証してくれた。「喉越《のどご》しで判断できるわ」ブラウンアイズは物知り顔でいった。

そのあと、ウルフとリボンは真剣になって、この小旅行の目的を、それが重要なことでもあるかのように話しあいはじめた。

「新缶詰工場周辺の土地を偵察するか、それとも午後じゅうだらだら遊んでいるつもりかだ」ウルフが断固とした口調でぼくたちに聞いた。

「偵察だ！」スクウィントが目の色を変えて叫ぶと、フユノ実のかけらをまき散らした。

「それでかまわないわ」ブラウンアイズがいった。

「よし」ウルフは切り株の上に立って、田舎《いなか》の風景を見まわした。「新工場はあそこだ。煙突が見える。川はぼくたちと工場のあいだ。川に行き着く手前に、沼地みたいなものがあるように見える」

「その沼については聞いたことがある」リボンが口をはさんだ。

「川へむかうことにする」とウルフが決めた。「川のこちら岸から工場を監視すれば立入禁止区域に入らずにすむから、ドローヴの冷血父上の名前なんか使う必要もない。そのあとは川岸沿いに内陸に進路を取って、偵察をおこないつつ進み、パラークシ街道まで出る。そして家に帰る。どうだ？」

同意のつぶやきが上がり、ぼくたちは小道から外れると、野生の草地を川めざして進んだ。このあたりには高木がほとんどない。生えているのはおもに、無害な種類の低木で、進むにつれ、背の高いアシが加わった。そのうち足もとの地面が湿ってきて、そのあとすぐ、いつのまにか草のあいだで水がきらめくようになり、ぼくたちは両腕をふりまわして釣りあいを取りながら、草が生えて地面が盛りあがっている場所伝いに跳びはねていた。

「待つんだ」ほかよりは地面の乾いている場所にたどり着いたところで、ウルフがいった。「進路がそれている。むかうべきはあっちなんだ」と左のほうを指さす。

「あっちへ行ったら足が濡れるぞ」ぼくは反対した。「こっち側を行けば地面は乾いている」

ウルフはわざと驚いた顔をしてぼくを見た。「あんよが濡れるのがこわいのか、アリカ－ドローヴ？」

失敗から学ぶのにずいぶん時間はかかったけれど、いまのぼくは教訓をしっかり頭に叩きこんでいた。「ああ、足が濡れるのはこわいね」ぼくは堂々とそういった。「なにかまずいことでも？」

「あ、ええと、そういうことなら、われわれはこっちへ進むから、きみはそっちへ行けばいい」

「あなたについていくわ、ドローヴ」ににこしながらブラウンアイズがいった。

スクウィントは、二手に分かれたぼくたちを不安げに見て、「どうすればいいの、おれ？」

「自分で決めていいんだぞ、スクウィント」ウルフが答えた。

「そりゃすごいや」悲しげな不満顔になったスクウィントは、ウルフがいっしょに来てほしがっていないのを感じはしたけれど、やはり自分の姉といっしょにいたかったのだろう。「おまえらみんな、凍え死んじゃえ」スクウィントはいきなりそういうと、全然別の方向へとぼとぼと歩いていった。「おれ、ひとりでこっち行く」

ブラウンアイズとぼくは乾いた地面の上を進みはじめ、ほかの連中の声は遠くかすかになっていって、すぐにその姿もアシのあいだに消えた。ぼくたちの前に小さな流れがあらわれ、ぼくはそれを跳びこえると、ブラウンアイズに手をさしのべた。彼女はその手を取って流れを跳びこえ――こんどは、ぼくはまちがってもその手を放さなかった。手に手を取って、ぼくたちはぼうぼうに生えた草や低木のあいだを、おおよそ東へむかって歩いた。この先、いったいどうすればいいんだろう。彼女とぼくがふたりきりのときの例に漏れず、会話は途切れていた。

「今日、あなたが来てよかったわ、ドローヴ」とうとうブラウンアイズがそういったのは、なにをしたらいいかまるで思いつけずにぼくが内心悲鳴を上げかけた、ちょうどそのときだった。「あなたのことが心配だった。とても長いことあなたの姿を見なかったから、もしかしてすごく困ったことになっているんじゃないかって、ええと、あの夜のことで」

「父はアルコールを認めてないんだ。モーター車に使うのは別にして」

「母さんは責任を感じていたわ。あなたのお父さんが、その、ああいう人だと知らなかったから」

なんでこうなるんだ。ぼくたちは手をつないでいるのに、話しているのはおたがいの親のこと。動物ならこんな問題とは無縁だ。話すことができないのだから。

「責任があるのは父だ」

「責任ってなんの？」

ぼくはその理由を忘れていた。話の流れも見失っていた。ぼくはブラウンアイズの言葉に答えないまま、歩きながら彼女の顔が見られるように顔を横にむけた。ブラウンアイズは地面を見つめて、真剣な表情をしている。彼女の脚は——ぼくはもっとよく見えるように、少しだけ離れた——もちろん、リボンのよりずっとすばらしかった。ブラウンアイズのほうががっしりしているし、健康そうに見える。

彼女を見つめていたせいで、ぼくは地面から飛びだした根っこにつまずいてよろめき、するとブラウンアイズがぼくの手をぎゅっと握った。そのままぼくたちは足を止めて、見つめあったまま立ちつくした。ブラウンアイズの目がぼくの目を見据え、いつまでもじっと見つめているうちに彼女の顔はほんの少し上をむいて、ぼくは身も心も震えて泥のようにふにゃふにゃになった。ぼくは言葉を口にしたかったけれど、そんなことをしたら出てくるのはうなり声にしかならないことも、彼女に笑われるのもわかっていた。

「わたし……わたしね、ふたりでここにいられてうれしいの」ブラウンアイズがいった。「すてきなこと、でしょ？　こんな風にいっしょにいるのって」

「すてきだと思うよ」ぼくはやっとのことでそういった。

「ほかの子たちがずっとそばにいたらどうしようって思っていた。あなたは？」

「あいつらが自分の沼を濡らしても平気で助かった」ぼくは馬鹿なことをいった。

「自分の足を、っていおうとしたんだ」

「ドローヴ……」ブラウンアイズはそこまでいって、急に息をのみこんだ。それでやっとぼくは気づいた。彼女もぼくと同じで、確信が持てずに不安なんだと。「わたし……あなたが好きなんです、ドローヴ。そうなの、本気で好きなの」

ぼくはじっと彼女を見つめて、いまの言葉をちゃんといえたなんてすごいと思い——ぼくも同じように感じているのをわかってくれるといいんだけどと思った。ぼくは二回ほど口をひらきかけては閉じてから、ブラウンアイズの手を引っぱって、またふたりで歩きはじめた。そこは近くに低木の茂みがあり、先に進んでいくと、三つの十文字形の木の枝が遠くの背の高い木と一直線に並んでいた。ぼくはあの場所を一生忘れない。

ブラウンアイズの言葉に舞いあがっていたぼくの気持ちは、すぐにまた、その話題を発展させそこなった自分へのもどかしい思いに変わった。自分がどうすればよかったのかちゃんとわかっているわけではないが、女の子だけをしゃべらせっぱなしにして馬鹿みたいに突っ立っているのは、ほぼ最悪だ。

けれど、ぼくたちは手をつないだままで、歩きながらぼくが彼女の手をぎゅっと握ると彼女も握りかえしてきて、ぼくはまたすごくしあわせになった。ぼくたちは、アシや木の茂みのあいだにくねくねと広がっている大きな浅い湖に行きついて、しばらくそこにじっと立ったまま、湖を眺めてなにもいわずにいた。とはいえ、このときは、ふたりとも考えることがたくさんあったので、沈黙が降りても焦りは感じなかった。

そして、いきなり、あらゆることが変化した。

先に気がついたのはブラウンアイズだったと思う。ぼくの手を握った彼女の手に力が入り、彼女は小さくあえいだ――そして、そのときにはぼくも、湖の表面がゆれるのを見た。

そいつは湖が視界から消えるあたりの、曲がり角のむこうからあらわれた。湖の表面を渡る冷たい輝きとなって、きらめく結晶の腕を伸ばし、また別の腕を伸ばす。宝石をちりばめたように光を放つダイヤモンド型の楔《くさび》がたちまち水面の隙間《すきま》を埋めて、前進し、伸び広がり、そのあいだじゅう湖はうなりを上げてきしんでいたが、それが不意に音を立てず、動きもない、結晶状の固体になった。

遠くで、恐怖に満ちたかん高い悲鳴が上がった。つづいて、取り乱した男の叫び。

「この湖には氷魔がいる!」ブラウンアイズが叫んだ。「そいつにつかまったんだわ!」

9

いまや湖の表面すべてが、磨きあげられた銀のように午後の日ざしの中できらめいていた。結晶化の進行中にはあった隙間《すきま》はなくなり、湖全体が均質なひとつの大きな物体と化した。あの一面のきらめきの下のどこかに潜む氷魔を別にして……。足を踏みかえると、ひび割れるような音がした。一瞬前まではじめじめして弾みのあった地面がもう固くなって、草のあいだが湖と同じ冷たいきらめきを放っている。ふたたびウルフの叫び声が聞こえた。

「行くよ」ぼくはいいながら、ブラウンアイズを引き寄せた。ぼくたちは茂みから茂みへ、乱雑に生えた屈強な草を踏んで慎重に進んだ。いたるところにあるガラスのような固い場所に足をのせてしまって、氷魔にこちらの存在を感知されるのをおそれたからだ。だがやがてぼくは、自分が行き止まりの道を来てしまったのを悟った。まわりをガラス状の物質で囲まれた地面の上で足もとが安定せず、隣の地面までは飛び移れる距離ではない。あたりを見まわしていたぼくは、ブラウンアイズも不安定に体をゆらしているのに気づいた。「どうしようか？」ぼくは彼女に聞いた。「引きかえせそう？」

「ええ、きっと……」彼女はいま来た道のほうをふりむいた。遠くからリボンの悲鳴が聞こえた。「でも、戻ってもしかたないと思うの、ドローヴ。氷魔はこのあたりの水を全部凍らせてしまった。だから、氷の上を歩かなかったら、絶対抜けだせない」

「氷の上なんて歩いて平気かな？」

「そういう話よ。動きつづけてさえいれば、それと氷魔がよそでなにかに気を取られていさえすれば、平気だって……。もし氷魔がわたしたちをつかまえようとしたら、いまつかまえている人を放さなくちゃならないわけだから」

「よしわかった、じゃあぼくが先に行く」

ぼくは結晶した湖に足をのせた。足もとはかちんこちんだ。かがんで、おそるおそる表面に触ってみる。冷たいけれど、飛びあがるほどではない。本物の氷とは違って、つるつるしてもいなかった。ブラウンアイズにうなずいてみせると、彼女はぼくの手をしっかりと握ったまま、地面から降りてきた。自分の年齢を考えると滑稽《こっけい》な感傷に浸ったのを覚えている――死ぬときはいっしょだ、と。

「リボンたち、どこら辺かしら？」ブラウンアイズが聞いた。「ウルフの叫び声はどこかあっちから聞こえたと思うの」と、湖の端がアシのあいだに消えているあたりを指さす。かなり距離があるようだ。「最初に固まりはじめたのがあそこだった。角を曲がったあたり」

　ぼくたちは歩きはじめたが、下にいる化け物を刺激しないよう、静かに足を運び、声をひそめてしゃべった。しばらくしてむかい側の岸に着くと、こんどはトゲノ木の茂みやアシのあいだを縫う曲がりくねった輝く小道に沿って進む。ウルフがまた叫び、そして突然、三十ペースほど離れた茂みのむこうに、ウルフとリボンの姿が見えた。リボンの顔は苦痛で青ざめ、ウルフはリボンの足首の上にかがみこんでいる。近づいていくと、ウルフが顔を上げて、「氷魔がリボンの足をつかまえたんだ」

　ふたりはいちばん近い草むらから数ペース離れた湖面にすわりこんでいた。「こんなところでなにしてたんだ？」ぼくはいった。「この辺に氷魔がいるの、わかってたはずだ。ぼくは乾いた地面を進むべきだっていったんだぞ」

「ああ、なのにこっちはそうしなかったというんだろう？　もうそんなことをいっても遅い。いまはこれからなにをするか考えるべきで、あと知恵でどうこういってる場合じゃないんだ」

　もちろん、それは正論だった。ぼくはウルフの隣に膝《ひざ》をついた。リボンの右足が湖にがっちりとくわえこまれている。脚は足首のすぐ上で湖の中と外に分かれ、半透明な結晶を通してリボンの足がぼんやりと見えていて、赤い靴を履いたままなのがより痛ましさを感じさせた。足首を締めつける力はすさまじいはずで、リボンがこの程度しか泣き声を上げていないのは驚きだった。

「どうしたらいい？」ウルフが聞いた。

ほかの三人の視線がぼくに集まったが、ほかのだれも思いつけない解決法を、なぜぼくに期待するんだか。「ブラウンアイズ」ぼくはいった。「ちょっとリボンといっしょにいてあげてくれるかな？　ぼくはウルフと話すことがある」そうすれば、この絶望的な状況について遠慮なく話しあっても、囚《とら》われの少女をこれ以上怯《おび》えさせずにすむ、とぼくは思った。

ウルフとぼくは藪《やぶ》の中に下がった。「鳥がああいう風になったのを、前に見たことがある」ぼくはユキシロモグリ鳥が死んだときのことを話して聞かせた。「リボンが動いているあいだは、氷魔は相手が生きていると思って、襲ってこないだろう。氷魔の触手がそんなに力があるとは思えない――こいつみたいな大きいやつでも。触手といっても細い巻きひげでしかなくて、死体をくるんで引きずりこむだけのものなんだ」

「うげぇ」ウルフはうめいて身震いした。顔はまっ青で汗まみれだ。「新工場に助けを求めに行くべきなんじゃないか？　つるはしを持った大人を連れてくるんだ。そして氷を削ってリボンを助けだす」

「うまくいかないと思う。獲物を締めつける力が弱まったと感じたとたん、氷魔は一瞬で液化してから再結晶するはずだ。そのときはリボンをつかまえている力も強くなるし、もしかすると作業中の人からも犠牲が出る」

「じゃあどうしたらいい？」

ぼくは必死に考えた。可能性のある方法をひとつだけ思いついたが、はたしてリボンがそれを受けいれられるかどうか。とにかく、試す価値はある。ぼくが説明するとウルフは疑わしげな表情になったが、じつはぼくも同感だった。

ぼくたちは少女たちのところへ戻った。ブラウンアイズが期待するように顔を上げたが、ぼくたちの表情に気づくと視線をそらした。ウルフはリボンの横にすわって、手を握った。

「リボン」ぼくは口をひらいた。「きみにしてほしいことがある。できるかぎりじっとしていてほしいんだ。とにかく動かないで、これっぽっちも、できるだけ長いこと。そうしたら、氷魔はきみが死んだと思うだろう。わかった？」

リボンはうなずいた。頬《ほお》が涙で濡《ぬ》れている。

「そして、氷魔が力をゆるめて、湖がまた水に戻ったら、すかさずうしろに跳ぶんだ」ぼくは指さした。「すぐあそこに草むらがあるから、氷魔に気づかれて湖がまた結晶化する前に、あそこまで行ける。ぼくたちもあそこにいて、きみを受けとめるから」

リボンはウルフに顔をむけた。「この人、氷魔が触手を伸ばしてくるのをここで待ってろっていってるわけ、ウルフ?」

ウルフはぼくをちらりと見て、「そうだよ。さあ、決心はついた?」

ぼくたちは安全な場所まで下がって、リボンひとりがそこにすわったまま残された。リボンはぼくたちのほうをむいて、体を縮めたまま動かすまいと懸命になりながら、微笑《ほほえ》んでみせようとさえした。その様子をじっと見ていると、これは無理だとぼくにはわかった。固まった湖から寒さが突き刺さるようにリボンの中に流れこみつづけていて、どんなにがんばっても——そしてリボンは必死にがんばっているのだが——冷たさがもたらす恐怖による無意識の震えを抑えるのは不可能だった。リボンが自分は怯えてなんかいないと心にいい聞かせているのと同様、体のほうは怯えているといい張って、それを証明しようと身震いする……。ぼくたちはリボンを見つめながら、同情して嘆き、小声で励ましたり冗談をいったりしたが、なんの役にも立たなかった。

リボンは無慈悲な結晶に捕らわれたままだ。

「こんなことしても無駄」とうとうリボンがつぶやいた。凍えた両腕をふりまわし、重心を動かす。

ぼくにはこれ以外の解決法はなにも思いつけなかった。氷魔はリボンが動かなくなるまでは放さないだろうし、リボンが動かなくなるのは死んだときだ。たとえぼくたちが、リボンを殴って気絶させる気になれたとしても、湖の中の怪物はリボンの呼吸や鼓動を感知してしまうだろう。怪物はその手のことに精通している。そうやって生きのびてきたのだから。

ぼくたちはリボンのまわりに立って、ウルフがときどき実行不可能な提案をしていたが、それに賛同しないといってほかの三人に嚙《か》みついた。「どっちみち」とウルフが喧嘩《けんか》腰《ごし》でいいだしたのは、スチーム砲で湖を砲撃するという計画をぼくたちに却下されたときだった。「われわれはあらゆることを試してみなくてはならないんだ。リボンをここで、死ぬまでこうしておきたいのか？　もっといい考えでもあるのか？　ただあきらめるよりは、なんだって試してみたほうがいいのはまちがいない！」

するとと意外にも、リボンがこういった。「ウルフ、あたしたちが考えられるように口を閉じててくれる？」

その時点で、ぼくにはひとつ考えついたことがあった。ほかの三人に詳しいことを話せずにいたのは、それが馬鹿げた思いつきにすぎないかもしれなかったからだし——うまくいくかどうかも、賛成してもらえるかどうかも、自信がなかった。たとえばウルフは、そんなのは敗北主義だ、藁《わら》をつかもうとしているだけだ、病んだ心が見た白昼夢だと罵倒《ばとう》するだろう。

「ぼくにはリボンを救うことができると思う」ぼくはそろそろと口をひらいた。「でも、この方法がうまくいくには、きみとブラウンアイズがここを離れて、ぼくたちをふたりだけにしてもらう必要があるんだ、ウルフ」ぼくは、傷ついた色を目に浮かべたぼくの彼女から視線をそらした。

ウルフはとまどいながらも、ほっとしていた。これで責任を逃れられるからだ。けれど例によって、偉ぶってみせるのは忘れない。「きみが自分のいっていることをちゃんとわかっているならいいんだがね、アリカ－ドローヴ」とウルフ。「きみが失敗したらリボンが死んで、きみひとりが責任を負うことになるんだよ」

この脅し文句のあと、ウルフはブラウンアイズの腕をつかむと、その場から去った。

ぼくが隣にすわってもリボンは黙っていたが、しばらくすると、氷の中に隠された足にむけていた視線を上げて、「どうするの？」

「かなり長くかかるかもだけど、落ちついて、とにかくぼくを信じてられる？」

「それは……わかんない。ねえ、いったいどういうことなの、ドローヴ？」

「話したらうまくいかなくなるんだ、というのはきみに希望が芽生えるからで、これはあんまり期待が持てることじゃないかもしれないし。困った人がいるとそういうことが起こる場合もある、ってだけの話だから。あんまりこわがらなければ、だいじょうぶだ」

「ふうん」リボンはまた微笑んでみせようとした。「じゃあ、詳しく聞かないほうが、たぶんいいね。あのさ……ドローヴ……？」

「なに？」

「もっと近くに来て、腕をまわしてもらえる？　そのほうがもっと……。そんなに困らないでよ。ブラウンアイズに見られたりしないから。くっ……」リボンは痛みにあえいで、足首を握りしめた。「痛いんだ、ドローヴ。痛くて痛くて」ぼくの両腕にかかえられたリボンの体が強ばり、それから緊張が解けて震えはじめた。「ここ、すごく寒い」

「ほかのことを話すんだ、リボン。痛みを気にしすぎないようにして。自分のことを話してよ。身の上話を聞かせてもらうくらいの時間はあるはずなんだ」ぼくはすぐ横にある青白い顔に笑いかけようとした。「なんでもいいから、話してみて」

「あたしのこと、あまり好きじゃないんだよね？　ほとんど自分が悪いのはわかってるけど、でもあんただって、凍えるほど腹立たしいことがあるんだよ、ドローヴ。知ってた？」

「知ってたけど、憎いとかそういう話はしないようにしよう。そうじゃなくて、自分がまずいことになった動物だと考えて。動物は憎んだりしない。自分の足が痛いからといって、仲間を責めたりしない。その罠《わな》を仕掛けた人間にすら、憎しみを持たない」

リボンはちょっと泣いてから、口をひらいた。「ごめんね、ドローヴ。そのとおりだ。あたしがここにつかまってるのは、あんたのせいじゃない。自分と、あの馬鹿ウルフが悪いんだ。ああもう。ここから抜けだせたなら、あの冷血野郎に、あいつとあの馬鹿みたいに長い鼻《ラックス》のことを、ほんとはどう思ってるかいってやる！」

「リボンてば！」とぼくは諫《いさ》めた。「憎しみがあったら、うまくいかなくなる」だがリボンは正しいことをいっていた。ウルフのやつは確かに鼻が長い。「ウルフの目がすごくくっついてるって思ったことは？」ぼくは悪乗りした。

「すごくよくある」リボンは本気でくすくす笑ったが、そのときの無意識の動作があらたな苦痛を呼んで、また目が朦朧《もうろう》となった。

「リボン」ぼくは早口にいった。「きみはとてもすてきだと思う。最初に会ったとき、ちょっと嫌な子だと思ったのはきみのいうとおりだけど、もっとよく知ったいまでは、とてもかわいらしいと思うし……すてきだし」よくまあこんなことを口にする勇気があったものだと思いながら、腰砕けに言葉を締めくくってから、それはリボンがぼくをどう思っていようが大して気にならないからだ、と気がついた。

「あんただって悪くないよ、アリカ-ドローヴ、欠点はあるけどね」リボンは青い純粋な目でいった。長いこと考えこんでから口をひらいて、「もしここから抜けだせたなら、ええと、あたし……もっと感じよくなる努力をする。たぶん……たぶん、ほんとうのあたしを知ってる人が増えたら、もっとあたしを好きになってもらえるかも。自分の外面《そとづら》がよくないのはわかってる、あなたといっしょで。でもここから抜けだしたら……約束してくれる、ドローヴ？」

「なに？」ぼくはどっちつかずな答えをした。

「ここから抜けだしてから、あたしがまた感じ悪くなってると思ったら、そう、いばったり、嫌なやつになったら、教えてくれる？」

「わかった」

　リボンが真剣なのはまちがいなく、そのあともぼくたちは身をぎゅっと寄せあい、ときどきぶるぶる震えながら、もう少し話をした。リボンは何度か声を上げて笑おうとした。だがそれ以上に泣いた——ただし小声で、痛みをこらえきれなかったから。すべてにわたってリボンはとても勇敢だったとぼくは思う。ウルフなんかにはもったいなさすぎる。

　そして、とうとう、ロリンがやってきた。

　姿を見せはじめたときには気づかなかったが、ロリンたちが湖の反対側からぼくたちを見守っているのが、だんだんとわかってきた。少なくとも八頭が低木の陰にじっとたたずんでいるように見えるが、相手がロリンなので確かではない。毛むくじゃらすぎて、遠くからだと一頭ずつは区別しにくいのだ。

　問題は、この先のリボンの反応だった。「リボン」とぼくはおだやかに声をかけた。「むこうにロリンがいる。ぼくたちを助けに来たんだと思う。ぼくはそれを待ってたんだ。だから、ロリンがここに来てきみに触っても、叫んだり逆らったりしちゃいけない、わかった？」

　リボンは息をのんで、おぼろな影を不安げに見つめた。「何頭いるの？　すごくたくさんに見えるんだけど。危険じゃない？　あいつらがなにをするって？」

「落ちついて。ロリンがきみに触る、それだけだから。気を楽にして、ロリンが来るのをただ待つんだ」

　ぼくは震えを鎮めるためにリボンを抱きよせ、リボンはぼくの服に顔をうずめた。しばらくじっと見守っていたロリンたちが、寄り集まって、結晶した湖面を渡ってぼくたちのほうへやってきた。ロリンが近づいてくると、リボンはそれを感じとったのだろう、震えが小さくなって、腕をぼくにまわすと強く抱きついてきた——そしてぼくは、それを楽しめるほど平静だった。

　リボンがささやき声で、「ドローヴ、ロリンはもうそばにいる？　もうあんまりこわくなくなった。あたしって子どもだね、ごめん」

「そこまで来てる」ぼくはいった。

ロリンはぼくたちを囲んで立ち、厚い毛の上からでは無表情としかいえない顔で見おろしている。ぼくはロリンの存在自体におだやかなものを感じ、ロリンが心に希望をもたらすのを感じとった。ぼくが立ちあがってうしろに下がると、ロリンたちはリボンのそばに行った。

リボンはまわりにロリンがしゃがみこむのを見つめていたが、その目にはどんな嫌悪の色もなかった。ロリンが体に手を置いても、たじろがなかった。ロリンがどんどん近寄っていって、両腕で抱きかかえると、リボンは無言で問いかけるようにぼくを見た。

「あとはロリンにまかせればいい」ぼくはいった。「気を楽にして、いろいろ考えないで。眠るんだ」

しばらくするとリボンの目が閉じ、ロリンの腕に支えられた体から力が抜けた。ぼくは草に覆われた地面まであとずさって安全な場所に立ち、じっと見守りながらロリンの心の香りとでもいったものを感じているうちに、自分も眠気を感じはじめてきた。リボンのまわりに集まってふさふさの胸のあたりにまで頭を垂れ、静止状態になったロリンは、きらめく湖の上の沈黙の活人画だった。ぼくもその場にすわりこみ……。

次に気がつくと、水に戻った湖が足もと近くに打ち寄せ、ロリンがしぶきを跳ねあげながら、ぐったりしたリボンの体をぼくのほうに運んできて、そのうしろで細長い触手が悔しそうにゆれていた。ロリンたちはぼくの隣にリボンを横たえ、そのあといちばん大きい一頭がぼくの目を長いこと覗《のぞ》きこんでいた。そしてロリンたちは去っていった。

ぼくはリボンのほうをむいた。動く気配もなく、顔は青白いがおだやかだ。うしろめたく思いながらまわりに目を走らせてから、ぼくはリボンの柔らかい胸に手をのせたが、鼓動も呼吸も感じとれなかった。温《ぬく》もりのかけらすらない……。

もしかして、ぼくは許される以上に長いこと自分の手をそのままにしていたかもしれない。それはともかく、しばらくするとリボンの胸の内側にかすかな動きがあって、それが連続し、鼓動が安定して呼吸も復活すると、顔色も見る間に戻ってきた。体温が回復してリボンが目をさましたので、ぼくは急いで手を引っこめた。

「あ……」リボンが弱々しい笑顔でぼくを見つめ、なにかを思いだしているように軽く自分の体に触れたので、ぼくは顔が赤くなるのを感じた。「なにがあったの、ドローヴ？　あたし、いつのまにここに来たの？」

「ロリンが湖からきみを引っぱりだした」ぼくはそれだけいって、立ちあがった。ぼくたちが親密になった時間は終わっていた。なにかを分かちあい、その結果、前よりはたがいにもっと知りあえたし、ふたりともそれを喜んでいると思う——けれど、状況はもういつもどおりに戻っていた。「みんなを探しにいこう」ぼくはいった。

リボンはぴょんと立ちあがり、すっかり元気になっていて動揺が残っている様子はなく、足首のまわりにうっすらと青あざがあるほかは傷もなかった。これがロリン流だった。「あたし、どれくらい眠ってた？」

「ロリンが地面に降ろすと、ほとんどすぐに目をさましたよ」

「へえ。あの……ありがとう、ドローヴ」リボンはぼくの手を取った。「友だちだよね？」それは真剣この上なかった。

「かな……」ぼくは照れながらにやりとした。

ぼくたちは乾いた地面を選んで沼地を歩いていった。「あなたがもっとうまく自分の気持ちをブラウンアイズに伝えられたらいいのにって思うよ」リボンはちょっと意地の悪い目でぼくをちらっと見て、笑い声を上げた。「でないとあの子、すごくがっかりしちゃうんじゃない」

顔から火が出ているようになっているのがわかった。「なんでわかっ……。あのさ……ぼくのどこが……？」

ブラウンアイズとウルフが川岸近くにいるのがいきなり目に入り、ぼくは熱く焼けた物のようにリボンの手を放した。

「なんでわかったって、そんなとこが、なのさ」リボンはぼくの口真似《くちまね》をすると、声を上げて笑った。

説明をすませ、ブラウンアイズから何度か――どう見ても、リボンとぼくが親密な時間を過ごさざるをえなかったことに腹を立てながらの――探るような視線をむけられてから、ぼくたちはふたたび川岸を歩きはじめた。午後も遅くなり、太陽もどんどん低くなっていくので、偵察はおこなわないで暗くなる前にパラークシに帰ることを目標にした。

川のむこう側の新工場からは煙がひとすじ立ちのぼり、数隻《せき》の船が波止場で漁の成果を陸揚げしていた。喫水の深い船の何隻かはすでに岸に引き上げられ、ほかの船は入り江が干上がったときに倒れないよう取りつけられた脚で浅瀬に立っている。スチームトラックが工場の敷地から出てきて、土煙を上げながらパラークシ街道のほうへ走っていった。

ぼくを疑っていたせいか、ちょっと時間はかかったが、ブラウンアイズはまたぼくの手を握っていた。そしてほかのふたりからわざとうしろに離れてから、ぼくがはっきり、リボンよりもきみといたいと告げると、彼女は握った手に力をこめて、うれしそうにおしゃべりをはじめた。ぼくは前を行くふたりを面白半分に眺めた。ウルフはリボンの腕を取って体を寄せながら歩いていて、確かにウルフの鼻は長かった――し

かも尖《とが》っている。まるでやせこけた鳥だ。ぼくがそういうと、ブラウンアイズは声を上げて笑ってから、ちょっと間を置いて、

「でも、リボンのほうはとってもかわいらしいと思わない？」

前にも同じ質問を聞いた気がするが、こんどこそ、ぼくは正しい返事をするだろう。これだけの自信がどこから来るのかは、われながら不思議だったが。

「リボンはかわいらしいよ、人形みたいだという意味では」ぼくは認めるべきところは認めてから、「だけど、ぼくはきみのほうがずっとかわいらしいと思ってる、ブラウンアイズ」

ぼくを見あげたブラウンアイズは、輝く太陽神フューがそこからあらわれるのではないかと思えるほど目を見ひらいてから、満足したように、えくぼつきであふれんばかりの笑顔を見せた。「それはほんとのほんと？」ブラウンアイズがささやく。そして手をぎゅっと握りしめたので、しまいにぼくは関節にひびが入ったような気がした。

このしあわせな瞬間、ウルフが当然のごとく、邪魔に入った。「あそこを見ろよ、そっちのふたり」とウルフは声をかけてきた。「あれ、なんだと思う？」

それはひとつではなかった。なんであるにしろ大きくて、防水シートがかかっている。川岸に一定の間隔で配置されていて、ふりむくと、その列がほとんど入り江の出口の丘のほうまで延びているのがわかった。なんなのかは想像もつかなかったけれど、

そこには不吉なものがあるのを感じた。遠くまで連なっているさまに、なにか冷酷な雰囲気がある。

「父に聞いておく」ぼくはあいまいな答えをした。父がうつろな表情を浮かべて、ぼくがなんの話をしているのかわからないふりをしているところが、容易に目に浮かぶ。もしぼくたちが知ってもかまわないものだったら、この物体の列はこんな風に覆われてはいないだろう。

ぼくたちはずっとこの謎《なぞ》について話しながらパラークシに戻ったが、スクウィントがまだ家に帰っていないと聞かされて、そんな謎はすっかり心から追いだされてしまった。

10

リボンの家があるのは町の北部で、港からはかなり離れている。町の外れを通っているとき、リボンは自分の家に来てなにか飲まないかとぼくたちを誘った。ぼくたちはみんな汗をかいて喉《のど》がからからで、いちばん近いのはリボンの家だった。誘われた中にブラウンアイズとぼくも入っていたことで、ウルフはいらついていたと思う。しかもリボンの家はとても小さくて、自分が貧乏な漁師の娘とつきあっていることをそんなかたちではっきり見せつけられたのは、ウルフの自尊心にとって痛手だった。けれども、ぼくたちはすぐに、そんなことはすべて忘れた。

リボンの父親がちっぽけな居間でぼくたちとむきあった。「なんでスクウィントがいなくなったりしたのか、いってみろ。あの子はほんの子どもにすぎん。あの子のことはおまえに責任がある！」父親の名前はパラークシ－ストロングアームで、まさに名が体を表していた。相手を震えあがらせるような人間で、じっさいその狭い部屋を激しい怒りであふれさせそうだった。

「あの子が危なっかしいのはわかってたはずだよ」とリボンの母親、パラークシ－ウナが口をはさむ。「絶対に目を離しちゃいけないってこともだ」

「母さん、スクウィントはいつのまにかいなくなってたんだ」リボンは途方に暮れていた。

「それは聞いた。おれがわからんのは、なんで捜さなかったかだ。なんでスクウィントがいっしょじゃないのに帰ってきた？」

　リボンは顔がまっ青だった。体が震えて、泣きだす寸前だ。「先に帰ったと思ってた、だから。だから。だから……」

「だから？　なにが、だからだ。なにも考えとらんくせに！」ストロングアームは怒鳴《な》ったが、ぞっとすることにそれはぼくの父の愛用の科白《せりふ》とそっくりだった。「よし決めたぞ、小娘、あとで折檻《せっかん》だ。自分のせいなんだからな。おまえはずっとそんなだから、とうとう報いを受けることになったんだ、フューさまの名にかけて！」

　リボンは泣きじゃくっていて、ウルフはその横で黙ったまま、気まずそうに顔を強ばらせている。だれかがなんとかしなくては、どうにもならなかった。

「リボンは氷魔につかまってたんだ！」ぼくはあとさき考えずに口走っていた。「助けだすのに気が遠くなるほど時間がかかったから、もちろんみんな、スクウィントは先に帰ったと思って！」

「リボンがなんだと？」大男は表情を一変させて、娘を見つめた。「つかまったのはどこだ、リボン？　なんともないかい？　そのときのことを聞かせておくれ」

「あれが……あれが足をつかまえた」リボンは涙声でいった。「もうだいじょぶ、ほんとにだいじょぶだから」

ストロングアームはひざまずいて、リボンの足のあざになったところを荒れた手でやさしくなでた。「かわいそうなおちびちゃん」ストロングアームはささやいた。「いまは痛くはないのか、リボン。すまん……すまなかったな、怒鳴ったりして」リボンの靴を脱がせてやって、「すわってなさい、いい子だから」ストロングアームが顔を上げ、その目が涙ぐんでいるのが見えた。「ウナ、お湯を持ってきてくれないか？」

リボンの両親は娘の足を洗って軟膏《なんこう》をすりこみ、いたわりの言葉をかけ、リボンをめぐってうんざりするような大騒ぎを演じた――おかげでぼくには、なぜリボンがこういう性格なのかが、かなりはっきりと見えてきた。両親からおまえはきれいだし頭もいいと絶えずいわれて生きているなら、やがて自分でもそれを信じられるようになるのは、わかる気がする。

そのあと、いまや別人のようになったストロングアームが、リボン救出で大きな役を果たしたぼくに何度も礼をいい、ぼくが望むとしたら世界でもくれてやると請けあった。たとえぼくが、ストロングアームのいいかたによれば、冷血無能役人の息子だとしても、だ。それからようやく、ぼくたちは——いまだに帰っていない——スクウィントの問題に、前よりなごやかな雰囲気で話を戻した。

「どうせあの極寒ちび助は、造船場のあたりにでもいて、役立たずのシルヴァージャックとでも遊んでいるんだろう」とストロングアームがとくに根拠もなくいった。

「いつもあんなところで遊んでやがって、いくらいってもやめん。おれが行って見てくる。あんた、ブラウンアイズ、〈グルームワタリ鳥亭〉にいないか見てきてくれ。ドローヴとそこの、なんてったっけ、冷血坊主？　ウルフか、おまえらは自分ちを見てこい。全員またここに戻ってくること。わかったか？」

町を抜けて港の脇《わき》の丘を登るころには、もう暗かった。どんどん心配になってくる。スクウィントがぼくの両親のところへ行く理由があるはずはない——一方、汽艇での一件以来、あのちびの中でシルヴァージャックの評価が急降下したのはまちがいないから、造船場にいる可能性も低い。ぼくにはスクウィントの居場所は思い当たらなかった。もしかして、パラークシに戻ってきてなんかいなくて、足の骨を折って川のそばのどこかで倒れてるんじゃないか——それどころか、氷魔かイソギンチャク樹につかまってるのでは、という気がしてきた。

思ったとおり、家に戻ってみたがスクウィントはいなかった。かわりに両親がそろっていて、居間に落ちついていた。たびたび思うのだが、母と父はふたりきりのときに、いったいなにをしてるんだろう。たがいにとって退屈でしかたない相手なのは、まちがいないのだが。戦争のことで意見をいいあったり、母が例の地図の正しい場所に針を刺せるよう、父が助言したりしてでもいるのか。

「おまえになにかあったのかと思っていたのよ」と母がいった。「お父さまと心配していたんだから、わかっているの、ドローヴ」

「パラークシ－スクウィントが来てないか、見に寄っただけだから」ぼくは説明した。「行方不明なんだ。また捜すのを手伝いに行ってくる」

「いいや行かんでいい」それはあまりにもおなじみの断定口調だった。「わたしの息子が夜中に田舎《いなか》を、それも漁師のところのちびを捜すためにうろつくのなど許さん。おまえは家から出ない、わかったな。さあ、部屋に寝に行け」

「漁師だからなんだっていうの?」ぼくはかっとなっていい返した。「あの冷血缶詰工場なんて、漁師がいなけりゃどうにもならないくせに!」

　母は全面対決勃発《ぼっぱつ》の気配をようやく察して、怯《おび》えたように小さく息をのんだ。「お父さまは漁師のみなさんをとても尊敬できるたぐいの人たちだとお考えなの、ドローヴ」と母はまくしたてた。「わたしもそれは同じ。だからといって、ああいう連中の子どもがあなたにふさわしい遊び友だちだと考える理由にはならないのよ、わかるでしょ」

「遊び友だち！　まったく《ラックス》、母さん、まだぼくのことを凍える《フリージング》ようなちびっ子だとでも思ってるの？」

「母親にそんな罰当たりな口をきくことは許さんぞ、ドローヴ！」

「そりゃ最悪だね、父さん、ぼくは自分が凍る《フリージング》くらいいいたいことをいってやるよ！」

「ああ、フューさま……ああ、フューさま」母が嘆き声を上げる。

「そうか」父はぞっとするような声でいった。「よしわかった。今回、おまえは調子に乗りすぎた。潮時というものをまったく知らんようだな。思うに、おまえはいまのような態度を友人たちから学んだのだろう、母さんやわたしがそんなことの手本になるはずはないのだから。さあ、部屋に行って、おとなしくしていろ。あとでまた話をする」

　これ以上いい争っても無駄なのはわかっていた。腕力では父に勝てないから。母の泣き声がやかましくて、うっとうしい。かなり長いことそこから出られないかもと感じながら、自分の部屋に行く。窓をあけて外を見た。窓から地面に降りて逃げだそうという気にもなったが、それではなにも解決しないだろうことも事実なので、思いとどまった。草地への入口で光が目にとまったので、そのまま見ていると、モーター車が静かに音を立てながら草の上を走ってきた。

最初は、リボンの父親がぼくを連れに来たのかと思った。が、あの漁師はモーター車を手に入れられる身分ではないと気づいた。まちがいなく新缶詰工場から来た父の冷血同僚のひとりだ、とぼくは判断した。車は別荘のすぐ手前で止まり、警笛をすばやく、短く鳴らした。ぼくが窓掛けの陰に引っこんだとき、玄関の扉がひらく音がした。父が車のところまで大股《おおまた》に歩いていき、男がひとり車から降りて、小声で父に挨《あい》拶《さつ》した。それはホーロックス－メストラーだった。

ふたりの雰囲気にはうさんくさいところがあり、なぜ家に入らないのか不思議に思ったぼくは、母やぼくに話を聞かれたくないからだと推測した。

「スクウィントという少年を捜しているのは知っているね、当然」メストラーがしゃべっている。

「息子が話してくれました」同じくらいの小声で父がいった。「息子も捜しに行きたがりましたが、やめさせましたよ」

「なんだと？」

「いえその……」父は相手の反応にとまどっていた。「ですから、変に思われるかと……政府職員の息子が……」

「バート、きみは馬鹿な上に、子どものことがわかっていない」というメストラーの一喝に、ぼくは大喜びした。「変に思われるのは、きみの息子が捜索に参加しなかった場合だ。町の住人とわれわれの関係は、もうじゅうぶんに悪化している。自分の息子を使って、われわれが一般大衆の暮らしや要求と完全に無縁なわけではないことを示すくらいの才覚は、持っていてほしいのだがね」

「そうかんたんには……」父は言葉を濁した。「息子は世間知らずでどうにもなりません」

「その態度がいかんのだよ。とにかく、その件できみに会いに来たわけではない。残念だが悪い知らせがある。〈イザベル〉の出発が延期された」

「またですか？　なんと、その日程だと粘流《グルーム》前に着くのはとても無理です」

「わたしもそれが心配なのだ。このままだと、たぶん荷降ろしは工場に直接ではなく、新埠頭《しんふとう》でするしかなくなるだろう——それはこちらとしては避けたいところだ。ともかく、きみにはあすの朝一番で、その方面の手配をしてもらいたい。すべての準備を完了させておかねばならん。崖《がけ》の道を早急に完成させるよう、万全を期すんだ」

「それはもう。もちろんです」

メストラーが急にくつくつと笑った。「そう心配顔になるな、バート。すべてはうまくいく、そうだろう」そしてモーター車に戻ると、走り去っていった。

そのすぐあと、父がぼくの部屋に入ってきた。ぼくはそれを無表情な顔で迎えた。

「おまえの言語道断な不作法の件について、しばらく考えていたのだが」父の言葉はぎくしゃくしていた。「酌量《しゃくりょう》すべき状況というものもありうるという結論に達した。友人のことが心配で、おまえはわれを忘れたのだ。おまえは若いし、若者は自制を欠き、修練も不足している。もっと大きくなれば、おまえもきっとわかるに違いない――」

「それってさぁ、足を骨折して寒い闇《やみ》の中に倒れてるかもしれない小さな男の子を捜してるところに、ぼくも行っていいって話になるわけ？」

父は大きく息をのんだ。口をひらいて、また閉じる。ようやく、かろうじてこういった。「ここから出ていけ」と吐き捨てるように。

リボンの家に戻ると、外には大勢の人が集まって、手にした松明《たいまつ》のゆれる炎に顔を深紅に照らされながら、パラークシ－ストロングアームの話に耳を傾けていた。ぼくはブラウンアイズの隣に行って闇の中で手を握り、そのあいだもリボンの父親は二階の窓から演説をつづけていた。

「いまここには五十人くらい来ているようだ」ストロングアームが叫んだ。「こうして駆けつけてくれたみんなに礼をいいたい。新工場には伝言を送って、車を貸してくれるよう頼んである」

「そろそろ新工場のやつらも、おれたちの役に立ってくれていいころだ！」と叫んだ男がいて、同意のつぶやきが上がった。

　ちょうどそのとき、一頭のロリンに率いられたロックスの一団が大きな荷車を引きながら、頼りない足どりで角を曲がってきた。同様の荷車が数台あとにつづいて、狭い道が満杯になる。ロックスたちはゆらめく光の中で頭を下げて、じっとおとなしくしていた。

「いま来たこれも使うことになるが、こいつは旧缶詰工場が快く貸してくれたやつだ」ストロングアームが話をつづけた。「時間を無駄にしたくない、さあみんな荷車に乗って、出発だ！」といって姿を消すと、数秒後に玄関から出てきて、無表情に人混みをせわしなくかきわけていった。ストロングアームの奥さんとリボンがうしろにつづき、一家が先頭の荷車に上がると、まわりにいた何人もがあとに従った。

「こっちよ、ドローヴ」ブラウンアイズがいって、ぼくを引っぱって進んだ。魚のにおいがきつい近くの荷車に乗りこんで、中に並べられた箱に腰かける。ほかにも人が乗ってきて、すぐに十五人ほどがぎゅうぎゅう詰めになり、おかげでたがいの体温で温かくなった。夜気で空気は心地よいが、そばの公共ヒーターからなかなか離れられない人も多いことにぼくは気づいた。死の惑星ラックスが頭上の暗闇の中で冷酷に輝いている。ブラウンアイズがすぐ隣にすわっているんだと強く意識した次の瞬間には、ぼくは片腕を彼女にまわしていた。荷車のむかい側でだれかがにやりとして白い歯がきらめくのが見え、松明の炎の中で、それはブラウンアイズの父親のガースがぼくたちをやさしく見つめているのだとわかった。

そのときロックスが急に歩きだして、荷車もがくんとゆれて動きだし、みんなは体をぶつけあうことになった。狭い道をがたごとと進んでいくと、ほどなく町から出る大きな道に着いた。ロリンが緊急事態であることを精神的に伝えているのか、ロックスは毛むくじゃらの頭を前に突きだしながら、ふだんは見せない速さで進んでいた。ぼくたちの荷車で火のついている松明は二本だけだが、捜索がはじまってから使う分が床の上にひと束ある。とはいえ、いまのところはその二本で明かりはじゅうぶん足りていた。道のまわりの窓に反射する深紅の輝きは無数の目のようで、突然ぼくは寒さを意識して身震いした。ブラウンアイズがぼくに、どうしたのという視線をむけてから、厚いロックス毛皮のマントの中に身を縮めた。ぼくが強く抱きよせると、彼女は微笑《ほほえ》みを漏《も》らした。そこでぼくたちはふたりとも、いまがどんなに深刻な状況か気づいたのだと思う。とくに自分が、スクウィントがこの寒空の下のどこかで困っているときに無関係なことを考えて恥ずかしい、と思ったのは覚えている。

だがそのあと、ブラウンアイズに対するぼくの感情がスクウィントの境遇を変えるわけではないと自分にいい聞かせると、気が楽になった。

パラークシの外につづく長い坂を登りはじめると、路面がぼろぼろなのでロックスの爪《つめ》がむやみと土を引っかくようになり、するとロリンが近づいてきて太い腕を先頭のロックスの首にまわし、どうやら元気づけるような思念を送ったようだ。シルヴァージャックがひとつ前の荷車にすわっていて、口に運んだ酒瓶がきらりと光った。シルヴァージャックからロリンに視線を移したぼくは、両者がよく似ているのでびっくりし、シルヴァージャックの母親が昔、大指岬の近くでロリンと寝たことがあるという、最近耳にした眉唾《まゆつば》ものの話を思いだした。

ようやく町の北側の丘の頂上に着くと、眼下に新缶詰工場の明かりが、彼方《かなた》を見つめるように広がっていた。四台の荷車が横並びに集まり、ストロングアームが燃えさかる松明を手に立ちあがった。

「ここから手をつけるぞ！」ストロングアームは叫んだ。「横に広がって、できるかぎり横一線になったまま、川にむかって丘を下りながら捜す」声はみごとに落ちついていたけれど、やつれた顔が緊張を物語っていた。「沼地に着いたら気をつけろ。氷魔がいるからな。まず、車ごとに少人数の先発隊を組んで、ひととおり見てまわってもらいたい。泣き声だとかの異常を示す音が聞こえないか注意してくれ。じきに新工場の車がここに来て、そうしたら本格的な捜索ができる」

新工場へ伝言を持っていった男が、ロックスに乗って丘を登ってきた。男はストロングアームになにかをいった。

「なんだと！」ストロングアームは咆《ほ》えた。「なんだと？」ぼくたちのほうをふり返ったストロングアームの顔は、紅潮しておそろしいほどだった。「やつら、おれたちに車を使わせる気がない」声がしゃがれている。「守衛にはそんな冷血権限はないんだと！　なんて冷血な国なんだ、ここはいったい」

「工場まで降りてって、ぶっ壊してやろうぜ！」ひとつ目の男がわめきたてると、同調する声が湧きあがった。

「駄目だ！」ストロングアームが一喝した。「頼むから、ここに来た理由を忘れんでくれ。まず、おれの息子を見つけるんだ。そのあと……」声が小さくなって、言葉がほとんど聞きとれないほどおだやかにストロングアームはいった。「そのあと工場のやつらを相手にする……」

スクウィントは父親がこういう人で幸運だ、という思いがそのとき心に浮かんだのを覚えている。捜索を率いるのに、これ以上の人物はいないだろうから。単に、これがストロングアーム個人にとっての重要な問題だからというだけではなく、この人には、物事を成功させたり、純粋に人柄の力によって（肉体的な威嚇《いかく》の力も少しあるかもしれないが）人々を自分の意志に従わせたりする天性の能力があるように思えた。あとでブラウンアイズが教えてくれたのだが、ストロングアームは公の肩書きなどなにも持っていないにもかかわらず、とても尊敬されていて、町の問題を仕切る統率者と見なされているという。

ブラウンアイズとリボン、ウルフ、それにぼくは、散開した捜索の列の中央に割りあてられて、スクウィントを最後に見た場所へむかうよう指示された。左をむくと、遠く大指岬のあたりにまで松明の明かりが見える。右手の列は内陸深くまで伸びていた。捜索の陣容が自然に整っていくあいだにも、あらたな志願者たちが町からロックス車で乗りつけてきて、いまでは捜索者の人数は確実に百人を軽く超えていた。丘の下の川沿いの谷でも、ロックス車に乗った人々が当てずっぽうに捜索していて、その光が動いている。

ぼくたちは丘を下ってゆっくりと進み、やがて松明を頭上に掲げた腕が痛くなってきた。時おりブラウンアイズとぼくは藪《やぶ》の中にうずくまった人影を見たように思い、けれど近づいてみるとそれは決まって、眠っているロリンか、ロックスか、場合によってはトゲノ木なのだった。ぼくはいつしかロリンのことで疑問をいだきはじめていた。もしスクウィントを見つけられるなにものかがいるとすれば、それはロリンのはずなのだが。困っている人間の感情を感知する神秘的な能力があるのだから。

やがて捜索の列は沼のある一帯を抜けて川岸にむかうあたりにさしかかって、進行速度が落ちた。一行は、ブラウンアイズとぼくがはじめておたがいの思いを告白しあった場所を過ぎ、そのままリボンが捕らわれた地点にむかって進み、その間、松明の炎が躍って暗い水面に照り映える中、足もとには絶えず最大限の注意を払っていた。なにも見つからず、聞こえるのは列の彼方でときどき上がる問いかけと返事を叫ぶ声ばかり。とうとうぼくたちは川に突き当たった。ぼくはブラウンアイズの横に並んで、ゆっくりと波打つ暗い入り江からむこう岸の新缶詰工場の明かりまでを、いっしょに眺めわたした。川岸の離れたところに、ウルフとリボンがいっしょにいるのが見えた。

突然、ウルフの叫び声が聞こえた。ウルフは体をかがめて、リボンになにかを指し示している。

「どうしたんだ?」ぼくは声をかけた。

ウルフは顔を上げた。「キイロノ実の皮だ。これは……」リボンのほうをふりむいて、地面を指さしながらふたりでなにかを話していたが、「ここに来てみろ!」とウルフが叫んだ。

ぼくたちがふたりのところへ行くと、ウルフが前方の泥のほうを示した。ゆっくりした引き潮が川岸と水面のあいだに幅広の黒い軟泥の帯を顕《あら》わにしていて、その位置からでも泥についたいくつかの印というか跡が見てとれた。ぼくは松明を高く持って川岸から踏みだし、泥に足を埋めながらもっと近寄った。一本の長いすじが暗い水中へと延びているのが見え、そのすじと並行して、ひと連なりの小さな深い跡がつづいていた。これはもうまちがいなく、だれかがこの地点から小舟を入り江に押しだし、乗りこんで漕いでいったのだ……どこへむかって？　行く先は、対岸の工場しかありえない。

「これ、スクウィントの足跡じゃないかな」リボンがいった。「大きさから見ても。行っちゃ駄目といわれたから工場のまわりをうろつきに行くのって、いかにもあいつらしいし」

「なにか見つかったのか？」川岸のどこからか大きな声をかけられた。ゆれる光が縦に並んで、ぼくたちのほうへ進んでくる。捜索に散っていた人たちが、あらたな指示を求めて再集合をはじめた。たちまちぼくたちのまわりには大人数の集団ができあがった。ストロングアームが到着し、人々をかきわけて進んでくると、秘密を白状させんばかりの攻撃的な態度で足跡をにらんだ。

「あの子はまちがいなく工場にいる」しばらくしてストロングアームは口をひらいた。「ここで船を見つけて、好奇心が湧いて、川を渡った。決まりだ」そして上流にむけてのしのしと歩きはじめた。「めざすは冷血新缶詰工場だ、いいな！」ストロングアームが叫び、そのあとを追って、燃える松明の列が川岸にできた。

川にかかるパラークシ街道の橋までは少し距離があったが、ストロングアームが猛烈な速さで進んだので、少しするとぼくたちは反対岸に渡っていて、一団となって新工場への行進をつづけた。そのときの一行には希望に満ちた空気が漂い、もう少しすればボイラー室の石炭袋の山の上で寝ているスクウィントが見つかるとだれもが信じていた、とぼくは思う。

ついに、高い金網のフェンスと立入禁止区域を図示した醜悪な掲示板が、ぼくたちの松明の明かりを反射した。一行は前進をやめ、ストロングアームが背の高い通用門《ゲート》を棍棒《こんぼう》で叩《たた》いた。「だれか！　だれかいないか！」

守衛がひとり、フェンスのむこうのちっぽけな小屋から出てきた。男は明かりに目をすがめながら、ぼくたちをにらみつけた。「なんの用だ？」

「なに驚いたふりしてやがる！」ストロングアームは怒鳴った。「おれたちが来るのが聞こえなかったはずはあるまい。いいからゲートをあけて、おれたちを入れるんだ。息子が中にいる」

「ここには子どもなどいない」守衛の返事はにべもなかった。

「おまえはパラークシの人間じゃないな、ああ？　知らんやつだ——まあ、そっちがおれに見覚えあるなら、おれがいつだって望むものを手に入れるのを知ってるだろうがな。さあ、ゲートをあけりゃ、おれたちに貸そうとしなかった車のことはもう口にしないでおいてやる」

「ここは立入禁止区域だ。だれも通すなという命令だ」

「いいか、よく聞け、きさま！」ストロングアームは怒鳴った。「ゲートをあけて中に入れないなら、こんな氷結《フリージング》ゲートなんかぶち破ってやる！　聞こえたか！」

一瞬の沈黙があり、そのときぼくはウルフが肘《ひじ》を引っぱっているのに気づいた。「まずいことになってきた」ウルフは声をひそめていった。「父は役人だからな。ぼくはこんなことに巻きこまれるのはごめんだ。きみももっと分別を持ちたまえ。では、あしたまた、たぶん……」ウルフがこそこそ逃げだしていくのを、ぼくはあきれ顔で見送った。リボンはウルフがいなくなったことに気づくどころではなく、父親を不安げに見守っていた。

「耳がないのか、おまえは？」ストロングアームは叫んで、それでもなんの反応も返ってこないと、「わかった。おまえのせいだからな、若造。おい、ロックスを連れてこい！　ここにロックスの紐《ひも》を結んで、氷結ゲートを引きずり倒すぞ」うしろのほうで動きがあって群衆が道を空け、ロックスを連れた男たちを通した。

「ロリンはどうしたんだろう？」ぼくはブラウンアイズに聞きながら、胸騒ぎを覚えていた。もしスクウィントが工場の中にいるなら、ロリンがそのことを感じとると思うのだが。なのに、ロリンの姿はどこにも見えない。ゲートの前のロックスたちは落ちつきがなく、うかがうような目でほうぼうを見まわしている。

「ようし、そこまでだ！」守衛が叫んだ。横一列の軍服姿の男たちが、工場敷地内にあらわれた。全員が手にバネ矢銃を持ち、その撃鉄を起こすと、群衆にむけて構えた。

「次にゲートのほうへ一歩でも動いたやつがいたら、そいつを撃《う》つ」守衛は平然といってのけた。「これだけ騒げば満足だろ。さあ、家に帰れ、ひとり残らず」

ストロングアームがゲートに突進して、素手でそれをばらばらにしようとするのではないか、とぼくが思ったのは、首すじに静脈を浮きあがらせ、両の拳《こぶし》を握りしめているのを目にしたからだ。だが、ストロングアームの奥さんが夫の腕をつかんだ。リボンがふたりに駆け寄って、父親とゲートのあいだに体を割りこませた。

ストロングアームは長いこと身じろぎもせずに立って、奥さんと娘の頭ごしに守衛をにらみつけていた。やがて体の力を抜いて、肩をすくめると、ゲートに背をむけた。ぼくの横を通りすぎるとき、松明の明かりにストロングアームの顔が浮かんだ。口はだらりとひらき、目はぞっとするほどうつろだった。

11

つづく数日、ぼくはパラークシの人たちのあいだで一体感が育っていくのを感じていた。一体感はずっと前からあって、最近、何人かの町の人と知りあいになったことで、ぼくがそれに気づいただけだ、という可能性もあるが。これ以前の夏は、両親がいつもそばにいて、モーター車で走りまわったり、浜辺に行ったり、予定の決まった船旅に出たりしていたので、話をする人といえばほとんど近所の別荘の住人たち限定だった——ぼくたちと同様、休暇で来ている人ばかりだ。

それでもぼくは確信を持っていえたのだが、町の人たちはほとんど本能的といっていいかたちで団結しつつあった。まるで、みんなが傷つき、まだこの先も傷つくと知っていて、たがいに仲間になることを必要としているかのように。フュー神殿への参拝者は大幅に増えた——それは人々が急に信心深くなったからではなく、みんなが集《つど》うことを求めたからだ。地元の新聞は、伝言小屋に届くニュースを印刷するだけではなく、町でひらかれた集会の記事を書いたり、地域行政への議会の取り組みに関する投書や論説を載せたりしはじめた。人々は挨拶《あいさつ》するとき腕を握りあい、割当制のことで商店主に噛《か》みつくのをやめ、むしろ同情を示すようになった。夕方になると、家の前に腰を下ろし、何十年間もの諍《いさか》いごとを胸にしまって近所の人たちとおしゃべりをした。

逆境にあると人々はこんな風に団結するものだという話は聞いていたから、こうしたことはある程度まで納得がいった。ただひとつ、不安に感じたのは、ぼくたちはいったいだれに対して団結しているんだろう、ということだ。論理にかなった答えは、敵国のアスタだ――けれど、戦争が人々の口にのぼるのはほとんど耳にしない。人々から割当制の責めを負わされているのは、アスタではなかった。責められるのは政府だった。蒸留液燃料の不足、立入禁止区域の急増、時おり海で消息を絶つ船。あらゆる災厄、あらゆる苦難が政府のせいにされた。

両親とのあいだが武装中立状態だったこの時期、ぼくはこういった話を父にむかって持ちだしたことがある。

父は考えこむ顔になってから、「おまえの友人である町民たちがいだいている感情のことなら、察してはいるのだ、ドローヴ」とようやく、いかにも自制を働かせている様子でいった。「もちろん、われわれはそのことで憂えている。缶詰工場は重要な事業であり、いまこの瞬間、われわれがここから送りだす糧食なしには生きていけない内陸の街が多数ある。この地域には缶詰工場を第一の標的とするアスタの破壊工作員がいるから、治安対策は厳密に運用せねばならん。だが、一般大衆にしてみれば、苦しい目にあわねばならん状態があまりに当たり前のようにつづいてきたために、罪を着せる相手を探すようになった。アスタは水平線の彼方《かなた》だが、政府は手の届くところにいる、というわけで政府が非難されている。遺憾ではあるが、人の考えはそういう風に働くものなのだ」

ぼくは少々驚きながら父を見つめていた。かつてなかったことだが、父は大人を相手にするようにぼくに話していた。いい気分だった。「スクウィントのことで工場がもっと協力的だったら、町の人たちももっと好意を持ったかもしれないよ」ぼくは控え目ないいかたをした。

「きわめて不幸な出来事だった。あの場にいた守衛たちはもっともきびしい叱責《しっせき》を受けた。われわれは徹底的な捜索を実施したが、その若者は工場構内のどこにも発見されなかった」父はまるで謝罪しているようだった。「しかし、この一件はわたしの論点の例証となっているのだ、ドローヴ。西は海から、陸地では黄土山脈まで、選択の対象となる場所はいくらでもあったのに、なぜ一般大衆はその少年が工場にのみこまれたかのように考えたのか？」

その話はかなり納得できるものだったが、ぞっとするような想像をぼくにいだかせもした。なにか巨大な機械を調べていたスクウィントが足をすべらせて、回転する刃の中に落下し、やがて大量の缶詰に姿を変えて機械から出てくる……。

工場のゲートでの諍い以来、ウルフは鳴りを潜めていた。ときどき母親と町なかを歩いているのを見かけたが、あまりに大量の買い物をしているので、ぼくは人前で知りあいだと認めるのはごめんだった。政府がなぜ職員に対して、身分証をふりまわして割当制を無視することは逆宣伝に等しいときちんといわないのか、ぼくには理解不能だった。

一方ではトラックがうなりを上げて町を走り抜け、内陸へむかう道を登って、ぼくたちほど運のよくない町々へ缶詰工場の製品を運びつづけていた。ぼくはほとんどずっとブラウンアイズといっしょにいて、ふたりでたびたびリボンの家を訪ねた——最初、それは同情の証《あか》しであり、スクウィントに関する最新情報を知るためだったが、数日が過ぎ去り、希望がしぼんでいくと、リボンの一家をなぐさめ、なんとか悲しみから気をそらすことが目的になった。家族の絆《きずな》がとても強いリボン一家には、こんどのことでかなり悪い影響が出ていた。リボンは自分を責めてほとんど口をきかず、ストロングアームはスクウィントが姿を消した夜にぼくたちにいったことがリボンの落ちこみの原因になっているために、自分を責めていた。

リボンの部屋でブラウンアイズとぼくが、寝台にすわってこちらをむいているがなにも見ていないリボンを元気づけようとする、そんな夜が何度もあり、そのあいだにもたくさんの人がリボンの家を訪れてきた。リボンの部屋は家の正面にあったので、ぼくはやって来る人々の姿を見た。家族を失った一家のために、食べ物や酒を持参する人もいた――だがそれ以外の人は、決まって男だったが、手ぶらでやってきた。そういう人たちははっきり目的があるような足どりで、場合によっては二、三人でやってきて、ストロングアームはその人たちを居間に通すと、扉をしっかりと閉ざした――扉がひらくのは、もっと酒を持ってこいと奥さんに声をかけるときだけだ。その部屋に十二人かそれ以上が集まることもたびたびあり、いちど二十人を超えた夜もあった。その夜はブラウンアイズの両親も来ていて、あとで彼女はいったいなんの用だったのかふたりに聞いてみたが、納得できるような答えはもらえなかった。ぼくたちはリボンにたずねてみたが、知りもしなければ気にもしていなかった。

実行部隊が結成されたのだと思われたが、ぼくたちにはそれがなにを実行するためなのか、見当もつかなかった。

そうこうしているあいだに、粘流《グルーム》がやってきた。

ある日、ぼくたちは波止場にリボンを連れだした。出かけさせるまでは大変だったが、いったん港に着くと、まわりを取り巻く活気がリボンの気分を明るくしたようだ。

この時点までに、喫水の深い船はすべて係留されていて、内湾はあざやかな色の小さな滑走艇《スキマー》でいっぱいだった。潮位はとても低い。海面は重く波打っているように見えて、まるで融けた鉛だった。

ぼくは自分のスキマーの縄を双係柱《ボラード》からほどいて、引っぱった。縄から糖蜜《とうみつ》のようなどろりとした雫《しずく》をゆっくりと垂らしながら、ぼくの小さな船はこちらのほうにすべってきた。全員が乗りこんだところで、ぼくは帆を揚げた。船が進むのにあわせてさざ波が力なくまわりに広がったが、ほとんどすぐに消えてしまう。風をつかまえて、ぼくたちは港の出口にむけてゆるやかに滑走していった。もう、ユキシロモグリ鳥の姿はどこにもなかった。あの鳥は浮きやすいよう体が軽いので、粘流時《グルーム》の濃い海水が苦手なのだ。グルームのときは海中に潜れないだろう――それに、グルームはあらたな敵も連れてくる。

グルームワタリ鳥がグルームのあとを追って、南から飛来していた。おびただしい数の大きな白い鳥が魚市場の屋根にとまって、陸揚げされた漁獲物を貪欲《どんよく》な目で見ている。ぼくたちが船のあいだを抜けて外港に出たとき、グルームワタリ鳥が低く飛んできて、脚を下にたらして海面をかすめ、翼端が小さなさざ波を立てた。そいつはゆっくりうねる海の上に慎重に降りたつと、そこを居場所にさだめ、大きな翼を広い背中で羽ばたかせながら、脇《わき》を通っていくぼくたちを冷ややかに眺めていた。ぼくは引きこまれるようにその鳥に見いった。グルームワタリ鳥はぼくにとってパラークシを、そしてわが家の毎年の休暇が持つ意味のすべてを象徴するものだった。

ぼくの心を読んだかのように、ブラウンアイズがたずねた。「いつアリカに戻る予定なの、ドローヴ?」と悲しそうな目で。

「どうしたのさ《ラックス》。いまそんな話はやめよう。まだ先のことだよ——それに、父は新工場に入り浸りだし」

口に出す勇気はなかったが、心の奥では、うちの家族がアリカに戻ることはもうないような気がしていた。ずっとパラークシにいることになるのだと。まじめに考えるには、少々夢のような話ではあった。だが、母と父がアリカのことを全然口にしないのは事実だし、いつもなら夏のいまごろには、家に帰るのがどんなにすばらしいことかと母がいいはじめているはずだ。父が新工場に関してありとあらゆる難題に直面して、永久的なかたちでパラークシにとどまるほかなくなればいいのに、とぼくはいつしか考えていた。

リボンが真剣な目でぼくを見ていた。「たぶん、あんたはこの町にいることになるよ、ドローヴ」そんなことはいわずにいてほしかった。魅力的な予言。けれど、リボンが口をきいたのは吉報だったから、期待するような笑みをブラウンアイズが浮かべている横で、ぼくはあいまいな返事をした。

ゆるやかにうねる海に、突然、きらめく銀色の斑点《はんてん》が浮かび、深いところにいられなくなった小魚の群れが海面に出てくると、船のまわりをかすめ飛び、そのあとをナガレウオがくねくねと泳ぎながら追っては、跳びかかって小魚をのみこんだ。グルームワタリ鳥の一団がさっと舞い降りてきて、安全な海中に戻ることができずに海面に取り残されてのたうっていた一匹のナガレウオを、大きな鳥がつかみあげた。

「よう、ひよっこども！」と大声で呼びかけられたのは、半分ほど魚を積んだスキマーが近くを通ったときで、舵《かじ》を握っている人影はまちがえようもなくシルヴァージャックだ。作業担当のふたりの船員は、船の両舷《りょうげん》から翼のように吊《つ》り下げられた大きな網にかかりきりで、船がすべるように前進すると網は海面に触れるか触れないかで、取り残された魚をすくいあげていく。パラークシ湾は、とてもグルーム漁法むきだった。北に流れるグルームの前方に海の生き物が大量に追いやられて、魚たちは自分から湾の内側に飛びこんできてくれる。

こちらの船のぼくたちは顔を見あわせ、ぼくはスパイや密輸、そしてそこから必然的にスクウィントのことといった、リボンを癒すためのこの船遊びからは遠ざけておきたい話題について考えはじめていた。ぼくはリボンに目をむけた。少女は弱々しく微笑《ほほえ》んで、目をついとそむけた。その視線はウルフとぼくが難破した、雨水管が顔を出している浜にむいていた。やがてシルヴァージャックの船が通りすぎると憂鬱《ゆううつ》な時間もいっしょに過ぎ去った、と思いたい。

ぼくたちは小さな灯台のある防波堤の端にやってくると、そこを通りすぎて外海に出た。風に舞う金属糸《ティンセル》のように海面で躍る魚たちや、ひとつながりの白い雲のように舞い降りてきて食い意地の張った鳴き声をいっぱいに響かせるグルームワタリ鳥で、湾はにぎやかだ。魚や鳥のあいだをスキマーがせわしなく行き交い、風に帆を膨《ふく》らませ、網を広げて、グルームのもたらす豊かな漁獲をつかまえていた。

まだはじまったばかりだが、今年のグルームは記録的なものになりそうな感じだ。もう少しすると、もっと大きな魚が海面に追いやられてくる。巨大なツバサウオやヒラウオ、ヒトクイウオなどだ。そのころには、哺乳類《ほにゅうるい》であるグルームライダーも南からやってきて、ひれ足をふりまわして海面を跳びはねているだろう。生き物であふれる海の上で、血なまぐさい戦いがおこなわれる。そして最後に、ゲテモノグライがやってくるのだ。こいつは腐肉喰《ぐ》らいの一種で、細長い体に鋭い歯を持ち、グルームのあとに残されたものをなんでも食べる。なんでも、だ。だからグルームが終わりに近づいたころに泳ぎにいくのは、分別を欠く行動だ……。

活気づいた海を眺めているリボンの目には興味の色があり、船のまわりのそこかしこにいる奇妙な生物に歓声を上げている様子からは、元気が出てきたことがありありとわかる。不意に、リボンが指をさしていった。「なに、あれ?」

海の彼方にいる巨大な船が、煙をたなびかせながら湾のほうへむかってくる。「大型貨物船だ」渦巻くようにひしめくグルームワタリ鳥が一瞬左右に分かれ、見通しがよくなった。「こんな時期に来るなんて。やつら、あの船を浜に引き上げるほかないな」

「どこの浜に?」ブラウンアイズは強い関心を示して海を見晴るかしていた。「入り江には絶対近づけない。もう浅くなりすぎているもの。でも入り江の浅瀬はまっすぐ海溝に落ちこんでいる。だからあの船は、個人の漁船やなにかでいっぱいの内港に来るほかないわ、そうなったら、ほかの船の居場所がほとんどなくなる。やつらがほんとうにそんなことをしたら、きっと大騒ぎよ」

面白いことにぼくたちは、その船は〝やつら〟のもので、その到着がきっとパラークシにとって困った事態を引きおこすことを、暗黙の前提として話していた。

「船がここまで来ないうちに、アスタ軍が沈めてくれれば問題ないのにね」とぼくはいった。

三人でリボンの家の前まで戻ると、リボンがぼくたちをふり返って、いった。「ありがと」

「なにが?」ブラウンアイズが聞きかえした。「わたしたちといっしょに遊んでもらうのは、いつだって歓迎だわ、でしょ、ドローヴ？」

「だね」ぼくはいった。

「あのさ。邪魔になりたくはないんだ」リボンはぼくの顔をまっすぐ見ていった。

そんなものが忍びよっていたとは露知らぬ間に、ぼくはまたしても危機的状況に置かれていた。ぼくは大人から受ける抑圧にある程度打ち勝ち、自分自身の価値に自信を持ち、自分がまちがいなくほかのだれとでも対等であることに気づきはじめていた──少し前までは、そう思いこもうとしているにすぎなかったのだが。そしていま──この先ぼくは、どこまで変わりたいのか？　他人を踏みにじるような真似《まね》をしたいのか？

ぼくはブラウンアイズといつもふたりきりでいたいというわがままを理由に、リボンが孤独でみじめな思いをする原因になりたいのか？

衝動的に、ぼくはリボンの手を握っていた。「ぼくたちといつもいっしょに来てくれよ」ぼくはいった。「ぼくたち、きみにそばにいてほしい」

リボンは顔一面をまっ赤にして、スクウィントが姿を消して以来はじめて、心からしあわせそうに見えた。

その夜、ストロングアームがぼくたちにたずねた。「おい、おまえたちも神殿に来るか？」ストロングアームとウナはコートを着ているところだった。

ぼくはびっくりしてストロングアームを見た。「神殿に行く気は全然ありません」

ストロングアームは笑って、「いいや、太陽神フューだの大ロックスだの、そういった話は出んよ、少年。町民集会がある。政府の代表も来るはずだ」

「父でなければいいんですけど」

「違う。きみが知ってる男かどうかはわからん。最近、町にもよく来る、話のわかるやつと見た。ホーロックス－メストラーという男だ」

ぼくたちが神殿に着いたときには大勢の人が集まっていて、知った顔もたくさん目についた。壇上にいる人の大半が、ストロングアームの家に出入りするのを見たことのある人たちなのは、意味深だ。リボンとブラウンアイズとぼくは聴衆の側にすわったが、ストロングアームは即席の演壇に上がると、まもなく卓を槌《つち》で叩《たた》いて静粛を求めた。

「パラークシのみんな」ストロングアームは大声を張りあげた。「今夜こうして集まったのは、議会の物事の進めかたに、おれたちの気にいらないところが山ほどあるからだ。さて、ここにいるホーロックス－メストラーは役人だが、立派なことにここに来て、おれたちの標的になってくれる。おれは自分で話すのはごめんなんで、この先はメストラーに話を進めてもらう」

ストロングアームはばらばらに上がる支持の声を背に腰を下ろし、ホーロックス－

メストラーが立ちあがって、思慮深い顔で聴衆を見つめた。「最初にいっておかなくてはなりませんが、この集会は公式のものではなく――」

ストロングアームが怒りで顔を紫にして、勢いよく立ちあがった。「そんな話は抜きだ、メストラー！」ストロングアームはわめいた。「極寒に公式かどうかなんざ、おれたちの知ったこっちゃないし、おまえらの冷血な逃げ口上も知ったこっちゃない。おまえさんをここに呼んだのは、話に白黒つけるためだ。さあ、とっとと進めろ！」ストロングアームは腰を下ろし、こんどは聴衆から万雷の拍手喝采《かっさい》が上がった。

メストラーはうっすらと微笑みながら、「大変失礼しました。非はわたしにあります。ストロングアームさんのおっしゃるとおり。集会は現にいまここでひらかれている。公式かどうかなど無関係だ」メストラーはいったん言葉を切ってから、現在までの戦況の推移の要約をはじめた。それは全部、父から聞いたことのある話だったので、ぼくの注意はよそにそれていった。気晴らしに両手を椅子《いす》のそれぞれの側でぶらぶらさせていたぼくは、まもなく片方の手がブラウンアイズの手を、もう片方がリボンの手を握っていることに気づいた。そうしたいと願っていたとおりに。

「このように、最新情報によればわが軍は大半の戦線においてアスタ軍の侵攻を食いとめているわけです」しばらく話したところでメストラーはそういい、「けれど、南部戦線はアスタ軍に突破された。かなり重要な町のいくつかが敵軍の手に落ちており、海からの侵略の可能性も見過ごすことはできません。その場合は、おそらくパラークシが標的となるはずです」

「それで、いつおれたちに武器をくれるんだ?」聴衆のだれかが叫んだ。

「町の防衛にはじゅうぶんな手段が講じられます。その点はご安心ください」とメストラーは答えた。「とはいえ、みなさんももちろんご理解いただけるでしょうが、前線に送るべき物資をこの町へまわすのは不可能です。いまこの瞬間に武器を必要としているのは、このわたしたちの国を守るために戦っている勇敢な男たちなのですから!」

メストラーは間を取ったが、喝采を期待していたなら、当ては外れた。それどころか人々は口々に疑問をつぶやいた。ぼくのうしろにいた男が、その点についての会衆の思いをひと言にまとめた。「このわたしたちの国の話なんかをしてるんじゃねえ!」男は叫んだ。「パラークシはどうなるんだ?」

「パラークシにおいてすら、戦争状態はさし迫っており、綿密な監視下に置かれています」メストラーは話をつづけた。「新缶詰工場近辺での敵スパイの目撃報告もあります——缶詰工場はわたしたちの戦争努力にとって、まさに命綱ですから、いずれ、立入禁止区域の再設定が必要になるでしょう。ですが、わたしたちはそうなることを望んではいません。決して望んではいないのです」

メストラーの話は、公共の利益というものをなにも考えずに自らの手でことを運ぼうとしている人々を非難する方向へ進んだ。そうした人々は夜中に集団で町の外を徘徊《はい》《かい》し、それはアスタのスパイたちの違法で無認可な会合の隠れ蓑《かく》《みの》となり、その結果、議会の時間を浪費させる――戦争努力の遂行にあてられるべき時間を。要するに、一貫してもの静かで説得力のある口調でしゃべり、愉快なおじさん風の笑顔で言葉の刺《とげ》をやわらげてはいたが、メストラーの姿勢は攻撃的だった。

メストラーは聴衆を同調させたとはいえないだろうけれど、少なくとも聴衆が演壇に詰め寄ることはなかった。ストロングアームは顔をしかめ、取り巻きたちもひそひそと話をしていたが、メストラーを止めるそぶりは見せなかった。

「そして、長くてつらい熟考を重ねた末、議会は遺憾ながら、不人気な措置を取る以外に手はないと判断しました」とメストラーがいっていたが、ぼくはまたなにかを聞き落としたらしく、それがなんの話かわからなかった。聴衆から怒りのつぶやきが上がっている。

「あんたにどんな権限があるっていうんだ?」演壇の卓を囲んでいたブラウンアイズの父親が大声でいった。「そんな命令を出されたんじゃ、うちの商売は上がったりだ。あそこは缶詰工場なのか、それとも冷血政府の役所なのか?」

「戦争状態にある現在、わたしたちは地域的な非常措置をとる権限があります」メストラーが答えた。聴衆のどよめきが大きくなっていく。

「措置って?」ぼくはブラウンアイズにささやいた。

「夜間外出禁止令よ」

「なんだって? 政府はなにをおそれてるんだ?」

「リボンのお父さんと、そのお仲間でしょうね……ドローヴ、これってわたしたちが夜中に出歩けなくなるってことでしょう?」彼女は希望を断たれたような表情だった。

ぼくたちのまわりでは聴衆が飛びあがったり叫んだりしていて、神殿の番人が不安げにしているのが見えた。確かに、暴動になったら番人の装身具は無事ではすまないだろう。水晶の象徴は、メストラーに投げつける手ごろな飛び道具になる。

そこで沈黙が降りた。あっけにとられての沈黙。武装した制服姿の集団が演壇の背後からあらわれて、メストラーの背後を固めたのだ。役人は沈黙の中で口をひらいた。

「違います、戒厳令の強行ではありません。多数の憲兵が町に配置されますが、それは地元警察の補佐と明白な防衛目的のためです。アスタ軍の攻撃が起きた際にこの町を防衛する手段が準備されるわけですから、ご安心ください。ご静聴、感謝します」

「ちょっと待て!」困惑しながら、ストロングアームが立ちあがった。どうしたわけか、場の主導権は失われ、集会は町民側の敗北で終わっていた。「おれたちは自分たちでじゅうぶん町を守れる! そこにいる人殺しどもは必要ない!」

メストラーは悲しげにストロングアームを見た。「パラークシー・ストロングアームさん——どうしろとおっしゃるのですか？　あなた方は、政府が面倒を見てくれないとおっしゃっていた——それが、お望みどおり守ってさしあげるといったのに、まだ満足されない。正直、あなたは単なる問題人物《トラブルメーカー》にすぎないのではないかと思えてきましたよ……」

12

翌朝、ぼくはブラウンアイズを呼びにいき、大指岬に登って、あの大型貨物船の到着を見物する計画を立てた。見晴らしのいい高い場所からなら、船のむかう先が港なのか、それともブラウンアイズがいったように新造の埠頭《ふとう》なのか、判断がつくはずだ。

「きのうの夜、うちのお店で、船が大指岬沖に錨《いかり》を下ろしたという話が出ていたわ」ブラウンアイズがいった。「きっと戦争で使う物を運んできたのよ。外洋でアスタの軍艦に襲われて、エンジンをやられたんだとだれかがいっていた。だから到着が遅れたのね。当然、グルームの前にここに着いているはずだったんでしょうから」

前にもあったことだが、ぼくは〈黄金のグルームワタリ鳥亭〉が情報の収集と分析の場所として果たしている役割に、驚いていた。ブラウンアイズから聞かされるニュースは、父がそれはそれは熱心に読んでいる新聞よりも、つねにより新しく、より正確だった。

ぼくたちはリボンを誘いにいった。昨夜の集会でリボンの父親があんな目にあわされていたので、ぼくたちはリボンを気の毒に思っていた。だがリボンは問題なく元気そうだったし、いまだに怒りの冷めやらないストロングアームが民兵を組織すると息巻いているものだから、気分転換は大歓迎だといった。ウナひとりにやっかいごとを押しつけて、ぼくたちは大通りを港にむかった。しばらくのあいだ、ぼくたちは昨夜の集会について意見をいいあったが、途中からはリボンに気兼ねして、その話題は避けた。夜間外出禁止令は今夜から施行される気配で、ブラウンアイズにとってはうれしくない話だった。彼女の父親の商売は、とんでもない損害を被るはずだ。

ウルフが記念碑のそばに突っ立っていた。今回は母親抜きで、暇を持てあましているようだ。残念なことに、ウルフはぼくたちの姿を目にとめて、決まり悪さなど微塵《みじん》も感じさせない能天気な笑顔で走り寄ってきた。ウルフはもう何日もぼくたちを避けていたので、二度と顔を見ることはないだろうという気になっていたのに。

「会いたかった面子《めんつ》がそろっているね」ウルフはなんのためらいもなく声をかけてきて、歩調をあわせながらリボンの腕を取りさえした。リボンから無表情に目をむけられると、ウルフは急にわれに返った様子で、「あー……スクウィントのことでなにかわかった？」

「なにも」リボンがとても静かな声でいった。

「お気の毒さま。ほんとうにおそろしいことだ。ところで、そのことについて考えていて、思いついたことがある。たとえばもし――」

「なあ、その話はいっさいなしだ、ウルフ」リボンがつらそうに唇を噛《か》むのを見て、ぼくはきつい口調でいった。「話題を変えよう」スクウィントが行方不明になってからとっくに二十日は経っていて、いまさらその話題を蒸しかえしても意味はない。

ウルフは長い鼻を下にむけて、高慢な驚きの表情でぼくを見おろした。「おや、そうかな、アリカ－ドローヴ。ひとりの子どもの命が危険にさらされているときにはいかなる提言も検討の価値があるだろうと、ぼくは思ったのだがね。なんといっても、ぼくはスクウィントが単独行動を許されたとき、そこにいたわけで、大変な責任を感じているんだ――きみもそうであるべきだよ。ぼくにはただの自分勝手としか映らな……」

ウルフの声が先細りになって消えたのは、リボンが腕をふりほどいてぼくの肩に顔をうずめ、わあわあと泣きはじめたからだった。「フューさまに誓ってお願いだから、こいつを黙らせて、ドローヴ」リボンは取り乱したように泣き叫んだ。「聞いてられない！」

ぼくはその状況に対処する術《すべ》を身につけていなかった。ぼくはパラークシ港の混みあった波止場に立ったまま、泣きじゃくる少女を抱きしめて、近くの人々に好奇の目をむけられていた――そしてだれよりもぼくをしっかり見据えているのは、リボンへの同情心がたちまち消し飛んだらしいブラウンアイズだった。どうすべきかも、なにをいうべきかも、まったく考えつかない。そのときにとれた最善の対応は、まじめさと気づかいが、ぼくの希望的観測によれば正しい割合で組みあわさった表情を作ったことだった。ぼくは片手をブラウンアイズの冷たい手に無理やり握りしめられたまま、反対側の腕をおざなりにリボンの肩にまわしていた。

唯一の救いだったのは、そんなぼく以上にウルフがうろたえていることだった。口をぽかんとあけ、顔を赤くして、「あの……」とウルフはつっかえながらしゃべりはじめた。「ええと、ほんとうにすまなかった、リボン、気がつかなかったんだよ、つまり……」

その様子を見ているうちに、ぼくは近くの人々に見られていることを心の中から追いだし、それなりの義憤を呼びおこすことができた。曲がりなりにも、ぼくはリボンの英雄兼保護者であり、この常識なし野郎から守ってやらなければならないのだ。道義的に見て、ぼくのほうが上に立っている。じっさい、もし自分がウルフの立場だったら、あわてて逃げだしていただろう。「もうしゃべるな、ウルフ」ぼくは一喝した。「なにも考えてないくせ――」

そのとき、買い物の荷物をかかえた母がこっちへ来るのが見えた。

ぼくはリボンをくるりとうしろむきにして、肩にまわしていた腕を外した。「よそに行こう」ぼくはあわててそういうと、ブラウンアイズとつないでいた手に力をこめ、リボンのお尻《しり》に遠慮もなく手を当てて前へ押しやった。ウルフはわけがわからない様子で、小走りに横をついてくる。母の姿を目にしたのは、ぼくだけだったと思う。ぼくたちは波止場の角を曲がって、大指岬通りに入った。

「待ってくれよ。ほんとうにあやまるからさ」息を切らしながらウルフがいった。ぼくたちが自分から逃げたと思っているらしい。

船が浜に引き上げられているところまで来て、もうだいじょうぶと思ったぼくは、ゆっくりと立ち止まった。ほかの三人も止まって、とまどったようにぼくを見る。

「じつはさ」ぼくは説明した。「さっきあそこで母を見かけたんだ。別に母をこわがってるんじゃないから、口をはさまなくていいぞ、ウルフ——人前でごたごたしてるところを見られたくなかっただけなんだ。あとで根掘り葉掘り聞かれるのはごめんだから。さて、リボンはもう平気？」

リボンは涙まみれの笑顔をぼくにむけた。「もうなんともない。ありがとう、ドローヴ」

「いっしょに来たいなら、もう、いらないことをいうなよ、ウルフ」

「うん」ウルフは恥じいっているように見えた。

「ぼくたちはこれから大指岬に登って、貨物船を見物する。ウルフがいっしょでもいいか、リボン？」

「別に」リボンはそっと答えた。

こうしてウルフは、いそいそと前より低い立場に甘んじて、ぼくたちの小さな集団に復帰した。


ぼくたちは大指岬の端に立って、ゆるやかにうねる明るい海を見渡した。海面のそこかしこで魚が跳びはね、グルームワタリ鳥が絶え間なく舞い降りてきて、生きた餌《えさ》を口いっぱいにすくい取るとのみこみながら高度を上げ、上昇気流に乗って崖《がけ》の上と同じ高さまでやってくる。そこでまた鳥たちは——何羽かは餌をのみこむところが見えるほどすぐそばを舞っている——旋回して螺旋《らせん》を描きながら下降し、ねっとりした波のすぐ上で水平飛行に転じると、足が時おり波に細い跡を引くほど海面すれすれを滑空しながら、下に膨《ふく》らんだ袋状のくちばしでさらに魚をすくいあげる。

貨物船は錨を上げてぼくたちのほうへむかっていたが、まだ約千ペースは沖合にいた。船はふつうとは違う方式で曳航《えいこう》されていた。四隻の汽艇が左右に二隻ずつ、引き綱を貨物船に結んでいるが、そういう風に配置された引き船は、貨物船を前方だけでなく、たがいに逆の横方向にも引っぱることになる。

リボンが説明してくれた。「あれはほら、喫水の深い超大型船がグルームにつかまっちゃったわけ。つまり濃くなった海水があの船を浮きあがらせて、重心が高い不安定な状態にしてるってこと。それで引き船を呼んだ。いま引き船は両側から綱をぴんと張って、貨物船を等喫水、つまり水平に保とうとしてる。あそこ、見張り台《クローネスト》にいる男の人が見える？」リボンは一本の帆柱の途中にある見張り台に腰を下ろしている、なんとなく見覚えのある人影を指さした。「あの人が傾斜表示器を持っていて、引き船に指図してるの。船が傾きはじめたら、あの人はそっち側の引き船二隻に合図して綱をゆるめさせ、反対側ではもっと引っぱらせる――そうやって船をまっすぐに戻すわけ。そのあいだもずっと、引き船は貨物船をゆっくり埠頭に近づけていく。陸にじゅうぶん近づいたら、引き船のうち片側の二隻のかわりに陸から綱を結んで、横むきにウインチで巻き上げるんだ」

「前にもこういうのを見たことがあるんだね、リボン」ウルフがやさしい声でいった。「何度かね。うちの父さんが見張り台の水先案内人に雇われることもよくあるんだけど、今日、父さんはあそこにはいないよ。あれは役人の船だもの、父さんがやつらの仕事なんてするわけがないい」リボンの言葉には軽蔑《けいべつ》がたっぷりこめられていたけれど、ウルフはそれを平然と聞き流して質問をつづけ、おおむねそのふるまいはむかつくほど思いやりがあって礼儀正しかった。

しばらくして、ぼくはブラウンアイズにいった。「ちょっとそこら辺を散歩してこよう」

崖の端に腰を下ろしたふたりを残して、ぼくたちは林の中を散歩した。ブラウンアイズはしばらく黙っていたが、リボンたちに声が届かないところまで来ると、とげとげしい口調で、「リボンがあんなにあなたを頼るなんて、笑っちゃう」

ぼくは胃のあたりが重くなるのを感じた。「なんでさ？」

「だって笑っちゃうでしょ、波止場で泣きだしたとき、リボンったら急にあなたに、だ、抱きついたりするんだもの。それにいっつも、わたしたちにどこへでもくっついてくる。あなたとリボンは、いっつもふたりでしゃべっている気がするわ、いっつも」彼女が鼻をくすんといわせたので、泣きだしそうなのがわかって、ぼくは助けてくれと思った。今日は全然運がむいていない。「あと、きのうの集会でリボンの手を握っていたのを、気づいていないわけじゃないんですからね」

ぼくは草の上に腰を下ろすと、ブラウンアイズも引っぱってすわらせた。暖かくて、昼まではまだ時間があり、近くには木しかない。彼女は背すじを伸ばし、頭を垂れてすわって、手をぼくの手に重ねてじっと動かさずにいる。「リボンのそばにいたいと思ってたら、きみを散歩になんか誘わなかったよ」ぼくは理屈をいった。

ブラウンアイズはまた鼻をすすって両肩をいちど震わせると、不意に、目にかかった髪をうしろに払って、ぼくをまっすぐに見た。「わたし、このまま負けちゃうのかな、ドローヴ」びっくりするほど落ちついた声だった。「あなたのせいじゃない、だからわたしが悪いに決まっているの。リボンのせいじゃないのもちゃんとわかっている。でも、このままじゃあなたのことで負けちゃうって思っているのに、どうしたらいいのかわからない」

「そのことならきみは負けたりしないよ」ぼくも沈んだ気持ちでつぶやいた。

「聞いて。あなたとリボンのあいだにはなにかがある、それは確かよ。なぜだか、リボンが困っているときに助けるのも、悲しいときにそばにいるのも、必ずあなたなの……。あなたとリボンには通じあうことがたくさんあるみたい。まるで……いっしょにいることが運命みたいに。あなたとわたしには、これまでなんにもなかった。手をつないでいっしょに歩くとかそんなくらいのことしかなくて、距離が縮まるようなことはなんにも起きないかもしれない」

「だからどうだっていうの？　そういうことって、起こそうとして起きるものじゃないよ」

　ブラウンアイズの返事はなかった。ぼくをじっと見つめる彼女の顔に、ぼくのブラウンアイズとは全然別人のような、とても考え深げで、ほとんど計算高いくらいの表情が浮かんだ。彼女はぼくから手を放すと、服の皺《しわ》を伸ばして、草の上にあおむけになった。また表情が変わっていて、眠たげといっていいほどだ。こちらを見つめる彼女の様子に、ぼくはそわそわしてきて、彼女が両腕を上げて頭のうしろで組み、背中を少し持ちあげたときには、目をそらすしかなかった。ぼくは顔がまっ赤になっていたと思う。

「わたしを見て、冷たいドローヴ《フリーズ》」ブラウンアイズがささやいた。

おずおずと彼女に視線をむけたぼくは、まるで彼女が深い湖で、そこになにが潜んでいるのかを知らないままそれをおそれ、同時に惹《ひ》かれてもいるような気分になった。ブラウンアイズはまだあの眠たげな顔で、ぼくの目をまっすぐに覗《のぞ》きこんでいる。ふっくらした唇がひらいて、ちらちら動く舌が見えた。

ブラウンアイズは青い服を着ていて、首に鎖《くさり》は巻かれていない。ぼくははじめて目にする彼女の催眠術的に美しい胸から腰の線にさっと視線を走らせ、それから、ものすごく勇気を出して、手を伸ばし、お尻の線に触れた。細いベルトが腰を取り巻き、服が彼女の丸みで急にはちきれそうになっているあたり。ぼくはそっと服をなでながら、視線を先に進ませた。褐色の太腿《ふともも》が青い服からあらわれるところへ。こんな気分を感じはじめているぼくは、なにかまちがえていやしないだろうか、とぼんやり考える。いや、これでいいんだ、ブラウンアイズがそうしてほしがっているのをぼくは本能的にわかってるんだから、うん。くぼみのある膝《ひざ》、肉づきのいいふくらはぎ、そして小さな白い靴とたどった視線を顔に戻す。すると彼女の唇に、物憂い笑みが浮かんでいた。

「わたしみたいなかわいらしい子が彼女なのって、すごくない、ドローヴ？」ブラウンアイズはそっとたずねた。

「ブラウンアイズ……」言葉にならない。「ぼくは……」

「だったらキスして、お願い、ドローヴ」ブラウンアイズがささやいた。

ぼくは彼女の上に身を乗りだすと、唇を唇に不器用に押しつけた。彼女がぼくの首をかかえこんで、するとなにかがぼくの胸の中で起こった。突然、ふたりの唇はもっと柔らかく、もっと一体になり、彼女が言葉にならない喜びの長い声を上げて、舌でぼくの舌を触るのを感じた。

やがて、そろそろ起きあがるころあいだと思いはじめたぼくは、ブラウンアイズが自信なさげに見つめているのに気づいた。いいたいことがあって、けれど口にするまでには少し時間がかかった。

「ドローヴ」ようやく口をひらいた。「笑わないって約束してくれる？」

「うん」

「伝えたいことがあって、でもそれはもっと年上の人たちがいうようなことなの」と早口にいう。「だから馬鹿みたいに聞こえると思うんだけど。ドローヴ……？」

「なに？」

「一生、愛してる、ドローヴ」


　ぼくたちが戻ってみると、ほかのふたりは離れてすわり、海をじっと見おろして、会話は弾んでいなかった。ぼくたちの足音を耳にしたリボンが、いかにもほっとした様子で顔を上げた。

「ふたりとも、こんな長いことといったいなにを……ああ……」探るような視線をぼくたちにむけたリボンの表情が変わり、かすかな笑みが顔をよぎった。ウルフは黙ったまま、眼下に来た船を見つめている。貨物船は埠頭のごくごく近くにゆっくり近づきつつあって、見張り台にいる男の顔がわかるところまで来ていた。

　シルヴァージャックだ。

　ぼくがそういうと、「この仕事を引きうけそうな人の中じゃ、あいつがいちばんだろうから」とリボンが答えた。「なんといっても、確かに海をよく知ってる。ただ人間的な信頼が、ちょっとね」

　ぼくたちは船が近づいてくるのを見ていた。こんなに大きな船を見るのははじめてだ。帆柱《スパー》は二本――ただし、いまはすべての帆が巻き上げられている。帆柱の破損した円材や元がなんだかわからない残骸《ざんがい》が、アスタ軍の攻撃を物語る。船体中央には、左右両舷《りようげん》の巨大な外輪にはさまれて高い煙突が一本。その外輪も損傷を受けていて、輪がゆっくりまわると、裂けた木の部品がぶらぶらゆれた。甲板には白い帆布に覆われた物がたくさんあり、たぶん船倉も積み荷でいっぱいなのだろう。だというのに、船は喫水が浅すぎて、波に漂うユキシロモグリ鳥さながらに重心が高すぎるかたちでグルームに乗っていた。

「問題が起きてる」いきなりリボンが鋭い声でいった。

甲板にいる人たちが身ぶり手ぶりでシルヴァージャックになにかいっている。大型貨物船は危険なほど傾いていたが、引き船は海面に顔を出した岩を避けて慎重に動いているため、傾きを直すのが間にあわない。貨物船はゆっくり傾いて、片方の巨大な外輪が半分水中に沈み、傾いた帆柱からシルヴァージャックの体が海に乗りだした。必死で貨物船をまっすぐに引っぱり上げようとしている右舷の引き船二隻が、そろって鋭く蒸気を噴きあげる。ぼくたちの下の埠頭からかすかな悲鳴が聞こえた。

船はずいぶん長いあいだ、際どい釣りあいを保って上下にゆれながらそのままで踏みとどまり、そのあいだ濃い海水が引き船の船尾にのろのろと打ちつけていた。

「甲板の積み荷が問題なんだ」リボンがつぶやいて、「引くんだよ、この氷結船が！」と引き船を急《せ》かす。「引けって、ば！」

リボンは漁師の娘だから、船とそこで働く男たちに対して、ある感情を持つ。一方ぼくが、そうしたものに対する責任感を持たなくてもおかしくはない。だから、自分が船の転覆を期待していることに気づいても、ぼくはそれほど自分を責めなかった。手に汗握る目の前の出来事が、大型貨物船の無事な係留という結末を迎えたら、期待外れもいいところだっただろう。

ゆっくり、しぶしぶという感じで船はまっすぐ起きあがってきて、損傷した外輪の機械部分から水がどろりとした雫《しずく》になって垂れた。反対側の引き綱がぴんと張って船を支え、リボンがほっとしてため息をついた……。

避けようのない惨事は、ゆっくりと進行した。左舷の引き船の一隻が海上であわただしい動きを見せて、プロペラを激しく回転させ、同時に大きく警笛を鳴らした。その引き船の船首の柱につながれていた長い大綱が切れていた——あるいは、柱自体がすさまじい荷重で折れたのかもしれない。大綱は宙を舞い、獲物を襲う蛇のように、だがもっとゆっくり、高く、激しく、丸まりながら貨物船めがけて飛んでいった。なにかをすりつぶすようなすさまじい音が轟《とどろ》いたのは、引き船が後進して岩に突っこみ、スクリューが花崗岩《かこうがん》を噛んで砕け散ったのだった。つづいて、物が砕けるような、空気をつんざくかん高い音を立てて、宙を飛んだ大綱が大型貨物船の支索《ステー》と横静索《シュラウド》のあいだを突っ切りながら甲板上で弧を描き、船員たちが四方八方に体を投げだす中で、ついに大綱は帆柱に巻きつくと、縄も綱も帆布もいっしょくたにして引き倒した。帆柱が海にむかって傾《かし》ぐ途中で、無事に脱出してなりふりかまわず海に飛びこむシルヴァージャックの姿が見えた。シルヴァージャックはほぼ一瞬で海面に顔を出すと、埠頭にむけて力強く泳いでいった。

その間にも貨物船はふたたび傾いていき、こんどは打つ手がなかった。リボンが目に涙を浮かべて顔をそむけたのは、あの船はすべての船を象徴しているし、あの船員たちのだれが自分の父親であってもおかしくなかったという思いなのだろう。ぼくはリボンに片腕をまわして体を支えたまま、ふたりで事態の推移を見守った。いまはもう、ブラウンアイズが気にしないことはわかっている。

左舷甲板の船荷が崩れて、機械がひとつまたひとつと甲板を転がり、右舷の船荷にぶつかってそのいくつかをさらに崩した。船は傾きを増して、船員たちが海に飛びこむのといっしょに船荷も舷側から転がり落ちて、緩慢な低い水しぶきを上げる。船底がゆっくりと海中から持ちあがってきて、それが緑色に塗装され、海草や貝がまだらに張りついているのが見えた。

たぶんリボンの震える体を通して伝わったのだろう、いまではぼくにもこの状況の悲惨さがわかっていた。ブラウンアイズはぼくの手を握って落ちこんだ様子でうつむき、ウルフが気むずかしい妙な顔をしているのは、一連の出来事が自分の上品な感性には刺激が強すぎるとでもいいたげだった。そしてぼくたちがじっと見ていると、大型貨物船は転覆していき、役目を果たせなかった引き船がなす術《すべ》もなく浮かんでいる横で、すぐに長い湾曲した緑色の底面が見えるだけになった。

船員の大部分は埠頭にむかって泳いでいた。グルームで体が浮くので、速く、楽に泳げる。このあたりの海にはなんの危険もない。この出来事で唯一の悲劇は、現役の船が失われたことだった。引き船に上がった男たちもいて、そこではたちまち身ぶりを交えた激しい口論がはじまっていた。そのあいだもグルームワタリ鳥が海面への降下を繰りかえし、ぼくは、グルームがはじまったばかりなのはついていたな、と思ったものだった。海水濃度が最大になるころなら、危険なグルームライダーがこの辺の海面を跳びはねていただろう。さらにあとになればさまざまな腐肉喰《ぐ》らい魚が……。

ねっとりした海そのものの中から響いてくるらしい、低く重々しい轟きが聞こえた。海水が機関室の炉まで来てボイラーが爆発し、転覆した船の背骨から蒸気と破片が噴きあがった。木材や機械類、ぞっとするほど人間に似た形をしたなにかが、空中に放りだされた。大きなピストン棒が放物線を描いて飛び、弧の頂点となる崖の上に近い高さで何秒間もとどまってから、落下して、ほとんどしぶきも立てずに海に落ちるまでをぼくは見守った。

臨終のあえぎのように巨大な泡をいくつもゆっくりと浮かびあがらせながら、長い葉巻のような船は海面下に姿を消し、パラークシ海溝の底へ永遠に沈んでいった。

13

　ぼくは、自分を取り巻いている大人の世界で問題になっている事柄を、めったに意識することのない年ごろだった。よくよく考えれば、そういうものにすべてを左右されていたのだけれど、その風むきにわずかでも注意を払うことはまれで、両親が陰気な顔をして墓場のような静けさで家の中を動きまわっていても、その理由をわざわざ聞くことは、ほとんどなかった。どんな危機的状況だろうと、それはすぐに去っていくと信じていた。こういう態度が、母の戦況地図に対する懐疑的な見かたを生んだ。母はエルト軍の旗を後退させるとき――それはわが国の領土をアスタ人にあたえることを意味した――涙を流さんばかりだったが、ぼくにとってそれは単なる旗以上のものではなかった。色のついた紙切れがなにかを象徴するということが、よくわからなかった。

　けれども、大指岬でのあの日のあとに、いくつもの出来事があわただしくつづいて、ぼくはこのもうひとつの世界が存在することを、そしてそれがぼくにも、その時その場所で関わりを持っていることを、嫌でも気づかされた。

貨物船が沈没した日の翌朝早く、うちの別荘に訪問者があって、その時点でぼくは警戒してしかるべきだった。けれど、窓から湾を見晴らせる寝台の中は、心地よかった。朝食の席でどんな話が進められていようと、ぼくには興味がなかった。モーター車が別荘の前に来るのが聞こえ、玄関で話し声がして、それが建物内の一階に移っても、ぼくは注意をむけなかった。寝台に横になったまま、ブラウンアイズのことや、きのうぼくたちがおたがいに口にしたことを夢うつつで考えていた。

ようやくぼくはかんたんに着がえて、下に降りた。母と父は食卓についていて、深刻そうな顔をしている。そしてそこには、ホーロックス－メストラーもいた。メストラーはぼくを見て明るく笑った。会話がふたたびつづいたが、あきらかにぼくが来たことでさりげなく話題が変えられた感じがした——めずらしいことではなかったが。話しあわれていたのは、子どもに聞かせるにはふさわしくない事柄だったわけだ。

いま大人たちが話しているのは、具体的にはなんのことかわからない催しかなにかの時間と場所についてだった。肝心な点には触れずに、ぼくの興味を引くような会話をほかの大人とつづけて、ぼくを気が狂いそうなほどじりじりさせるのは、父のお気にいりのやり口だった。

「魚市場は朝も遅くなればもっと落ちつくでしょう」父がしゃべっている。「早朝の漁の分が売り切れるでしょうから」

「夜早くならいちばんよかった」メストラーは考え深げにいった。「だが、自分たちの出した夜間外出禁止令を破るわけにはいかん。そうだな、午前半ばだ」

「神殿でですか？」

「そう思っている。屋外での集会なら、なんというか……権威臭がない」

「集会って、いったいなんの？」ぼくは聞いた。

　父はぼくのほうをちらとも見なかった。「おっしゃるとおりです」唇をていねいに拭《ぬぐ》って立ちあがり、「告知の手配をして、神殿にまわす人員を整えます」

「わたしはあとで行く」すわったままでメストラーがいった。「急ぐ必要がないからね。こういうことの前には、心を落ちつける時間を必ず持ちたいんだ。そうすれば、野次られてもうろたえずにすむ」

「野次ですって？」父は険しい表情になった。「フューさまの名にかけて、野次などないに越したことはありません！」

「おいおい、なにをいっているんだ、バート」メストラーは含み笑いをした。「野次は必ず出てくる。駆け引きの一部だよ」

　ぶつぶついいながら父はその場を離れ、それからモーター車のエンジン音が聞こえた。メストラーがぼくのほうをむいて、「あとで町まで乗せていってあげられると思うよ、ドローヴくん。外に車を停めてある」

「まあ、ご親切におそれいります、ホーロックス－メストラーさん」ぼくが返事をする間もなく、母がいった。「ホーロックス－メストラーさんにお礼をいいなさい、ドローヴ」

「どうも」ぼくはいった。

「きみはこの前、あの少女たち、パラークシ－ブラウンアイズやパラークシ－リボンといっしょに、神殿に来ていたね」メストラーは目を輝かせながらいった。

「この子ったらあの連中と、やたらいっしょにいるんですよ」母が嘆いてみせた。「何度も何度もいい聞かせるのですけれど、無駄なんです。まったく聞く耳持ちません。宿屋の娘と、政治運動家の娘だなんて」

「ウルフを忘れないでよ、母さん」ぼくは口をはさんだ。「役人の息子もいっしょだ」

メストラーは遠慮する様子もなく笑った。「この少年なら心配いりませんよ、フェイエット。好きなように友だちを選ばせてやりなさい。それに、息子さんが一般大衆とつきあっているのは、なんら問題ない。むしろ、いずれ役立つかもしれません」

その最後のひと言の響きが気にいらなかったので、ぼくが用心して黙ったままでいると、母は物不足や割当制についてぺちゃくちゃとしゃべりつづけた――それは母が自分ではなにもわかっていない事柄だったが、無知が母の会話を妨げた例《ため》しはない。

そのあと、メストラーとぼくは、この役人のモーター車に乗りこんで——その車体は父のよりもさらに堂々としていた——町へと走った。記念碑の下に布告の触れ役が立っていて、携帯スチーム笛が男の横にあった。車が通りすぎるとき、男は機械のつまみを引っぱって、小さな内湾の港に悲鳴のようなかん高い音を響きわたらせてから、自ら大声を上げて集会の告知をはじめた。あたりの人々が不機嫌な顔になったことに、ぼくは気づいた。政府が招集した集会なんてどうせ不愉快な結末を迎えるに決まっている、と察しているのだ。

メストラーは新工場にはむかわずに大指岬通りに入り、少しすると車はきらめく海をはるか下に見ながら、木々のあいだのでこぼこ道を走っていた。ぼくはいらいらしてきた。町なかで車を降りてブラウンアイズを迎えにいくつもりでいたのに、メストラーはその機会もくれなかった。メストラーは、きのうブラウンアイズとぼくがすわっていた場所の近くで車を止めると、手ぶりでぼくに降りるよう合図し、ぼくたちはいっしょに崖《がけ》の縁まで歩いて、海を見おろした。グルームワタリ鳥はさらに数を増している。下のほうには小さな滑走艇《スキマー》が数隻いて、それに乗った人々が沈没船の痕跡《こんせき》はないかと好奇の目で深みを覗《のぞ》きこんでいるのが見えた。新造の埠頭《ふとう》にはほとんど動きが見られない。クレーンは遊んでいて、あとは数人の男が一頭のロックスと荷車のまわりにすわっている。

「きみはストロングアームをよく知っているんだね」メストラーが予想外のことをいった。

「まあ」

「あの男はこのあたりでいちばんの水夫だと聞いている……。きみには正直なところをいうがね、ドローヴくん、わたしたちはいま大変困っている。昨日の〈イザベル〉の沈没によって、事態は政府にとってきわめて困難になった。その件は一切合切、集会で聞かされるだろう」

〈イザベル〉――聞き覚えのある名前だ。

「わたしたちはあの船を引き揚《あ》げたいと思っている」メストラーが話をつづける。「そのためには、このあたりの海とグルームのことを熟知している人間が必要だ。必要なのは熟練の船乗りであり――それにとどまらない人物だ。作業人員を集め、バブルダイバーを説得して潜らせ、潮の満ち引きや海流の濃度を見きわめられる男。ストロングアームが必要なんだ」

妙な考えが思い浮かんだが、理由はわからない。〈イザベル〉の沈没をぼくが目の当たりにしていたことを、メストラーは気づいていないのだ――現場で作業していた人たちを別にすると、目撃者はちょうどそのとき通りかかった何人かの漁師だけで、しかし遠すぎてよくは見ていなかったと考えているのだろう。

「この前の集会であんな風にあしらわれたというのに、ストロングアームが役人に手を貸すなんてないと思います」とぼくは断言した。

メストラーの目が丸くなって、大げさなほどどまごついているような表情になった。

「いったいどうなっているんだ？」メストラーはいった。「どういうことなんだ、これは？　ストロングアームが役人に手を貸したら、それは本人とパラークシ全体のためにもなることなのに。こんな敵意に満ちた態度はどこから出てくるんだ？　パラークシの人々は、だれが敵だかわかっているんだろうか？　みんな頭が変になってしまったのか？」

「さあね、あなたにわからないことが、ぼくにわかるわけありませんよ」ぼくはつぶやいた。町に戻りたい。メストラーはこの先、ぼくにストロングアームを説得しろという気だろうから、この男から離れたい。

「グルームだ……」冷静さを取り戻して、メストラーがつぶやく。「それがすべての根底にある。それが原因でこの辺の人々は、自分たちはよその人々とは違うのだと考えている。グルームが町の人々を団結させているんだ。生きかたのすべてが、ひとつの現象を核に形作られている……」重々しい海を見つめながら、メストラーは事実上、独り言をいっていた。「内陸では、グルームのかわりに荒れ地や農業や勤め仕事がある。戦争がはじまるまで、ホーロックスではモーター車産業が成長をつづけていたのを知っていたかな？　エルト一のモーター車産地だった。だがわが国では、どうしてもサトウ草をうまく育てることができなくて、蒸留液のほとんどすべてをアスタから輸入するほかなかった。そして戦争がはじまると……。わたしの街ではたくさんの人たちが職を失ったんだが、知っていたかい？」

「そんなところで起きてることを、ぼくが知るはずないでしょう」ぼくはぶっきらぼうに答えた。大人たちがいつも、暮らしにくい時代がどうこうと取りとめのない話をするのには、ものすごく腹が立つ。

メストラーはぼくをじっと見ていたが、「知るはずがないか、そうだろうな。ある意味、きみは生まれ育った街よりも、パラークシにずっと近いところがある。なぜなんだろうね。グルームがきみたち、この町の人々の血そのものの中に入りこんでいるみたいだ」メストラーは顔をほころばせ、ぼくはいまの話でパラークシの仲間に入れてもらったことで、ついうれしくなってしまった。「一年のこの時期にパラークシの人が怪我《けが》をしたら、流れでる血はグルームのようにどろりとしているに違いないと思うね。だというのに、町の人々は無知だ。グルームを単にグルームというものだとしか思わず、グルームが起こる理由や、それが示唆するものをちょっとでも考えようともしない」

「そんな必要がどこにあるんです？」ぼくはまたいらいらしてきた。「グルームはほんとうにありますす。じっさいに起こります。それだけじゃ駄目なんですか？」

　ぼくたちの下のほうでは、大きな滑走艇《スキマー》が、人を迎えいれるときに両腕を広げるように網《ネット》を吊す帆桁《ブーム》を伸ばして、風のない海面を静かに横切っていた。スキマーは突きでた岩のあいだをそろそろと縫っていたが、帆をだらりとゆらしながら上手《かみて》まわしに方向転換すると、海溝の縁をたどるようにして海に出ていった。舵《かじ》を握っているのはストロングアームで、あの人はいつもの漁場からこんなに離れたところでなにをしているんだろう、とぼくは思った。

「がっかりさせてくれるじゃないか、ドローヴくん。この町の人々と同じようなことをいうなんて、まるでグルームがつねに存在していたかのようなことを。覚えておきなさい、あらゆることにははじまりがあるんだ。かつては、グルームなどというものはなかった。海の水は一年じゅう、ずっと濃さが同じままで、海面の高さもほとんど同じままだった」

　それはかんたんに理解できる話ではなかったので、ぼくはそういった。「この星は太陽フューのまわりを、楕円《だえん》軌道でまわっている」ぼくは勉強したことをそのまま口にした。「夏になると、この星はフューに近くなって、海水が蒸発して、それで粘流《グルーム》が起こる。そのあと雨が降りはじめて豪雨期に入るのは、水分が空気中から凝縮されるから。冬は寒い、理由は、太陽がずっと遠くなるから。すごく単純な話です」

「それじゃあ、なぜ粘流《グルーム》は流れるんだ、それも南から北へ？　それにこの時期に空が晴れているのはなぜだ、蒸発した水で雲ができていなければおかしいだろう？」

「ぼくにわかるわけないですよ」

「いいや、きみにはわかるはずだ、ドローヴくん――もっと子どものころなら、その答えを見つけだすほど好奇心満点だったろうにな。いいかい……」メストラーはポケットから一枚の紙と炭筆を取り出した。「この星は地軸が軌道面と一致している。地軸すなわち自転軸だ。それで、と」

メストラーは紙の下半分のまん中に太陽フューを表す円をひとつ書き、それからそのまわりに楕円形の軌道――楕円の中心は紙全体の中央にある――を描くかたちでいくつかの小さな円を書いて、季節ごとのこの星の位置を示した。「当然ながら」とメストラーはいった。「この図の縮尺は不正確で、冬の側のこの星の軌道はここに描いたよりもずっと遠くまで広がっている。だが、これからする説明には、これでさしつかえない」

ストロングアームの船はもうずいぶん遠ざかっていて、ぼくは心ならずも、この天文学の授業に引きこまれはじめていた。たぶんメストラーが教師として優秀なのか、あるいは――こっちのほうがありそうな話だが――いま説明されているのは、ぼくがずっと知りたいと思っていたくせに、調べるのをなまけていたことであるかだ。

メストラーはそれぞれの位置にあるこの星に、AからHまでの記号をふった。「Aの位置は真冬だ」説明がつづく。「このとき、この星は太陽からもっとも遠ざかっていて、昼と夜の長さは同じになる。さて、すでにいったとおり、この星の自転軸は軌道面と一致している。だが、ここでもうひとつ重要な要素がある」この星を表す円のそれぞれに南北を示す直径の線を引く。つまり自転軸だ。その直径の線はすべて平行で、AとEの位置では軌道を示す楕円の接線になっていた。「この星は、太陽の位置から見た場合に、軌道の進行方向の外側にむけてゆっくりと回転しているように見える動きをしているんだ。それがどういうことかというと、夏のはじまり――Cの位置――に太陽は南極の上で輝き、一方、約八十日後には北極の上で輝いている。わかるかな？」

ぼくは炭で図の書かれた紙を見つめながら、いまの説明を具体的に思い描こうとした。手もとにスリングボールが二個あってじっさいに回転させられれば、もっと楽だっただろうが、ここであきらめる気はなかった。「わかりました」とぼくはいった。「そこで、次のようなことが起こる。夏のはじまりには、太陽は絶え間なく南極を上から照らして大量の蒸発を引きおこし、その蒸発をつづける大南海の海水をおぎなうために、中央海の狭い地峡を通って北から南への潮の流れが起こる。そして、真夏

——Eの位置——には、パラークシでも昼がふたたび夜と同じ長さになり、熱せられていた南極もある程度は冷めて、この星は完全な平衡状態にいたる。南極では膨大な雲が形成されるが、通常の風の循環運動によって極地域内にとどめられる。

そこからだんだんとこの星は回転して、北半球を太陽にむけていく」

具体的にその様子を思い描けるようになってきて、「そしてこんどは、大北海が蒸発する」とぼくはいった。「その分をおぎなうために、海水が中央海を抜け、途中でパラークシのあたりも通って流れるけれど、その水はふつうの海水じゃない。すでに蒸発の影響を受けている。だから、濃度が高い。それが粘流《グルーム》なんだ」

メストラーは話に熱中して笑顔になっていた。「魅力的な話じゃないか。いまなお、わたしたちの理解していないことがたくさんある」もういちど紙の図を示して、「ともかく、グルームはGの位置で最盛期を迎える。そのあと、この星は太陽から遠ざかって、急速に冷えていき、極地域にできていた雲が赤道方向に広がってくる。Hの位置までには豪雨期がはじまり、それが終わると乾燥した冬が到来する。そしてまた、すべてが繰りかえされるわけだ」

ぼくは海に目をやった。潮位は低かったけれど、パラークシ海溝が中央海の沖へ延びていくあたりの水深はいまでもものすごく深い。「これほどの量の水に変化を引きおこす蒸発なんて、想像もつきません」ぼくはいった。「こんなにあるのに」

メストラーはうなずいて、「確かにね、しかしこれは中央海だ。深くて狭い。この大陸がこの星をぐるりと一周して取り巻いていた時代に巨大な地震があって、できたといわれている。裂け目が生じ、エルトをアスタから引き離し、大北海と大南海をつないだ——アスタの海岸線がここら辺の海岸線ととてもよく似ているのは、知っていたかな？　ほとんどぴったりくっつけられそうなほどだ。だが両極の海は、昔からずっと存在していて、巨大な平鍋《ひらなべ》のように浅い。途切れなく日ざしを浴びていると、ほとんど干上がってしまう。そして南極側に残されたものが、粘流《グルーム》となる」

密集したグルームワタリ鳥の群れが、力強く羽ばたきながら南から近づいてきた。崖の近くで急降下して、海面をかすめながら餌《えさ》をむさぼり食う。ぼくはしばらく考えこんでから、「でも、いまの話を聞いたからって、なにも変わりはしませんよ？　あなたはいまの話を証明できないし、ぼくもそれを知ったことでいいことがあったわけじゃない。無知がいけないという証明にはなっていません。グルームだって、まだつづいています」

メストラーはいつもの陽気な笑みを浮かべた。「人生とはそういうものだ。ではきみが思うに、わたしがストロングアームの力を借りようとしているのは時間の無駄だということかな？」そして、話は終わったという雰囲気で立ちあがった。

ぼくはメストラーに気づかれていませんようにと思いながら、図の書かれた紙を手に取って、自分のポケットにすべりこませた。「借りようとするのはいいですけど」とぼくはいった。「うまくいかないでしょうね」

ブラウンアイズを呼びに〈黄金のグルームワタリ鳥亭〉に行くと――このころには、遠慮なく酒場に入っていくのが当たり前になっていた――数人の常連客が集会について話していた。ちょうどブラウンアイズが忙しくしていたので、ぼくはなんとなく酒場の中にいて、話に耳を傾けた。ブラウンアイズの父親のガースがしゃべっているところだった。

「集会だなんてよくいえたもんだ」口調が激しい。「この前の晩とおんなじだよ。ホーロックス－冷血－メストラーがおれたちの前に出てきて好き勝手しゃべるんだ、それでおれたちは我慢して聞くほかなくて、ところがやつはいちばん最後にいきなり新しい規則をおれたちに押しつけると、護衛に守られて逃げだす。議論なし、おれたちのだれも質問する機会なし。おれは集会に行くのをやめようかと思ってるんだ。あんな氷結集会への参加は拒否すべきだよ」

「そういえば」初老の男がささやくようにいった。「今日は憲兵をあまり見かけないな」

ガースはたちまち上機嫌になって、轟《とどろ》くように笑った。「そりゃそうだろう。やつら隠れてるんだ、おもてに出てくるのがこわいんだよ。きのうの夜、若いのが何人かでやつらを痛めつけたら、そのあと姿を見なくなった」

トラック運転手のグロープがびっくりした顔で、「きっと集会ってのはそのことだぜ。しかし、この町の警察はなにしてたんだ？　その若いのってのを止めなかったのか？」

「そのときには近くにいなかったのさ。わかるか、今日び、役人さんが町に顔を出すのは利口じゃないってことだ」ガースはぼくをちらっと見て、「きみは別だからね、ドローヴ。きみはおれたちのひとりみたいなもんだ」ガースの奥さんのアンリーも、それは保証するというようにぼくに微笑みかけた。

「でもおれは役人だ。いま気づいた」グロープがつぶやいた。「いまじゃ連中の仕事をしてる」

「だったらおまえさん、武器を持ち歩いたほうがいいな。さて……」ブラウンアイズが酒場に入ってきて、ガースはこれでおひらきだという感じでカウンターのうしろから出てきた。「この先は昼まで店を閉めてるのと同じだ。またホーロックス－冷血－メストラーが客を全部持っていきやがったからな……」

神殿の光景は、この前の晩とだいたい同じだったが、違うのは、リボンがやはり隣にすわっていたけれど、ぼくが手を握っていなかったことだ。ぼくたちは最前列の席にいて、ブラウンアイズがぼくとくっつくようにすわってぼくの両手を握っている。父が演壇の高みからそれを見おろして目に非難の色を浮かべているのを、ぼくはまっすぐ見返した。いまここはそういうことをする時でも場所でもない、と父が考えているのが聞こえる気さえした。

メストラーはぼくたちを待たせなかった。両手をうしろに組んで演台に進みでたメストラーは、いつもと違う真剣な表情をしていた。「今朝はみなさんに、なにひとつ朗報をお伝えできません」とメストラーはしゃべりはじめた。

もし、パラークシの人々がそういう正直な態度を評価するだろうとメストラーが考えていたのなら、それは悲惨なほどのまちがいだった。「じゃあ黙って帰りやがれ」だれかが叫んだ。「おまえがいなくても問題は山ほどあるんだ、メストラー！」聴衆は全体にざわついて、叫び声もいくつか上がった。

「ならば最初に、最悪の話をすませよう！」メストラーはめずらしく平静さを失って怒鳴りかえした。「これはみなさんにもわたしにもどうにもしようがないことなんだ、だからすわって聞きなさい！」そして挑むように会場をねめつける。

しばらくすると、ざわめきは少し静まって、メストラーはまた話しだした。「みなさんもご存じのとおり、昨日、スチーム船〈イザベル〉が大指岬沖に沈みました。人命の損失がほとんどなかったのはさいわいでしたが。さて、前にも申しあげたとおり、みなさんの議会はつねに一般大衆の最大の利益を心から考え、この困難な時代に国民のみなさんすべてが驚異的な奮闘努力をしてくださっていることをよく理解し感謝しています。そのような愛国心に対して、みなさんの議会がアスタの盗っ人どもからパラークシを守るのは、当然の義務です。わたしたちはそのように決意していました」メストラーは悲しげにぼくたちを見た。「決意していたのです」

　リボンがぼくに顔を寄せてきて、ささやいた。「しかし、不運にも……」それを聞いてぼくは声に出してくすくす笑い、父ににらまれた。

「しかし、不運にもわたしたちの希望は打ち砕かれました」メストラーは話をつづけた。「スチーム船〈イザベル〉とともに、海溝の底へ沈んでしまったのです。そうなのです、わが友人のみなさん。〈イザベル〉が積んでいたのは、大砲や弾薬、このわたしたちの町を守るために使うべく待ち望まれていた、軍需品だったのです」そこで言葉を切って、疲れたように聴衆たちを見やり、この事態がどれほど破滅的なものか、パラークシの人々のにぶい頭に浸《し》みとおる時間を取る。

　ストロングアームが質問した。「つまりおれたちは、自衛手段をなにももらえないってのか？」

「いいえ。幸運にも、かわりの武器は調達の目処《めど》がついており、それは陸路で運ばれてきます。しかし、それには時間がかかります。かなりの日数が」

「どれくらい?」だれかが大声で問いかけた。

「そう……約三十日」数人がばらばらに上げた失望の叫びにかぶせるように、メストラーはすかさず言葉をつづけた。「わが国の工場労働者たちは限界まで作業をしていますが、前に触れたとおり、そうやって作られた物の大部分は前線に送られねばなりません。そしてここでまた、残念ながら悪いお知らせがあります。敵は多くの地点で前線を突破し、まもなく、ほかならぬアリカの目前まで来ようとしているのです!」

突然、自分の生まれた家が敵軍に占領されているところが思い浮かび、戦争が身近な問題に感じられた。

「それは、議会が占領されそうだということか?」ガースが期待するようにたずねた。

「つまり、アリカはこの国の首都だよな。学校でそう教わった。そうすると、議員さんたちにも銃が配られて、たったいま、このわたしたちの国を勇ましく守ってるってことだよなぁ?」

この軽口を迎えた大歓声は、聴衆の思いを疑問の余地なく伝えていて、ホーロックスーメストラーの顔はどす黒く変わった。

「よくわかった、この氷頭《フリーザー》ども!」メストラーはわめいた。「もう好きにしろ。騒げるうちに騒いでおくがいい。アスタ軍が黄土山脈を越えて押し寄せてきたら、笑っていられなくなるだろうからな!」

ストロングアームが演台の上を歩いていって、メストラーのすぐ横に立つと、役人は怯《おび》えたように身を離した。

「だが、おれたちは逃げたりもしない」ストロングアームが静かにいった。

14

日々が過ぎ去り、グルームは濃さを増していき、ついにお年寄りたちが〈黄金のグルームワタリ鳥亭〉でビールをすすって物知り顔にうなずきながら、こんなに濃密なグルームは記憶にないというほどになった。魚市場や防波堤の岸壁で船から降ろされる漁獲量は驚異的で、大量の魚が新缶詰工場に持っていかれることに文句をいう人は――建前は別にして――だれもいなかった。最近では新工場に運ばれる魚の大部分が、大指岬の裏手にあって町の人たちの目につかない新埠頭《しんふとう》で陸揚げされていたが、港で降ろされて陸路で運ばれる分もあった。新工場前の入り江は、かなり前から干上がっていた。

だれもがおそれていたにもかかわらず、パラークシでは憲兵の姿をほとんど見かけなかった。時おり、文字どおり国旗を掲げて（show the flag で旗色を鮮明にするの意）大挙してあらわれることがある。新工場の守衛のくすんだ青い服とは似ても似つかない緋色《ひいろ》の制服姿で、銀色のロックスをあしらったエルト国旗がはためく長い旗ざおを正面にいだいて、大通りを一団となって行進するのだ。そのわが国の国章は、力と忍耐と不撓《ふとう》不屈を象徴し、さらに宗教的な意味を含んでいるとされているが、パラークシの人たちには人気がなく、この先行き不安な折りにその旗を掲げるのは、侮辱《ぶじょく》としか受けとられなかった。憲兵たちへの対抗行進を組織しようという試みもいくつかあったが、ストロングアームが反対していることがあきらかになって、結局ひとつも実現しなかった。

ストロングアームの反論はこうだった。「きれいな服を着て、全体がひとつの心しか持たないみたいにそろって行進するなんてのは、それこそ役人やあの手のやつらがやることだ。偉そうな行進とか儀式とか、みんなアリカでやってるようなことだ。おれたちもやつらみたいになりたいのか？」

少なくともパラークシにも町の旗があるべきじゃないのか、エルト国旗が出てきたら対抗してそれを掲げるんだ、とおっかなびっくり提案する人がいたときにも、ストロングアームは、「おれたちには旗も、それ以外のいんちきな象徴も、なにも必要ない。この町の名前だけでじゅうぶんだ――名前をいえば、おれたちがどこのだれで、どういう人間か、だれにでもわかる。おれたちはここに住んでいて、ここで仕事をして、ときどきは好意を持ちあい、助けあう――それだけわかればじゅうぶんじゃないか。それでもおれたちは独立した個人だし、この先もそれは変わらない」といって、不意ににやりと笑うと、「そのほうが攻撃の的がなくなって、役人も困るだろ」

ぼくはストロングアームをいい人だと思ってはいたけれど、この人は偏狭すぎるし、本来の問題をたちまち見えにくくするような物事の捉えかたをする、というホーロックス－メストラーの意見に傾くこともあった。ぼくは、〈イザベル〉引き揚《あ》げに関するメストラーからの申し入れを、ストロングアームの前ではひと言も口に出さなかった。どういう反応が返ってくるか、わかっていたからだ。

とはいえ、やがて起こったふたつの出来事によって、パラークシの人たちも、自分たちが戦争中の国の一部であること、そして、アスタ軍による占領に比べれば、議会によるいちおうは慈悲深い統治のほうがまだしもであることを、思い知らされることになった。

「アリカが陥落した」ある朝の食卓で、伝言小屋から直接届いた一枚きりの新聞に目を通していた父が、その凶報を伝えた。

母はいきなりわあわあ泣きじゃくると、席を立って部屋を飛びだしていった。

一瞬ぼくはすわったまま、母はアスタ軍の旗を地図のアリカのところに刺しに行ったのだろうか、それとも戦況地図はひっそり捨てられて、お祈りの回数が増えるんだろうかと考えていた。そのあと、アリカのぼくの部屋でアスタ人が眠っているという、前にも想像した光景を思いだし、そのニュースがちっともおかしくなんかないことにぼくは気づいた。ぼくはパラークシを愛しているけれども、アリカはぼくが生まれ、人生の大部分を過ごした場所だ。これまでどおりのアリカは、もう存在しない。もしわが軍が反撃してアスタ人を追いだしたとしても、アスタ人は街に痕跡《こんせき》を残していく。アリカではすでに激烈な戦闘がおこなわれていたから、わが家が破壊された可能性もある。

母はこのニュースと、つい先日、太陽神フューはわが国の味方だとぼくに宣言したことに、どう折りあいをつける気だろう。数日前にメストラーから聞いた天文学の知識を思いだしたぼくは、フューの恩寵《おんちょう》なんて潮の流れでどうにでも変わっちゃうんだよと母にいってみる、という考えをもてあそんだが、思いがけなく湧いてきた母への同情心のほうが上まわった。

かわりに、ぼくは父を標的にした。「それで議会はどうするつもり？」ぼくは聞いた。「政務官はいまどこにいるの？」ぼくはこんな光景を想像した、畏《おそ》れおおくも政務官さまがロックス車に乗って、ベクストン・ポストにむかって荒れ地をがたごとゆられていき、そのあとにそれぞれの官服を着た議員たちが、もっとみすぼらしい荷車でつづいているところを。

「議会はアリカから退避した」と父は答えた。「おまえには教えておこう。万人がもうじき知るのだし。パラークシは政府の暫定的な所在地に選ばれた。さらにわが一家にとって光栄なことがあるのだ、ドローヴ。しかるべき議員の方が、このわたしたちの家を仮住まいとされ、さらに町なかでも多数の適切な家庭について同様の手配がおこなわれる。新工場には政務官さまをお迎えするための特別室が設けられた」

その話にはどこか変なところがあるような気がしたが、ぼくはそれよりも、赤の他人が同じ建物に住むということのほうが気になった。空き部屋はない。ここは単なる夏別荘だ。行儀よく接しなくちゃならない相手がそばにいるのは、嫌だった。「ああそう《ラックス》」ぼくはつぶやいた。「その人にはぼくの部屋を使ってもらえば。ぼくは〈黄金のグルームワタリ鳥亭〉の部屋を使わせてもらうから」

雷が落ちなかったので、あれっと思った。そのかわりに父は、ぼくを見つめて考えこむと、しまいに「確かにそれが最善の策かもしれん」といった。もちろん父がいちばん避けたいのは、議員の滞在中に家庭内でみっともない騒ぎが起こることだ。「続き部屋を用意させるよう手配しておく。おまえは身分相応の部屋に住まわねばならん」

「自分で頼みに行くよ、父さんがかまわなければ」ぼくはあわてていった。

「なら、それでいい」父は関心を失った表情になり、ぼくという面倒の種が消えたいま、早くもどうすれば議員に好印象をあたえられるかと頭をひねっていた。

パラークシが政府の新しい所在地に選ばれた理由は、陸路ではアスタからいちばん遠い場所であり、従って敵軍が侵攻してくるにしてもいちばん最後になるからだった。それにしても、わが国の軍勢は最近どうしているのだろう。このところ、ほんのこれっぽっちも朗報を聞いていない気がする。いつも思うのだが、口頭で伝えられる情報はゆがんだ心象を生む場合があり、その朝、町へと下りながら、ぼくはその手の心象のひとつに悩まされていた。ぼくがそのとき頭に思い描いていた光景は、アスタの軍勢がぼくたちこの町の人間を海に追い落として、第千復興年ころにこの同じ場所でアスタ人が喫した敗北の敵《かたき》を取る、というものだ。アスタ軍は浜で喚声を上げながらバネ矢銃をふりまわし、ぼくたちは銃の太矢がほとんどしぶきも上げずにまわりに降りそそぐ中を、海の深いほうへ歩いていく。

　だがそれと同じ日に起こったもうひとつの重大事態は、あきらかに議会が考えてもいなかった方向からやってきた……。

　ぼくはまっすぐ〈黄金のグルームワタリ鳥亭〉に行って、ぼくがこの宿で暮らすことになるという知らせをブラウンアイズに伝えた——彼女の両親が承諾すれば、なのは当然だが。ぼくたちは酒場の裏手の、例の幾何学的《きかがくてき》に家具が配置された部屋にいて、ブラウンアイズは両腕でぼくの首に抱きつくと、喜びの表現兼ぼくの独占宣言として長い長いキスをした。ちょうどそのあたりで、彼女のうれしい悲鳴を耳にしたアンリーとガースが部屋に入ってきた。ブラウンアイズは一瞬も無駄にしないで、その知らせを口にした。

「ううん、それはどうだろうな」ガースはぼくを見ながら、疑わしげにいった。

「お父さんは確かにそうおっしゃったの、ドローヴ?」アンリーが聞く。神殿で演台の上にいるのを見たのを別にすると、アンリーにとってぼくの父のいちばん鮮明な記憶は、しばらく前の酒場でのぼくとの感心できない取っ組みあいにまつわるものだ。あのとき父は、ガースやアンリーやブラウンアイズや、店の常連について、さらにはまさしくこの建物の造りについても、自分がどう思っているかを疑う余地がないほど明白にしていた。

「聞いてください、議員がひとり、うちの別荘を仮住まいにするので、父はぼくの部屋が必要なんです」ぼくはいった。「ぼくはただ、ふつうの泊まり客と同じように部屋を貸してもらえれば、それでいいんです」

ガースは満面の笑みを浮かべた。「そういうことなら大歓迎するし、きみはふつうの泊まり客なんかじゃない。とびきりのいちばんいい部屋が使えるようにしてあげなさい、ブラウンアイズ」

ちゃんと絨毯《じゅうたん》は敷いてあるけれど、はらはらするほどきしむ階段を上がり、傾き具合が変わる曲がりくねった廊下を通って、ブラウンアイズがぼくを案内した先には、ぴかぴかの真鍮《しんちゅう》の握りがついたぶ厚い扉があった。彼女はその扉をさっとひらくと脇《わき》に寄って、ぼくが部屋に入るのを期待の目で見つめた。

最初に目に入ったのは、ロックスが二頭眠れそうな寝台だった。広くて真鍮細工で装飾され、部屋の大半を占めているような印象を受けるほどの豪奢《ごうしゃ》さだ。右側には重厚な黒っぽい整理簞笥《だんす》、反対側の壁には鏡板張りの化粧台。ぼくは窓際まで行って、外を見た。魚市場から内港の船までが一望できる。むかい側の北の丘の頂上までつづく木々や灰色の屋根の家々を、大指岬への道が斜めに切り裂いていた。その長い坂を男がひとり、ロックス車の先に立って登っている。ロックスにはロリンが一頭またがっていた。

ぼくはブラウンアイズをふり返った。「すばらしい部屋だね。必ずご両親にじゅうぶん代金が支払われるようにしておくよ」

「そのことはあんまり心配していないと思う」ブラウンアイズがいった。「ふたりとも、あなたがうちに来ることになって喜んでいるわ」

ぼくたちは寝台に腰かけて、二、三回弾んでから、キスをした。どういうわけかキスをしたままうしろに倒れこみ、そしてそのほうが気持ちがいいと思えたので、そのままでいた。それからブラウンアイズが、「寝台からはみ出していた脚が疲れてきちゃった」といいだしたので、ぼくがしばらく手を放すと、彼女は寝台に這《は》いあがった。ぼくも同じことをして、ふたり並んで横になる。彼女の体が上から下までぼくに触れているのを感じながら、またキスをした。

「愛してるよ、ブラウンアイズ」ぼくははじめて、口に出してそういった。

ブラウンアイズはぼくをずっと見ていて、ぼくの体は半分彼女に乗っていて、彼女の顔はいい表す言葉がないほど愛らしかった。ブラウンアイズは微笑んで、「好都合なことにね、ドローヴ、わたしたちいっしょに寝台に入っているらしいわ」

ぼくも笑顔で答えたが、その言葉がほのめかしていることに気づいたとき、たぶん少し顔が赤くなっていたと思う。頭の中身を隠そうとしてもういちどキスをして、けれどそこで、そんな自分を体が裏切っていて、彼女にもまちがいなくぼくの考えがわかってしまっていることに気づいた。彼女はしばらくのあいだ、ぼくをぎゅっと抱きしめて、ほんの少し体をこすりつけるようにしていたが、そこでぼくたちはおたがいに体を離し、彼女は不安そうな顔になった。「あのね、ドローヴ」と声をひそめて、「寝台から出たほうが、もしかしてよくない？　わたしたち……これっていけないことよ。まだそういう歳《とし》じゃない」

ふたりとも大あわてで寝台を飛びだして、見つめあったまま立ちつくす。あのきしむ階段に足音が聞こえた。

ぼくはいった。「どっちみち、ぼくたちは寝台に入っていたわけじゃない。上にいたんだ」そしてふたりで笑うと、気まずい瞬間は過ぎ去った。

アンリーが部屋に入ってきて、「おや、おふたりさん、とってもしあわせそうね」と心配げにいった。「部屋は気にいった、ドローヴ？」

「こんなすばらしい部屋ははじめてです。ほんとうにぼくが使っていいんですか？」

「政務官を泊められる部屋なら、あなたにも申し分ないわ」アンリーは声を上げて笑った。

ブラウンアイズがぼくを見てにやにやして、「あなたが嫌がるといけないから、いわなかったのよ。前に政務官がパラークシに来たとき、この部屋に泊まったの」

「へえ……」ぼくはちょっとうやうやしく寝台に目をやった。政務官はその上に横になったとき、なにを考えていたのだろう、そして眠ったときにはどんな夢を見たのだろう。扉の外には護衛が立っていたのだろうか。ブラウンアイズをエルトの国じゅうでいちばんかわいい少女だと思いはしなかっただろうか——もし思ったなら、そんな下劣な氷結野郎は暗殺してやる、とぼくは思った……。

「もちろん、わたしはよく覚えていないのよ」とブラウンアイズはいった。「そのときはまだ三歳だったから」それを聞いて、ぼくは笑いだした。

そのあと、アンリーとブラウンアイズが母と娘の秘密の話を終えてから、ブラウンアイズとぼくは魚市場を通って記念碑のところまで歩いた。石を敷いた地面は鱗《うろこ》や魚くさい水ですべりやすく、ぼくたちが手をつないでいたのは、どちらかが転びそうになったときの用心のためだ。

「獲れる魚がどんどん大きくなっているわね」魚市場の様子を見ながらブラウンアイズがいった。「グルームの状態は、魚の大きさで判断できるわ」男たちが先の尖《とが》ったおそろしげな棒を持って歩きまわり、魚を突き刺して籠《かご》に放りこんでいる。ぼくたちは波止場を歩いていった。

「お母さんになんていわれたの?」ぼくはたずねた。

ブラウンアイズは立ち止まって両腕を海沿いの柵《さく》にのせ、下でねっとりとうねる海を見つめた。そこにはいつものように奇妙な物が打ち寄せられていた。縄の切れ端、網につけるコルク製浮き、死んだ魚、水浸しの紙。パラークシ港のごみの山の中にいてさえ、恋物語は成りたつ。ブラウンアイズは黄色いセーターと青いジーンズに着がえていて、嘘偽《うそいつわ》りなくいままでいちばんかわいらしく見えた。これが愛の力なんだろうかとぼくは思った。

「母さんは、あなたと寝室にいたのはいいことじゃない、って」ブラウンアイズはいった。「だからわたしは、寝室だってほかの部屋と全然変わりがないでしょ、って聞いた。そしたら、いい、全然というわけじゃないのよ、おまえ……」ブラウンアイズはそれを、母親の心配げな声そっくりに真似《まね》ていった。「それでまあ、最後にはわたしが、あなたの部屋に日の入りと日の出のあいだの時間には入らないと約束したの。

それが危険な時間、ってことみたい」

「そう」ぼくはがっかりしていた。

「でも母さんはお人好しだから、あなたをわたしの部屋に入れないって約束させるのを忘れたのよ」

「やったね」ぼくはこの話題はそこら辺までにしたかった。その方向の状況は、ぼくの手に負える一線を越えつつあるという感じがしたからだ。「今朝はなにしようか?」

「リボンを呼びに行く?」

「あのさ、たまにはリボン抜きで出かけるのはどう? リボンのことなら、今日あたりはウルフが会いに行ってて、心配しなくていい気がするよ。船で海に出よう」

ブラウンアイズも大いに乗り気になってくれたので、ふたりでシルヴァージャックの造船場に行った。シルヴァージャック本人の姿はどこにも見えなかったので、鉋屑《かんなくず》や裏返しになった船のあいだを通って船架にむかった。ほどなくぼくたちは船の準備を終えて、港の中をすべるように進んでいた。ブラウンアイズが舳先《へさき》に寝そべり、ぼくは舵《かじ》を前にすわる。ぼくたちはずっと見つめあっていたらしく、おかげでしょっちゅう、ほかの船との衝突を避けるために乱暴な針路修正が必要だった。

人々が岸壁から手をふってよこしたり、ほかの船から名前で呼びかけられたりするので、ぼくははじめて、自分たちふたりがどれほど目立っているか、役人の息子と宿屋の娘がずっといっしょに過ごしていることがどれほど人々の注目の的になっているかを理解した。以前なら、そのせいでばつが悪くてしかたなくなっていたかもしれないが、いまでは自分がその状態を楽しんでいて、美しい彼女といっしょにいるところを見られて自慢に思っていることに、ぼくは気づいた。

外港に出て、防波堤と並行して走る。そこでだんだんと、ブラウンアイズの服装のなにかが気になってきた。黄色いセーターのなにかが。

「あのぅ、ブラウンアイズ」ぼくはおずおずといった。「きみはなんていうか……色っぽいよ、その服を着てると」

彼女は急に大きくにこりと笑うと、自分の体を見おろした。ぼくは喉《のど》が激しく脈打ち、心臓がばくばくいうのを感じた。「ほんとうにそう思う？」ブラウンアイズがうれしそうにたずねた。「たぶんそう思ってくれるだろうなって考えて、だからこれを着てきたの。ほんとうはもう小さすぎるんだけど。来年はきっと無理……。ねえ、ドローヴ、わたしたちに来年ってあると思う？　あなたをとても愛している、でもこわくなることがあるの」

「ぼくは冬のあいだじゅうこの町にいるよ」ぼくは自信たっぷりに答えた。「これからはずっとここにいる、だって……」今朝考えていたあれこれを思いだす……。

「アリカのことは聞いたわ、残念ね」彼女はやさしくそういった。

「そのことはいいんだ。ここがぼくの町だから、いまでは……」けれど心の中では、この町を去るのを当然のように考えている面があった。毎年、うちの一家は夏を過ごしにパラークシへやってきて、毎年、そのあとの豪雨期がはじまる前に立ち去っていた。それは決まりのようなものだった。父がぼくの抗議など無視して、力ずくでどこかの荒野の前哨地《ぜんしょうち》にぼくを引っぱっていくことは、じゅうぶんありうる。ぼくとのあいだで言葉による議論が行きづまったときの、父のいつものやり口だ。

防波堤の先で上手《かみて》まわしに方向転換して、大指岬をめざす。漁船がたくさん海に出ていて、沖あいには見かけない形の大型スキマーが三隻《せき》いた。魚に没頭してほかはなにも眼中にないグルームワタリ鳥がしばしばぼくたちをかすめていくたびに、頭を下げてかわさなくてはならなかった。ぼくたちは崖《がけ》のそばを進んで、岩がすべるようにうしろへ去っていくのを眺めた。

「ドローヴ……」とブラウンアイズがいったのは、長くて心地よい沈黙のあとのことだった。「パラークシでなにかの組織みたいなものができつつある気がするの。それをあなたにいっておいたほうがいいと思って。今朝、うちの酒場にいた人たちがしていたのは、議員たちがこの町に住むようになったらどんな風になるかという話で、いい結果にならないという意見の人が多かった。ここに来た議員たちが、特権をふりかざして割当制や夜間外出禁止を無視したままでわたしたちの家に住むようなら、やつらの命も長くはない、なんていっているのよ。口にするだけでもおそろしい」

「状況はそこまで悪くなってるんだね？」町の人たちはぼくの前では、そこまであけっぴろげには話さない。片っぱしから父に伝わると誤解しているのだ。

「あれは本気だと思うわ。いえ、わたしだって議員のことなんてどうでもいいけれど、ご両親のところにもひとり行くっていっていたでしょ。あなたのお母さんやお父さんになにかあったら、なんて考えたくないの、あなたのために」

いくらでも皮肉な返事ができる場面だったが、思いとどまった。やさしすぎるブラウンアイズには、そんな皮肉は理解できない。

「うわっ、あそこ！」ぼくは指さした。「岩のそば」なにか大きな物が、水際で波にゆっくりゆれている。

「あぁ……」ブラウンアイズは目をそらした。

ぼくは船を近づけていった。このあたりの岩はぎざぎざで、波はほとんど立っていないが、尖った岩が船底を引き裂く光景を連想してしまう。漂っている物体は頭を下にして、濃い水に浮かんでいた。「ロリンだ」とぼくはいった。

「かわいそう……どうする、ドローヴ？」

どうしようかと考えていたとき、ヒューッという奇妙な音がしたかと思うと、頭上の岩の一角が大音響とともに砕け散って、なだれ落ちてくると海に落ち、低いしぶきが上がったが一瞬で収まった。くるりとふり返ったぼくの目に入ったのは、さっき沖あいにいるのを見かけた三隻のスチームスキマーで、いまではずっと近づいてきて防波堤の外側沿いに走っていた。白い煙が各船の甲板のスチーム砲から上がっている。

それはアスタの軍艦だった。そしてパラークシを砲撃していた。

〈イザベル〉同様、その軍艦は外輪船だったが、類似点はそこまでだった。アスタの軍艦はスキマーだ。機動性重視で帆はなく、両舷《りょうげん》にふたつずつ特大の外輪がある。突然、三隻はいっせいにほぼ百八十度回頭すると、飛ぶように外海に戻っていった。外輪を回転させている三隻は、グルームの上をモーター車のように走行しているみたいに見えなくもない。せわしなく耳障りなシュッシュッシュッという音を立てて煙突から青白い煙の柱を垂直に噴きあげながら、三隻は加速し、南に転じると、砲撃しながらふたたび港に急接近してきた。

アスタのものであろうがなかろうが、その三隻は堂々たる船だった。各船が二本の高い煙突を持ち、中央部には大きな船楼《せんろう》がある。エンジンもまちがいなく巨大だ。スキマーなので乾舷はあまりないが、全速を出しているときには、船体がほとんど海面に触れていないように見えた。前方の短い帆柱の先端には、不気味なアスタ国旗がはためいている。赤地に様式化された金色のサトウ草。甲板にはスチーム砲がずらりと並んでいた。

　アスタの軍艦がまた近くを通過したとき、兵士たちがその強力な兵器のところできびきびと作業しているのが見えた。なぜ敵艦は減速して、もっと余裕を持って町を砲撃しないんだろうと思ってから、アスタ側もいつ反撃を食らっても不思議はないのだと気づいた。大きな砲丸がじっさいに頭上を越えていくのがちらりと見えた。それは漂う死体のそばの崖にぶつかったが、今回は崖崩れは起きなかった。

　ブラウンアイズはひるんでいた。しかし彼女の目におそれはなく、ただ悲しみと深い懸念をいだいて、飛び道具が弧を描いて外港を飛び越え、町の中に消えていくのを見つめているのだった。「これじゃ打つ手なしだわ」彼女は途方に暮れた声でいった。「なぜ政府は武器をくれないの、ドローヴ?」

「そうするといってたじゃないか」ぼくは歯切れ悪くいった。役人の息子として、なにか責任がある気がしていた。「でもそれには時間がかかるんだよ、ブラウンアイズ」

「もし〈グルームワタリ鳥亭〉が砲撃されたら、メストラーを殺してやる!」ブラウンアイズはいきり立っていた。

　町への砲撃は止《や》んだ。軍艦は途中で小さな漁船を何隻か攻撃しながら、高速で外海に出ていった。たちまちその姿は遠方の霞《かすみ》の中に消え、おだやかな海に暴力の記憶だけが残された。グルームワタリ鳥が急降下し、魚がきらめきながらのたうつ。敵は去っていた。

被害はわずかだった。そのあと午後になってから、記念碑のところで緊急集会がひらかれ、町の被害は以下のものだけだと報告があった。旧缶詰工場でロックス車二台損壊、漁船が海で三隻、内港でさらに二隻沈没、オラブさんのパン屋の屋根を砲丸が貫通――そして、パラークシの誇りがたっぷりと。集会は大荒れで、新工場に示威行進をかけようという話が唐突に飛びだしたりもしたが、海から戻ってきたストロングアームが一同を鎮《しず》めた。「機会はいずれ来る」と不吉なことをいいながら。

外出禁止の時間が迫ってだれもが家路を急ぐようになる直前、リボンがぼくたちと顔をあわせると、「ねえ、ふたりのどっちかがシルヴァージャックを見てない？」と聞いた。「父さんが朝から捜しててさ、やつが〈イザベル〉の水先案内をしてたってあたしがいってから」

「それが……ふたりとも見たよ」ぼくは憂鬱《ゆううつ》な気分で答えた。

「覚えがないわ、ドローヴ。見たってどこで？」ブラウンアイズは不思議そうにいった。

「シルヴァージャックは……ええとね、崖の下の死体を覚えてる？　あれはロリンじゃなかったんだよ、ブラウンアイズ。確かなんだ。波でゆれて、横顔が見えた。まちがいなく、シルヴァージジャックだった」

少女たちはおそろしいものを見るような目でぼくを見つめた。「その話、どうしたらいいと思う、ドローヴ?」リボンが質問する。

「ぼくはメストラーと話しにいく」突然、おそろしい疑いが心に湧いた——そして、〈イザベル〉の沈没をぼくたちが目撃していたとはメストラーが知らないことを、ぼくは思いだしていた……。

15

グルームが最盛期にはいるとともに、政府は夜間外出禁止令を現実に執行するに際して、どうやら想定外だったらしい問題に直面した。政府の人間は、アリカやホーロックスといった、はるか東南の内陸部の街の出身だった。あれだけ天文学の知識を持っているメストラーでさえ、太陽がこの町を絶え間なく照らす時期が近づいていることを失念していた。その時期、闇夜《やみよ》は消え、夜間外出禁止令の口実も消える――そして役人や物資の怪しげな出入りが可能になる秘密の時間も。新缶詰工場に行き来するトラックはいまや轟音《ごうおん》を上げて町を走り抜けるところを衆人の目にさらし、憲兵が極秘任務遂行のために闇に乗じることはもはや不可能だった。

無理もないことだが、アスタ軍の襲撃後の数日間、メストラーと部下たちは鳴りを潜めていた。町ではいつも不穏なささやきが聞かれ、一標準日にいちども記念碑のところで緊急集会がひらかれないことはほとんどなかった。ストロングアームのところへ、代表団を率いて新工場へ行ってくれ――そこはいまでは役人の活動の中心と見なされていた――と頼む人たちもいたけれど、この漁師は態度を変えなかった。そんなことをしても得るものはない、工場のゲート前でそんな集会をいくらひらいたところで、銃を突きつけられたら引きさがるしかない、とストロングアームにはわかっていたのだ。

二度ほど両親のところへ行ってみたが、ふたりの気分は以前に輪をかけて重く沈んでいた。二度目には、別荘に知らない人がいた。父からゼルドン＝スローンだと紹介されたその人はなんとなく、アリカでごくたまに議事堂に行ったときに見覚えがある気がした。

「ほかの議員もみんな来てるの？」ぼくは聞いた。「町では知らない人なんて全然見ないけど」

父の表情が硬くなった。「当然そうだろう。遺憾ながら、おまえのパラークシの友人たちは敵意が強すぎて、家柄のよい方々が町へ出ていくのは賢いこととはいえんからな。ゼルドン＝スローンさんは、丘の上のここでわたしどもとおられるから安全だ――だが、あのストロングアームのような獣が野放しの状態で、議員の方が町の通りを歩くところなど想像できるか？　当然だがほぼありえない。議員の方々には新工場にお泊まりいただく必要があるのだ――なにかときわめて不自由な状態で、ではあるのだが」

「まあ、気にするな、バート」スローンが笑顔でいった。「そこまでひどくはないから」

「わたしはこんな町と関係していることが恥ずかしい。ここの住人たちは統治者に対する尊敬をまったく持たない、無知な田舎者《いなかもの》にすぎん！」父はいまにも癇癪《かんしゃく》の発作《ほっさ》を起こしそうな目でぼくの顔をにらみつけ、スローンがそこにいるのをすっかり忘れていた。「ホーロックス−メストラーさんが今日、町民たちにむけて話をする予定だが、それは時間の無駄であり、危険でもあると申しあげた。だが……」父はわれに返ったらしく、無理やり笑顔を作った。「いかにもメストラーさんらしい。あの方はおそれを知らない、ご自分の職責に関する行動のこととなると」

ぼくたちはもう少し話をし、スローンはとても感じのいい人だという印象をぼくは持った。ものをよくわかっていて、父の滑稽《こっけい》な熱弁をちゃんとそういうものとして認識しそうな人だ。そのあと、台所で母とちょっと話をしたとき、戦況地図のことをたずねたが、母はその件で話をしたい気分ではなさそうで、しばらくしてぼくが帰るとき、母は少しほっとしていた。

町へ下っていく途中で触れ役の携帯スチーム笛が鳴るのが聞こえ、魚市場に着いたときには、メストラーがひっくり返しの木枠の上に立って、集まった少人数の人々に堅苦しくない雰囲気で話しかけていた。神殿の威光に頼らずに、大衆に近づこうとしている――同時に、前々からの告知をやめて、自分の話の要点を少人数の聴衆が口伝《くちづ》てで町のほかの人々に広めてくれるのをあてにしている。こうすれば、集団的な反感にあったり、その結果として不愉快な思いをしたりする可能性はなくなるわけだ。

魚市場の屋根の下では音がよく聞こえるとはいえなかったし、そこは壁がなかったのでグルームワタリ鳥がしょっちゅう飛びこんできて、人々にいらいらと頭を下げさせたり、このうまい魚は自分のものだと主張してやかましく鳴いたりした。それでも、その場にいるぼくたちはみな、メストラーの話の要点を聞き落とすことはなかった。

アスタ軍が内陸の主要な工業都市を壊滅させたために、パラークシ防衛用の軍需品の到着に、どうしようもない遅れが生じそうだ、とメストラーはいう。先日のアスタ軍艦による攻撃を考えると、これほど間の悪い話はない――だが、政府が状況を改善するためにできるかぎりのあらゆる手を打っているのはまちがいない、と人々は考えなくてはいけない。政府はこの偉大な町の戦争努力にとても感謝しているし、そのお礼として、不評であろうことをじゅうぶん承知はしていたが施行時点ではどうしても必要だった、治安対策のいくつかを緩和するつもりだ。夜間外出禁止令は撤回されるだろう。憲兵は町から引きあげつつある。

「憲兵はおれたちを守るためによこすんだって、あんたいってたじゃないか！」と叫ぶ人があったが、遅すぎた。メストラーはすでに木枠から降りて、笑顔でうなずきながら、待っていたモーター車に乗りこもうとしていた。

ぼくは走っていって、モーター車を取り巻く人々を押しわけながら進むと、声をかけた。「お話しできませんか、ホーロックス－メストラーさん？」

メストラーはすでに車内に腰を下ろしていたが、ちょっと目を上げて、ぼくを見た。そして微笑《ほほえ》むと、運転手になにかいい、隣に乗るようにとぼくを手招きした。そしてぼくたちがパラークシの道を走り抜けていくと、人々が野次を飛ばし、うなり声で威《い》嚇《かく》し、石を投げつけてくるので、ぼくは自分の周囲の激しい敵意にぞっとして、いつのまにか震えていた。役人になるというのは、どうもそんなにすばらしいことじゃないみたいだ、とぼくは思い知った。しばらくのあいだ、石が車体の木製の部分をガタガタいわせていたが、やがてなにも飛んでこなくなって、車は町から出る北の坂を登っていった。

メストラーが運転手に車を止めるようにいってから、ぼくのほうをむいた。「工場に来たいわけじゃないだろう？」にこやかな顔でいう。「さて、どういうご用かな、お若い人」メストラーは人を惹《ひ》きつける明るさで目を輝かせ、わたしは－子どもの－味方だよ、と全身でぼくにむかっていっていた。町の人たちが浴びせた敵意の影響は、ほとんどない。そんなことはすでに頭にないようだ。母ならこういうだろう。わざわざお話しする時間を取ってくださるなんて、ホーロックス－メストラーさんはほんとうにご親切ね、おまえ。

「あのさ」ぼくは乱暴な言葉づかいをした。「どっかでシルヴァージャックを見てない？」

しばらく沈黙が降りたあいだに、ぼくたちのあとから平地部の大通りを走り抜けて坂を登りはじめたトラックの排気音が、うるさくなってきた。あたりにほとんど家のない場所だったが、道のむかい側の廃屋のような平屋の窓からお婆《ばあ》さんがこちらを眺めていた。

「シルヴァージャックなら、きみのほうが親しかったんじゃないかな？」問いかえしてきたメストラーの目からは、輝きが消えていた。

「親しかったわけじゃない。知ってはいたけど。え、ちょっと待ってよ」ぼくたちが過去形で話していたことの意味に気づいたのだ。罠《わな》にかけられたんだろうか。「親しかった、いったってどういうこと？　死んだっていうの？」驚いているという調子をちゃんと声にこめられたと思う。

トラックがこちらのほうへ丘をガタゴトと登りながら、警笛をうるさく鳴らしていたが、道幅は脇《わき》を通りすぎるのにじゅうぶんな余裕がある。メストラーがかすかに眉《まゆ》をひそめた。

「名簿を見ていないのかい？　神殿に掲示してあるんだが。シルヴァージャックは

〈イザベル〉が沈んだときに行方不明になった気の毒な人のひとりだ。まったく運がなかった。ほんとうにおそろしい事故だ」

　心臓が激しく打ち、手のひらに汗が出てきた。トラックがやかましく近づいてくる中で、ぼくはメストラーのほうをむいて、モーター車から飛びだす体勢を取りながら、相手の顔をじっと見つめた。このときだったのだ。このときぼくは、役人階級との縁を、母や父との縁を、冷血な大勢の人殺しどものすべてとの縁を、完全に切ったのだった。メストラーはぼくの表情からそれを読みとっていて、もはやその目には友情も、慈愛に満ちた気さくさもなかった。ぼくが非難を浴びせようと口をひらいたとき、メストラーはぼくから視線をついとそらすと、目を大きく見ひらいて丘の下のほうを食いいるように見つめた。

「なんだこれは？　車から離れろ、少年！　急げ！」

　ぼくたちがモーター車から転げでると、トラックの運転手が運転席から飛び降りて、ぼくたちの足もとの土の上に転がった。まだ少し距離はあるが、大群衆が無言で、だが断固として、波のように丘を登ってくる。運転手を失ったトラックがぼくたちの横をけたたましく通りすぎた。ふり返ると、トラックは煙を上げて走りつづけてはいたが速度はだんだん落ちていて、金属製の車輪をきしらせながら道の片側にそれていき、溝にはまって停止した。

トラックの運転手は泡を食ったように立ちあがると、異様な形の手でメストラーの服の袖《そで》をはさんだ。「逃げなきゃ！」運転手は叫んだ。グロープだった。

「どうしたというんだ？」

「トラックだよ！」グロープの声は悲鳴だった。「爆発するぞ！　やれるだけのことはやったんだよ、メストラーさん。フューさまに誓って、やれることはやった。町からは離したんだから」

不気味に煙を上げるスチームトラックをちらりとふり返ってから、ぼくたちは町にむかって駆け下り、どっしりと大きな公共ヒーターの陰に入ってひと息ついた。すぐさま、丘を登って反対方向から押し寄せてきた町の人たちが、ぼくたちのところまで来た。ストロングアームが先頭に立っている。そしてグロープの腕を引っつかむと、

「あんな狂ったような運転をして、町で少なくとも三人に怪我《けが》させたのをわかってるのか？」

「町の南の丘を下ってるときに、安全弁がいかれたんだよ」と説明しながらグロープは、早くも泣き声だった。「もう町に入っちまったのに、圧力は見る見る上がってた。走りつづけるしかなかったんだ。ぶっ飛ぶ前に町を通り抜けなきゃと思ったのさ！　おれが命賭《いのちが》けだったってのが、わかんないのかよ？」

ストロングアームの表情は険しかった。「もし死人が出てたら、おまえが命を賭け

たところで意味はない」と静かにいう。それから丘の上のほうに目をむけた。二百ペースほどむこうで、見た目は危険のなさそうな放棄されたトラックから蒸気が漂っている。トラックは木材燃焼式で、炉が燃えつづけ、圧力が高まっていくのを見守る以外、だれにもどうすることもできなかった。もしモーター車のように燃料が蒸留液だったなら、バーナーを消せばトラックも無事ですんだだろう。ぼくたちは声もなく見つめていた。

「だけど、あのトラックは工場に戻る途中なんだから」だれかが声を上げた。「荷物は積んでなかったわけだ。被害は車だけですむ」

「そうだといいんだがな」ストロングアームは不吉ないいかたをした。

グロープは激しく身震いしていて、ぼくが知っていた冷静で独善的な無骨者とはすっかり別人だった。太い首を汗がしたたり落ちて、垢《あか》に淡紅色のすじを描く。だぶだぶの胸を震わせて、「ここから離れよう！」とグロープは唐突に叫んだ。「これじゃ近すぎる！」

メストラーは老けこんで、心がくじけたように見えた。しばらく黙りこんでストロングアームをじっと見ていたが、やがて口をひらいた。「この人たちを家に帰らせたほうがいいと思うぞ、ストロングアームさん」と静かな声でいう。「政府としてはトラックの爆発でだれにも怪我をさせたくない。あなたがあの大人数を解散させてくれたら、わたしは心底感謝する」

最初、ストロングアームは驚いた様子だった。それから目を細めて、「心配いらんよ、メストラー。こっちも危険は承知だ。まちがいなく町のみんなも、役人のトラックがぶっ飛ぶところを見れるなら、危険をおかしてもいいと思ってる」

リボンがやってきたが、トラックの様子を見るのに没頭している父親は気づかなかった。ぼくが状況を話すと、リボンは興奮で目を丸くした。「これを見逃して、ブラウンアイズは残念がるだろうね」

「彼女はどこ?」

「〈グルームワタリ鳥亭〉にいるよ、あんたを待ってる」

「まったくもう。いまここを離れられないよ。トラックがいつ爆発しても不思議じゃない」

リボンはぼくを見てにやりとした。「それは、ただのスチームトラックのほうが、あんたのブラウンアイズよりもそそられるってこと?」

そのとき、息を切らしたウルフがあらわれた。「ああ、いたいた」蔑《さげす》むような嫌悪感も顕《あら》わに大人数の群衆を見渡し、「なんなんだ、この人だかりは。ここを離れよう、リボン。いい天気だし、波止場を散歩するのなんてどう?」

リボンは横柄にウルフをねめつけた。「あんたと波止場を歩くだけのために、これを全部放りだすと思うなんて、おめでたいやつだね。そもそも、なにが起きてるかを聞こうともしないんだから。あたしたちがみんな、ロックス並みに頭空っぽでここに突っ立ってると思ってんだろ」

それは、ぼくが最初に出会ったときの——そしてすぐに嫌いになったときの——リボンの完璧《かんぺき》な再現で、ぼくはその攻撃の的がウルフでよかったと思った。

メストラーが近づいてきて、ウルフとぼくの腕を握った。「きみたちふたり、家へ戻りなさい、いうことを聞いてくれるね？」

「凍れ、メストラー」ぼくはいった。

ウルフはあごをがくんと落として、嘘《うそ》だろうという目でぼくとメストラーとリボンのあいだに視線をさまよわせている。リボンがくすくす笑って、ぼくの手を取った。ウルフはこれを目にして息をのんでから、いった。「もちろんです、ホーロックス―メストラーさん」そしてうしろをむくと、大股《おおまた》で丘を下っていった。

メストラーはぼくを見つめたままだった。その表情には老いと、それ以外のなにかがあった。「ドローヴとリボン、わたしのために頼まれてくれ」メストラーはいった。「あくまでもわたしのためで、役人や政務官のためじゃないんだ、わかるね？　ストロングアームに、人々を解散させて、みんなを家に帰らせるよう頼んでくれ、お願いだ」

「これは正直にいうんだけどね、メストラー」とリボンがさえずるように、「父さんはあたしのいうことなんて、これっぽっちも聞かないよ。それに、どう考えたって――」

ぼくはリボンの腰に手をまわしてふりむかせると、耳もとでささやいた。「リボン、お嬢さま、聞いてくれ」

「なによ？」

「みんなをここから離れさせたほうがいいような気が、ほんとうにするんだよ。このすべてにはなにか裏の事情がある、ぼくたちの全然知らないなにかがだ。メストラーが真剣なのはわかるだろ。あいつが嘘つきのひとりなのはわかってるけど、その中では最悪じゃないと思うんだ」

「あたしのこと、かわいいと思ってるっていってごらん」

「なあ《フユー》、そう思ってるのはわかってるだろ。でも、ぼくがこんなこといったなんて、ブラウンアイズには内緒だから、いいね」

「なんだかな、人生ってフクザツだねぇ」リボンは目を輝かせて、メストラーにむき直った。「わかった、できるだけのことはやってみる。でもそれは、ドローヴに頼まれたからなんだからね」

リボンは父親のところに行って、脇に引っぱりだした。リボンがひそひそと話しているあいだ、ストロングアームがぼくのほうをちらりと見た。

そのふたりの様子をうかがっているメストラーは、萎縮《いしゅく》して痛ましい感じがした。ぼくが腕に触れると、メストラーは飛びあがらんばかりに驚いた。

「じゃあさ」ぼくはいった。「そろそろ、なんであんたたちがシルヴァージャックを殺したのか、聞かせてよ」

メストラーは目を伏せて、無言のままだった。しばらくして、深刻な顔でリボンが戻ってきた。

「ごめん、ドローヴ。やれるだけやってみたんだけど。でも父さんは、なにか様子が変だと思ってて。トラックの荷物がどうとか。なにを積んでるかわかるまでは、みんなここにいるべきだっていうの」

「でも、トラックはなにも積んでないんだよ」ぼくはつぶやいて、そのことを考えまいとした……。

メストラーがいった。「とにかく感謝するよ、ドローヴくん。それからきみもだ、リボンさん。きみのお父上はいい人だよ、お嬢さん。味方にいると、ありがたい人間だ。だれが自分の敵か、わからないときにはね……。ではこれでお別れだ。たがいのことに気を配るんだぞ、それにあのかわいい小さなブラウンアイズさんにも……」

メストラーはその場を離れて、ほんとうに何気なく人々のあいだを縫っていったが、いまの挨拶《あいさつ》は、なんだか今生《こんじょう》の別れのようだった。ぼくは走ってメストラーを追いかけ、腕をつかんだ。「メストラーさん！　スクウィントはどうなったんですか？」

メストラーはふり返ったが、ぼくの声が届いたかどうかはわからない。相手の目に悲しみを見てとったとき、ぼくは自分のした質問を忘れていたと思う。むこうがぼくの手をふりほどくか、ぼくが手を放すかして、メストラーは群衆から離れて丘を登っていった。

「メストラー！」ストロングアームが怒鳴った。「戻ってこい！　ここにいろ！」

メストラーが逃げようとしていて、たぶん安全な新工場に早く着こうとしている、とストロングアームは思っていた。けれどぼくには本能的に、メストラーが別の安らぎの地をめざしていることがわかった……。

メストラーはスチームトラックの運転席に上がると、そこに腰かけた。静かで、考え深げで、ふだんと変わらないように見える。群衆も静かになって、ぼくたちがみんな、なにかを待ちうけていると、急にリボンがすすり泣いて、ぼくの手を握りしめた。

まもなく、ボイラーが爆発した。

それはぼくの予想とは違っていた。ぼくが予想していたのは、ドカンという音、閃光《せんこう》、そして激しい衝撃が大地をゆるがし、道のむこうの平屋の屋根から薄石板が落ちるところ。桁外《けたはず》れで華々しいなにかだった。

じっさいには、鋭いピシッ！　という音のあとに、巨大な滝の下で聞こえるような絶え間なく押し寄せてくるうなりがつづいた。たちまち、道を巨大な蒸気の雲が覆って、煮えたぎり、うねりながら、丘を転げ落ちるようにぼくたちにむかってくる。群衆は散り散りに逃げだした。リボンとぼくもその中にいて、手を握ったまま走った。しばらくしてから立ち止まって、ふり返ると、すべては終わっているように見えた。恥ずかしそうな様子で、神経質に笑いながら、群衆はまた丘を登った。

蒸気はほぼ完全に散っていた。ボイラーから細い煙が数本立ちのぼっている。この距離からだとなんの被害もなさそうに見え、メストラーも運転席にすわったままだ。まったくなにごともなかったかのような光景がおそろしくて、震えが背中を駆け降りた――シュッシュッシュッシュッという叩《たた》きつけるような排気音を耳にしたとき、ぼくはぞっとして悲鳴を上げていたと思う。「あいつがトラックのエンジンをかけたんだ」と女の人が何度も繰りかえしている。「あいつがトラックのエンジンをかけたんだ」人々の足が止まったが、ストロングアームがのしのしと前に進んだ。

「別のトラックが来ただけじゃないか、みんな！」ストロングアームが叫んだ。「新工場から来たんだ！」

だれも運転席の死人のことに触れないのは、なんとも奇妙だった。ぼくたちはトラックのうしろに集まり、数人の男が荷台に上がって、覆いの帆布をほどきはじめたかと思うと、その下になにかあるぞと叫んだ。ぼくの視線は静かに煙を上げているメストラーのほうに何度となく戻っていき、どうにかしてこの人の許可を取るべきだという気分になった。死者の乗り物を荒らすのは、正しいことじゃない。そのとき、男たちがトラックの上で跳びはね、メストラーの体がぐらりとゆれると、頭がのけぞって、顔が見えた……。まだすわったままの同じ姿勢でいるということは、あっという間に死を迎えたに違いない。

勝ち鬨《かちどき》が上がる中で、帆布が取り払われた。荷台の両側とうしろが、ガタガタと倒される。荷台に載った大きな黒い機械がいくつも姿をあらわした。「スチーム砲だ！」と叫び声が上がる。「おれたちのスチーム砲だぜ、おい！　これでアスタの船が来てもへっちゃらだ！」

ストロングアームが荷台に上がり、手を上げて歓声を静めた。「確かに、こいつはスチーム砲だ」ストロングアームは声を張りあげた。「だが、おれたちのためのものじゃない。みんな、ついさっき魚市場でメストラーのいったことを思いだしてくれ。遅れが出てる、武器が到着するのはまだ何日も先だ、そういう話だった。てことは――このスチーム砲はだれのためのものなんだろうな？　こいつは、空っぽのはずのトラックで、町をこっそり通り抜けようとしたんだ」

「新工場だ！」男が叫んだ。「フューさまの名にかけて、やつらは町よりも自分たちがだいじなんだ！」

「まあ、それがふつうだな」反感がひとしきり渦を巻いたあとで、ストロングアームはいった。「やつらは議会を新工場に移転させて、議会は守られにゃならんから、パラークシはラックスに落ちてろってわけだ。それが役人の考えかたさ。だが、メストラーは罪悪感とむきあうことができなかった。おれたちが真実を知ったときになにをされるか、考えただけで耐えられなかった。だから自殺した。これ以上のなにが、議会の犯罪的行為の証明になるってんだ。さて」とスチーム砲の一機の長い砲身を平手で叩いて、「だが連中は、罪の意識を感じる必要はない。おれたちはこいつらを、防波堤に据えつけるんだからな！」

「だけどさ、あれはスチーム砲の全部じゃないよ」ぼくはリボンにいった。「ひとつずつに、炉とボイラーが必要だ。あそこにあるものだけじゃ、使えない」

リボンはぼくを見て、この少女にしてはとても鋭いことをいった。「あたしたちに必要なのは、大砲なんだよ、ドローヴ。炉とかボイラーとかは全然よけいなのさ、お坊っちゃん」

にやりと笑ったぼくは、近づいてくるトラックのゴロゴロという音が聞こえたので、ちょっとその場を離れて、丘を見あげた。群衆を目にした運転手がスロットルを絞り、トラックはぼくたちにむかってゆっくりと坂を下ってきた。

「どうやら、あいつも調べんといかんな」ストロングアームはそういってトラックの荷台から飛び降りると、道のまん中に進みでて、大きな両腕を広げた。トラックはその数ペース手前で止まり、運転手が不安そうに顔を出した。

「なにがあったんだ？　こりゃいったいなんなんだ？」

「ちょっとした事故だよ」ストロングアームは教えてやった。「さて、聞かせてもらおうか。このトラックでなにを運んでるんだ？」

運転手は舌で唇をなめた。「そりゃ、缶詰に決まってるだろうが。缶詰工場からなにを運んでくるっていうんだよ、氷結《いったいぜんたい》ラックス？　内陸の街に届ける魚の缶詰さ」ぼくたちはこんどは、そのトラックのまわりに集まった。運転手の視線は、もう一台のトラックの荷台に載ったスチーム砲のほうに何度もさまよっていった。

「魚の缶詰と聞いたら、食欲が湧いてきたな」といって、ストロングアームはトラックのうしろにひらりと飛びのると、帆布を引き剝《は》がした。「こいつは残念」ストロングアームは平然といった。「おまえさん、缶詰を全部売っちまったのか。荷台は空《から》っぽだ」運転席の脇に降りたつと、怯《おび》えている運転手を巨大な手でつかんで、「荷台は空《から》じゃないか、この冷血嘘つき野郎！」

「おれは……いやほんとうなんだ、荷物は山積みにしたっていわれたんだ」

グロープもそこに来ていて、怯えて震えていた。「おれのトラックは空っぽだといいやがったんだ、あの冷血野郎ども！」グロープは泣き言をつづける。「おれたちは役人に嵌《は》められたんだ！」

「ええい、うるさい」ストロングアームがうんざりした様子で怒鳴りつけた。「自分のトラックがいっぱいか空っぽかくらい、運転してる感じでわからない馬鹿がどこにいる。おまえらふたりは役人に雇われてるうちに、自分たちも役人になっちまったんだ。だれか、こいつらを縛りあげて、神殿に連れていけ。あとで話を聞く。いまは、このスチーム砲をこっちのトラックに積みかえよう。この物不足の折に、トラックを空で走らせるのは、不経済ってもんだ……」

しばらくして、武器は防波堤に運びおろされていき、ストロングアームとリボンとぼくがグロープのトラックの残骸《ざんがい》の脇に残った。メストラーの死体は運び去られていた。ストロングアームがじっと見あげているあたりで、道は丘が空に描く線のむこうに消え、その先は新缶詰工場にむかって曲がりくねった下りになる。太陽はここ数日と同様、明るく、途切れることなく照りつけ、空高くにあって、日ざしは強かった。

「やつらは、おれたちのためを考えてるってふりをしてた」ストロングアームは静かにいった。「だが、そのあいだずっと、巣穴に隠れたドライヴェットみたいに怯えて、自分たちの小さな要塞《ようさい》を築いてたんだ。善人がたがいに殺しあってるときに、あのろくでなしどもが平気でふんぞり返ってるってことになるのか。いや……」楽しそうな表情がじわじわと顔に広がっていく。「アスタ軍がここまで攻めてきたとき、町のおれたちが和平を結べたら、すごいと思わんか。そして、みんなしあわせに家に帰れるようになったのに、役人どもだけが撃つ相手もないまま武器にぎっしり囲まれて、やつらのちっぽけな要塞の中に閉じこもってるなんてことになったら……」

16

いまや事態の展開が目まぐるしすぎて、ぼくはなにが標準日の夜のことでなにが昼だったかわからなくなっていき、その間にも燃えたつ竈《かまど》のような太陽フューは空で円を描き、グルームは頂点に達した。〈黄金のグルームワタリ鳥亭〉は閉店時間なしで営業をつづけ、ガースとアンリーとブラウンアイズ、それにこのぼくは、交替で働いて、いちばん繁盛している時間には全員が同時に店に出ることもあった。時おり、ぼくたちのひとりかふたりが疲労困憊《こんぱい》して這《は》うように店を抜け、寝台に倒れこんで数時間寝てから、また仕事に復帰した。せっかくブラウンアイズとぼくの部屋がそばにあるというのに、それは全然なんにもならなかった。いかにぼくたちがおたがいを愛していても、激しい疲労には勝てなかった。

いちど、ブラウンアイズの部屋の前を通ったら、たったいま下の酒場を出たときには彼女はそこにいたのに、部屋で物音がして、ぼくはおやっと思った。このところ、宿は満室だった。暫定首都となったパラークシめざして、役人やほかの難民がエルトじゅうからやってきたからだ。そうした根無し草のひとりが部屋をまちがえたということは、大いにありうる。どこかの田舎者《いなかもの》がぼくの彼女を待ちかまえているんだったら、と気になって、ぼくは扉を叩《たた》くと、一瞬待ってから部屋に入った。

ブラウンアイズの母親が、寝台に横になって泣いていた。立ち去りかけたところでアンリーに小声で呼ばれて、ぼくは寝台の脇《わき》まで行ったが、どうにも落ちつかない気分だった。

「どうしたんです、アンリー?」ぼくはたずねた。

ぼんやりとぼくを見たアンリーの目からは、涙がこぼれていた。腕を伸ばして、ぼくの手を取る。手のひらが冷たい。部屋はこんなに暑いのに、アンリーは震えていた。目の前にいるのがだれかをアンリーがちゃんと理解しているのか、そのときもまだはっきりしなかった。ぼくはいちど離れて、毛布を数枚かけてあげてから、アンリーを残して部屋を出た。しばらくすると、アンリーはまた酒場に降りてきて、問題なんてなにもないし、これまでもなにもなかったという様子で、酒を運んだり、笑ったり、常連客と政治を論じたりしていた。

しばらく客のほとんどいない時間があって、ガースがブラウンアイズに、「おまえ、ドローヴといっしょに休憩して、船に乗りにいくか、散歩するか、なにかしちゃどうだ?」といった。ガースは自分の娘の顔を心配そうに覗《のぞ》きこんだ。「顔が青白いぞ、お嬢ちゃん。太陽を浴びなきゃいかん。母さんとおれで、店は当分なんとかなるから」

「ほんとうにだいじょうぶなの、父さん？」ブラウンアイズはそう聞きながら、ぼくを見て微笑《ほほえ》んでいた。

「いいから行きな、おふたりさん」アンリーが笑った。「この人の気が変わる前にね。そうだ……。防波堤のあたりには行くんじゃないよ、いいね？」

「それはどうして？」

「役人どもが、今日、スチーム砲を取り戻しにくるっていってるのさ」ガースが吐き捨てるようにいった。「そんな度胸があるのか、疑問だがな。それで、だれも店に来てないんだ。みんな防波堤に集まってる」

ぼくたちは無言で船の準備をした。ふたりともシルヴァージャックのことを考えていたのは確かだ。船架の船で作業をしている人も、まだ数人いることはいたが、事業主の毛深い姿と奇人っぷりを欠いた造船場はどうしてもがらんとして見えた。いまこの造船場はだれの持ち物なのだろう。シルヴァージャックには事業を引き継ぐような身内がいたんだろうか。ぼくは心の中でしだいに怒りが湧いてくるのを感じながら思いだしていた、シルヴァージャックが岸にむかって泳いでくるところを、その前に

〈イザベル〉を無事に埠頭《ふとう》まで運んでいこうと最善を尽くしていたところを、だというのに埠頭にいた役人どもは……なにをしたんだろう？　自分たちにむかって泳いでくるシルヴァージャックを撃ったのか？

役人どもは、そのあとゆるやかな流れが大指岬をまわって死体を運び、腐肉喰《ぐ》らい魚かグルームライダーがそれを片づけるに違いないと思ったのだろう。じっさい、いまごろは跡かたもないかもしれない。けれども、潮位が下がっているいま、死体は崖《がけ》の下の岩場に、ずたぼろになって取り残されているかもしれず、犯罪の証拠であるバネ矢銃の太矢が体に刺さったままで、沈没に巻きこまれて行方不明になったという役人の話が嘘《うそ》であることを証明するかもしれない。

その言葉づかいにさえ、ぼくはいらついた。役人のいう〝行方不明〟って、どういうことだ？　〈イザベル〉から行方不明になった人なんていない。死んだ人は甲板の下に閉じこめられて、ボイラーが爆発したとき、ばらばらに吹っ飛んだ。そしてどうなったかはわかっている。グルームワタリ鳥の餌《えさ》だ。〝行方不明〟なんていう、ぼくの母だけが使ってればいい上品ぶった楽天的な婉曲語法《えんきょくごほう》で表現したのでは、いつかその人たちが発見されて、なにもかもがめでたしになるみたいじゃないか。

「ねえ、ほんとうに海に出たいと思っているの、ドローヴ？」ブラウンアイズが心配そうに聞いた。

「ごめん、考えごとをしてただけだよ」帆はそよ風に膨《ふく》らんでいる。「行こう」ぼくたちは船に飛び乗って、出帆した。海水は膠《にかわ》のようで、防波堤の内側の港にいるうちは、のろのろとしか進まなかった。それでもこうして帆走していると、暗かったぼくの気分も上むきはじめた。いつのまにかぼくは、舳先《へさき》にいるブラウンアイズを見つめていて、それは気分をさらによくする効果があった。たくさんのスキマーが錨《いかり》を下ろしていて、縄や鎖が粘つく海面を上下しながら、長い雫《しずく》をゆっくりしたたらせている。漁師たちの大半は海には出ずに町にいて、役人たちがやってきたときなにが起こるか見届けるつもりでいた。騒動にならなければいいのだけれど。

すがすがしいそよ風を浴びながら水を切って外港に進むと、防波堤の上の群衆が視野に入ってきた。町の大部分の人がそこにいたに違いない。三機の大きなスチーム砲それぞれのまわりに人垣ができていた。大砲は路面軌道車の線路沿いに設置され、砲身が勇ましく海を指している。純白のグルームワタリ鳥が黒い鉄の上にとまり、翼を広げて縄張りを主張していた。鳥たちは群衆をまったくこわがっていない。

手をふってくる人が数人いたので、ぼくは針路を変えてそちらに近づき、防波堤がその上に築かれている岩礁《がんしょう》の土手道のそばで操船した。「役人はいつ来るの？」ぼくは叫んだ。

「そろそろだ」ここまで近づくとひとりひとりの顔がわかる。リボンと父親がいた。

ウルフがいる様子はない。リボンはぼくたちにむかってやたらめったら手をふりまわし、にやにやしながら叫んだ。ぼくたちも叫びかえして、船を先に進めた。ブラウンアイズが疑うような目でずっとぼくを見ているので、ぼくは不安がうずくのを感じた。

「まただったんでしょ、ドローヴ？」言葉は意味不明瞭《ふめいりょう》だったが、いいたいことがぼくに伝わっているのを彼女は確信していた。

「なにが？」

「あなたとあの子が、新工場への道でトラックが爆発したところに居あわせたのに、なぜだかわたしはそこにいなかったこと」

「ブラウンアイズ、あれはぼくにどうにかできたことじゃないんだからさ。愛してるよ」

彼女の視線がやわらいだ。「わかっているわ。でも、こういうときに別々にいることがつづいたら、最後にはあなたとも別々になっちゃうんじゃないかって、いまでもこわくなるの。そんなことにはならないでしょ、ね、ドローヴ？」

「絶対ならないよ」ぼくはいいながら、なぜこんなに凍えるほど罪の意識を感じているんだろうと思った。

「どんどん飛ばして、でないとあの子がいっしょに来たがるかも」確かに、リボンはぼくたちの針路と並行して防波堤をぶらぶら歩きながら、こちらを見おろして笑っている。「あの子も変わったわ」とブラウンアイズがいった。「最近は前とは違うの、あんまりいばらなくなった。もっとすてきになった……。どうしてリボンはあんなに凍えるほどすてきなの？」ブラウンアイズは急に落ちこんで淡々と泣き言をいい、だれの目にも美しく映る若い少女がぼくたちより高いところを自信たっぷりに歩いているのを見あげた。

「リボンはだんだん大人になって、前より分別がついてきたんだ」ぼくはいった。「それはぼくたちみんなにいえる。そしてこの夏のあと、ぼくたちはだれひとり、前と同じじゃなくなってるだろう……それがこわいって思うところもある。すごくたくさんのものを、すごい早さで失ってるような感じがして。得たものも、たくさんあるけどね」ぼくは急いでつけ加えた。

防波堤の人々が意見や推測を口にして騒がしいおかげで、ぼくはその気まずい状態から救われた。ブラウンアイズが帆を降ろすと、ぼくの小さな帆船は粘つく海面の上でほとんど急停止するようなかたちになった。ぼくたちは港の反対側で道が弧を描いているあたりを見つめながら、待った。脇の海は海で騒がしい。くねくねと長い大きな銀色の魚が一匹、さっきから海面でのたうっていて、グルームワタリ鳥たちはそれを襲ってももう危険はないと判断した。そして群れになって鳴き交わしながらぼくたちのまわりを旋回すると、魚に飛びかかって、鋭い鉤爪《かぎづめ》で切りつけていたが、やがて一羽が魚の頭に近づきすぎた。長い魚は羽ばたく白い翼に飛びついてがっしりくわえこむと、大きく身を躍らせて無理やり海中に潜り、グルームワタリ鳥をいっしょに引きずりこんだ。白い羽が数枚、海面を漂っていたが、すぐに動かなくなる。血は拡散せずに、すじや塊になって浮かんできた。

スチームトラックが三台、警笛を鳴らしっぱなしで行く手の見物人をどけながら、港の道を走ってきた。荷台は制服姿の男たちでいっぱいだ。緋色《ひいろ》の制服の憲兵たちが先頭のトラックに乗り、ずっとくすんだ色の服の工場の守衛たちが後続の二台で従う。トラックは船が引き上げられているあたりの防波堤の陸側の端で止まり、兵士たちが飛び降りた。手にしたバネ矢銃は発射準備ができている。「どうか、だれも馬鹿な真《ま》似《ね》をしませんように」ブラウンアイズがいった。「トラックのやつらの様子が嫌だわ。銃を撃ちたそうにしているみたい、新工場でのあのときと同じに」

見物人たちが怒声を上げて拳《こぶし》をふりまわす中で、早まった真似はするなというストロングアームの声が響いた。兵士たちは隊列を作り、歩調をあわせて防波堤を前進し、トラックがゆっくりとうしろを行く。まわりの人が止めるのをふり切って、男がひとり、兵たちの正面に走りでて、行く手に立ちはだかった。その先なにが起きたのかは、よく見えなかった。低いところから見あげているぼくの視界から突然その男が消え、兵たちは容赦なく前進をつづけた。隊列はいちばん陸側のスチーム砲の手前で停止して、トラックが脇まで来るのを待った。家並みのむこうで煙のすじが一本上がる。やがて路面軌道スチーム機関車が、移動クレーンを押しながら視野にあらわれた。クレーンの台座は緋色の制服でいっぱいだ。

比較的短い時間でスチーム砲を三機とも荷台に積んで、つづいて兵士たちも乗りこむと、トラックは走り去っていき、そのあとをむなしい野次や悪罵《あくば》が追いかけた。ストロングアームはちょうどぼくたちから見あげる位置にいた。頭をうなだれ、肩をがっくり落としている。リボンが近寄って父親に腕をまわすと、つま先立ちをして耳もとでささやいた。ストロングアームは歯を剝《む》きだして哀れな笑みをリボンにむけると、太い腕を娘にまわし、ふたりでいっしょに歩き去っていった。

「あのね、ドローヴ……」ブラウンアイズが悲しげにいった。「リボンのことで、さっきあんなに馬鹿いっちゃって、後悔しているの。リボンはとってもいい子よ、ほんとうに」

ぼくたちの船が灯台をまわりこんで、西からの微風に逆らって防波堤の沖側を進みはじめるころには、群衆は解散していた。パラークシは自分たちの手で町を防衛し、権威を馬鹿にし、独立を獲得するという決意を三日間だけ象徴したスチーム砲は、持っていかれてしまった。ぼくは、〈黄金のグルームワタリ鳥亭〉での取っ組みあいのあと、父がぼくを別荘に閉じこめたときのことを思いだしていた。

ブラウンアイズとぼくは沈んだ空気につつまれていた。日ざしは暑く、湿気も不快なほどだ。グルームワタリ鳥はみごとに海面から小さな魚を一掃していたけれど、いまでは海上に追いやられてきたもっと大きな魚がまわりじゅうにいて、断末魔がどれくらいつづいているかによって弱々しく、あるいは死に物狂いであがいていた。さまざまなごみも海底から浮かんできていた。水をたっぷり吸って腐った木材片、海草の塊、浮きかす。海はひどいにおいだった。

「もしかして、船に乗りに来るのはそんなにいい案じゃなかったのかもね、これじゃ」ブラウンアイズがいう。「陸《おか》に引きかえして散歩したって、全然かまわないんだし。今日の海は、あんまりすてきじゃないわ」

「もうちょっとだけ先まで行ってみよう」ぼくはいった。「大指岬の沖は、ここよりはいいかもしれない。あの辺なら潮の流れもあるし。ここにいたって、この辺一帯のごみが流されてくるだけだ」ぼくは内心、考えていることがあったのだけれど、ブラウンアイズを動揺させるのは嫌だった。死体がまだ崖の下にあるか確かめて、もしあったなら、死因をはっきりさせたかったのだ……。

ブラウンアイズは憂鬱《ゆううつ》そうに海を見つめていて、彼女の考えもぼくと同じ道すじをたどっているのがわかった。もし死体が潮に取り残されていなければ、ぼくたちの近くを漂っていてもおかしくはない。船体にがらくたがぶつかるたびに、彼女はびくっとして、船べりからおそるおそる覗きこんでいた。

「ドローヴ」海を眺めていた彼女が、いきなり声をかけてきた。「グルームライダーがいるみたい」といって指をさす。水平線の近くで白いものがひしめいている。

「たぶんグルームワタリ鳥だよ」ぼくは安心させようとしてそういった。「それに、岸の近くを離れないから、なにかあったらいつでも岩に飛び移れる」ぼくは慎重に船を崖の下に動かしていった。

この前、死体を見かけた場所を通りすぎたが、なんの痕跡《こんせき》もなかった。大きな黒い魚が腹を上にして近くに浮かんでいる。グルームワタリ鳥が一羽、これは自分のものだと主張して、ぬめぬめ光っている死骸《しがい》に鉤爪を立ててとまり、油断のない目つきでぼくたちを見張っていた。水がきれいになっていき、大指岬をまわりこむと、すぐにブラウンアイズは目に見えてほっとした様子で緊張を解いた。「もういないのね」と、何分も息を止めていたみたいに長々とため息をつきながらいう。「もういない、いない、いない」

「役人どもがシルヴァージャックを殺したんだ。メストラーを問いつめたけど答えようとしなかった、それでもまちがいない。岸にむかって泳いでくるところをぼくたちが見たすぐあとで、やつらはシルヴァージャックを撃ったんだ。用ずみになったからなんだろう、あの冷血野郎ども」

「ねえ、どうかもうその話はやめてちょうだい、ドローヴ。それより、この服、気にいってくれた?」

その無邪気な話の切り替えかたに、ぼくは微笑《ほほえ》まずにいられなかった。「うん、でもあの黄色いセーターはどうしたの?」

「ああ……」ブラウンアイズは顔を赤らめた。「母さんが、あれは着ちゃいけないって。あれは……小さすぎるっていうの、わかるでしょ。小さすぎたのは、確かだけれど」

「色っぽすぎるといいたかったんだろうな。それで心配したんだよ、ぼくが……ええと……」自分から深みにはまってしまったぼくは、うろたえて言葉を切った。

「見て、新しい埠頭だわ」ブラウンアイズが何気なく話を変えた。「〈イザベル〉が沈んでしまったのに、あれになにか使い道があると思う?」

「あると思うよ。船一隻のために、ああいうものを造ったりはしないだろうから。漁船もここで陸揚げしてたし……。そんな。まずい!」

グルームライダーが一頭、五十ペースほど離れたところで岩の上にすわって、日ざしを浴びていた。スキマーの姿を目にすると、頭を上げて鼻を鳴らし、海にすべりこむ。四肢《しし》で水を打って猛烈に加速しながら、濃い海水の上を文字どおり跳びはねてこっちにむかってきた。

「伏せて、ドローヴ！」ブラウンアイズの張りつめた声。

ぼくはおそろしさのあまり口をからからにしながら、その言葉に従い、スキマーの底にぴったり横になるまで体を低くした。ブラウンアイズも同じようにして、ぼくの横に這ってくると、不安げな目で黙ってぼくを見つめた。風が体に当たらなくなると、服に浴びる日ざしが暑くなりはじめたが、汗が出てきたのは暑さのせいだけではなかった。

グルームライダーにまっすぐぶつかられて、船がゆれた。怒りの雄叫《おたけ》びが上がる。凶暴な生物が鼻息荒く、だがとまどったような怒りに駆られて薄い船体に体当たりし、粘っこい水の滴がぼくたちのまわりに降りそそぐ。それから一瞬、あたりが静まりかえり、ぼくたちは息を殺して、グルームライダーの荒い息の音を聞いていた。

船がかすかに傾き、ぼくたちの上に影が落ちた。ぼくが体を縮めてじりじりとブラウンアイズに近づいていったとき、丸い頭が舷縁の上にあらわれ、見かけだけはやさしげな目で、きょろきょろと近視の人のように内部を探った。魚くさいグルームライダーの息が船じゅうにあふれ、ぼくは注意深く、音を立てないようにして息をのんだ。しばらくのあいだ、そいつとぼくは見つめあっていた。

それから、うんざりしたように鼻を鳴らすと、黒い頭が引っこんで、ぴしゃりという鋭い一撃で船をゆらしてから、グルームライダーは身を翻して海面を飛ぶように去っていった。ぼくたちがその場に横たわったまま、できるかぎり静かに呼吸していると、帆がだらりと垂れ下がり、暑さがいっそうきつくなって、微風が完全にやんだことがはっきりしてきた。とうとうぼくは腰をついた楽な姿勢になって、舷縁からすばやく様子をうかがった。

海は鏡のように平らだった。一頭きりのグルームライダーは、百ペースほどむこうでゆっくりしたしぶきを跳ねあげながらなにかの死骸を餌にしていて、急降下してくるグルームワタリ鳥をうなり声で威嚇《いかく》して追い払っている。ブラウンアイズがぼくの隣で、急すぎる動きでグルームライダーの注意を引かないように気をつけながら体を持ちあげた。「これからどうする、ドローヴ?」彼女はひそひそ声でいった。「埠頭まで船を漕《こ》いでいこうとしたら、あいつに見つかるわ」

距離を判断しようと陸のほうを見たぼくは、「すぐなんとかしないと」といった。「沖に流されてる」霧《きり》で太陽が一時的に陰ってどんよりした灰色になった海を、すばやく見まわす。近くに、海の広い範囲がほかよりも暗い色になっているように見える部分がある。もっと遠くの、入り江の入口近くでは、平らな海に長い寄せ波のようなものが動いていて、ぼくたちのほうへむかってくると、それはひとつきりの高波のように見えてきた。「あれはなんだ?」疑問が口を突いて出た。

ブラウンアイズの声は震えていた。「あれは……グルームライダーよ、ドローヴ。それも大集団。ふつうはああやって行動するの。さっきの一頭は、はぐれ者なのね」

「それで……あいつらはなにをするんだ？」

「この船を沈めるの……。去年もあったわ、漁師がひとり、グルームライダーの群れに襲われたのよ。船に飛びこんできて、それで……」

それ以上の説明は不要だった。もう頭の中に思い浮かぶ。一頭一頭が人間並みの大きさで、力の強い獣の大群が、ぼくたちのちっぽけな船のまわりに集まってきて、低い舷縁を跳びこえる光景が……。

いつのまにかぼくは、港に近い、海の暗い部分を見つめていた。大きな泡が海中からのろのろと上がってきては弾《はじ》けていて、まるで海そのものが自分の表面を覆う汚物に気分が悪くなって、げっぷをしているかのようだ。

ブラウンアイズがぼくの隣で静かにしゃべりつづけている。「……もうそんなに時間がないわ、ドローヴ。できれば……わたしたち、知りあうだけであんなに時間を無駄にしなくてすめばよかったのに。キスしてくれる、いますぐ」

ぼくはのしかかるようにして、長く、激しく口づけをし、そのあと彼女がしがみついてきて、肩に顔を押しつけて泣いているあいだ、グルームライダーの貪欲《どんよく》な集団が押し寄せてくるのを見つめていた。ぼくは船底から櫂《かい》を手に取って、重さを確かめた。

武器になるものはこれしかないが、死ぬべきときが来る前に死ぬのは無意味だ。人生でこれほどこわい思いをしたことはいちどもないけれど、ぼくはブラウンアイズのことを思い、そして氷結グルームライダーどもは彼女に触れる前にぼくを殺さなくてはならないんだと考えていた……。

近くにいるさっきのグルームライダーがごちそうを食らうのを中断して、揚力のある海水の上に体の大半を出して漂いながら、頭を上げた。そして近づいてくる群れに気づくとむきを変え、ひれ足をふりまわして水しぶきの跡を引きながら、たちまち西の外海のほうへ消えていった。ぼくは陸地のほうをちらりと見やった。いまとなっては、あそこまでは遠すぎる。ぼくたちが埠頭に着く前に、群れが追いつくだろう。

ぼくの腕の中で、ブラウンアイズの体が強ばった。横をむいて海に目を落としていたのだが、「見て！」といって息をのむ。「ああ、ドローヴ、あれを見て！」

海中の暗い影が、はっきりした形を取りはじめ、輪郭《りんかく》がくっきりとわかるようになってきた。浮かんできては弾ける泡が数を増し、水を吸った木や、縄やタールのにおいがした。船べりから見つめていると目の焦点があってきて、すると見てとれたのは、甲板が、折れた帆柱が、昇降口が、そうしたものすべてが、パラークシ海溝の深みからゆっくりとぼくのほうにむかって浮かびあがってくるところだった。それは不気味な光景で、ぼくはさし迫った危険やグルームライダーのことを忘れ、グルームが〈イザベル〉を海底から持ちあげたことにひたすら迷信めいた畏怖《いふ》を感じて、体が震えた……。

二十ペースほど離れたところで、折れた帆柱のぎざぎざになった端が海面を突き破ったが、それはもう船本体にはついていなくて、下の難破船とのあいだに銀色の平らな海面が入りこんでいる。だがすぐに、原形をとどめず、窓も粉々だがそれでも判別可能な黒い操舵室《そうだしつ》が、水をしたたらせながら姿をあらわした。昇降口の上げ蓋《ぶた》が視野にせり上がってきて、粘つく水がのろのろと吐きだされ、そっと悲しげな音を立てながら新鮮な空気が船倉に入っていった。ほどなく甲板全体が、重い水銀のように水を垂れ流しながら視野にあらわれた。

ぼくは櫂を海に突っこんで押しやり、グルームライダーが跳びはねながら迫ってきて飢えた咆哮《ほうこう》が耳に届く中、〈イザベル〉との間の短い距離を船に渡らせた。獣どもはもうぼくたちを目に入れていた。殺戮《さつりく》に備えて、列を縮めて集まってくる。と、ぼくのスキマーが〈イザベル〉の船体の大きな木材にぶつかり、ブラウンアイズが甲板によじ登るあいだ、ぼくはあとに残った。それから、櫂を手に握ったまま彼女につづく。だが、あわてたぼくは足をすべらせ、スキマーが自分の下から流れ去るのを感じながら海に落ちていき、頭が黒い船体に叩きつけられて、光と闇《やみ》が爆発した……。

指が固いものをがっしりとつかまえ、体を前へ上へ引きあげるのを支えたが、意識はまだはっきりしなくて、ぼくを突き動かしているのはいまにも襲ってくるに違いない捕食動物への激しいおそれだった。どれくらいのあいだ意識がなかったんだろう、いったい……？　もがき進みながら頭を上げると、明るい空を背にしたブラウンアイズが、ぼくをまたぐようにして櫂をふり上げ、まわりで跳びはねている生き物に何度も叩きつけている姿が、目に映った。

這い進んでいくと、甲板が体の下ではっきりと形を持つようになってきた。グルームが船を持ちあげるのにつれて、甲板が高くなるのが感じとれ、ブラウンアイズが櫂をふりまわして、息を切らしながらも死に物狂いで絶叫しているのが聞こえた。「彼に触るな、この冷血動物《フリーザー》、彼に触るなってば、触るなってば……」

ぼくは必死で頭と目にかかった霧をふり払おうとしながら、よろよろと立ちあがった。それから前に出ると、無言で口を動かし、うつろな目で、動かなくなった物影を打ちすえているぼくのブラウンアイズから、そっと櫂を取りあげた。ぼくは三頭の死骸を船べりから転げ落とした。海面はもう、少なくとも二ペースは下だ。死骸が海面にぶつかって、ゆっくりしたしぶきを上げる。たちまちグルームライダーが群がってきて、低く鼻を鳴らしながら、死骸をずたずたにしてむさぼり食った。そのあとすぐ、海獣の群れはたちまち南のほうに消えていった。

ブラウンアイズはまた頭がまわるようになるとともに、体を震わせはじめて、両手で顔を強くはさんだ。両脚や肩は切り傷だらけで、かわいい服も半分引き裂かれて、腰のまわりにぼろぼろになって垂れ下がっている。ぼくは彼女を腕で支えて、上げ蓋のところまで連れていき、腰を下ろさせた。そして自分のシャツの残骸《ざんがい》を引き裂いて、それを濡《ぬ》らすと、できるかぎりていねいに彼女の傷口を洗った。肩の傷は深く、血が滲《にじ》みでていたが、かわいらしい胸は無傷で、ぼくはそこをきれいに拭《ぬぐ》いながら、やさしく口づけをした。そこでぼくはためらったけれど、慎みよりずっと大切なことがあるという判断と、腰のあたりに血がついているのが見えたことから、彼女を立たせると、残っていた服を取り去った。お尻《しり》に軽い切り傷があったので、それを洗って、口づけして、彼女の残りの部分も洗ってあげると、ブラウンアイズは微笑んで、自分の前にひざまずいているぼくの髪をなでた。

「こんどはあなたの番」彼女が急《せ》かすようにいい、ぼくは服を脱ぎ、彼女はぼくをゆっくりと、とても念入りに洗った。ぼくは自分に怪我《けが》があるのかどうか、気にするどころではなかった。ブラウンアイズがうしろに下がって、じっくりと、まじまじとぼくを見て、そしてにこにこと笑顔になる。

「わたしたちにはなんにも起きないかもしれないいなんて、だれがいったんだっけ？」と彼女はいった。

17

折れた帆柱と曲がった煙突は粘っこい雫《しずく》をしたたらせ、海草をまといつかせていたので、それが海底に突き刺さっていて、そのために〈イザベル〉はグルームが濃さを増すあいだ浮かんでこなかったのだろう、とぼくたちは考えた。やがてついに、グルームの力で海底から引き離され、甲板の積み荷の大半をなくしていた船は急速に浮かんできて、海面が近づいたところで上下が正しいむきに戻ったのだ。

ぼくたちのどちらも、急いでこの知らせを伝えにパラークシに戻ろうとはしなかった。

体力が回復するまでしばらく甲板に横たわっていると、熱い太陽が傷口を乾かし、結晶になったグルームの滴をまとってきらめくブラウンアイズは、美しい宝石のように見えた。服をまた着るのは無駄な気がしたし、ほかの船の姿も見えなかったので、そのまま甲板を歩きまわっていると、ずぶ濡《ぬ》れの木材も乾くにつれてきらめきはじめた。ぼくたちは機械類や甲板の積み荷にも目をやったけれど、ほとんどはおたがいを見ていた。

　操舵室の扉をこじあけて、濡れた帆布の束を引きずりだし、甲板の上で数回折りたたんで寝台代わりにする。水蒸気がゆっくりと立ちのぼりはじめ、ぼくがブラウンアイズに視線をむけると、見つめかえしてくる彼女はまっ赤な顔に真剣な、もう我慢できないという表情を浮かべて、食らいつかんばかりのまなざしでぼくの体をなめまわすので、ぼくはおどおどしてしまった。すると急に彼女がくすくす笑って、ぼくをぎゅっと握りしめ、そしておたがいに激しく、しあわせに抱きしめあうと、結晶がふたりの体から雨のように降りそそいで、ぼくたちは馬鹿みたいに声を上げて笑った。

　あのときからたびたび思う、ぼくたちがおたがいをあれほど愛していて、ほんとうによかったと。そうでなければ、じつのところふたりのどちらもなにをどうしたらいいのか知らなかったので、ばつの悪いことになっていただろうから。ぼくたちはまだ笑いながら、温かくて濡れたままの折りたたんだ帆布にもつれるように倒れこみ、まとわりついてくる生地《きじ》が邪魔で身をくねらせたが、どちらも相手を放そうとはしなかったので思うようにいかない。ぼくたちはできるかぎりとことん、ぴったりと触れあっていたかった。ぼくたちの動きが一瞬止まったのは、自分たちがのびのびと寝転がり、裸で、こんなにそばにいたことはこれまでになくて、大人たちがやっているこのすばらしい秘密の行為をおこなう妨げになるものは、ぼくたち自身の無知以外になにもない、と気づいたからだ。

そして、ブラウンアイズの塩辛くて柔らかい唇にキスをしてから、自分は彼女の体の上に乗っているんだと思い、するとその体がもぞもぞすると、両脚がひらいて、お尻《しり》がぼくに触れた。腰を落として彼女に押し入ったのは、そうすることが当然だったから——けれど、彼女がびくっとしたのですぐに動きを止め、怪我《けが》をさせたのかと思って泣きそうになった。

「お願い、大好きなドローヴ。つづけて」ブラウンアイズはささやき、微笑《ほほえ》んだ目の端に涙が浮かんできた。だからぼくがそのとおりにすると、突然、彼女は温かく、柔らかく、美しく、ぞくぞくするものになって、なにもかもがうまく行くようになった。じきにふたりの動きは狂乱的になっていって、すべてがぼくの心と無関係に起きていた。ことを思いどおりに起こす術《すべ》はなくて、それはただただ、勝手に起こった。ブラウンアイズが、「ドローヴ、ドローヴ、ああっ……」とうめき、熱い視線でぼくの目を捉《とら》え、ぼくたちはもっとひとつになりたくて、ひとつになったときに驚くほどすばらしい爆発に達した、達した、また達した、また……。

そのあとも、太陽は頭上にかかったままだったので、ぼくたちがどのくらいのあいだ横になっていたのかは知りようがなかった。あくびしながら伸びをすると、ブラウンアイズが横でもぞもぞした。そのお尻をなでて、キスをする。ブラウンアイズは目をひらいて、微笑みながら体を押しつけてきた。「ねえドローヴ……？」

「いいかい、もう戻らなくちゃいけないと思うんだ。この船には、町の人たちに必要な荷物が積んである」甲板の貨物の中でも二機のスチーム砲は残っていたし、船倉には、いくらもしないうちにパラークシにとって必要となる軍需品がもっとあるのはまちがいない。

「もう、そんな話《ラックス》。もう一回、愛してほしいのに、ドローヴ。もう一回、だけじゃなくて、何度も何度も。もうここから離れたくないの。ねえ、わかってる？」すねていた顔が、にやにや笑いに変わって、「これでわたしと結婚しないわけにいかなくなったのよ、ドローヴ。母さんと父さんに、あなたがどうやって誘惑したか話したら、あなたはわたしと結婚するほかなくなる。そしたらわたしたち、毎晩、ずーっと愛しあえるわ。政務官が眠った寝台で、ふたりして眠るの」

「ブラウンアイズ、ご両親に話したりはしないだろ？」

「話します、いますぐ愛してくれなかったら」

ぼくは急ごしらえの寝台から急いで這《は》いだしたが、そうしていなかったら二度とその機会はなかっただろう。そのあいだもずっと、ブラウンアイズの小さな両手につかまれたままで、ぼくもいちどはまわれ右しそうになったけれど、なんとか彼女の手をふり切って立ちあがった。「行こう」とぼくはいった。

ブラウンアイズは不服そうにぼくを見あげた。「あなただってしたいに決まってるのに、ごまかされないんだから」

「大切なブラウンアイズ、もちろんぼくだってしたいよ。でも、わかるだろ？　ぼくたちはいま、町と役人の争いを終わらせる可能性を手にしているんだ。それを一刻も早く伝えなくちゃならない、これ以上だれかが傷つけられないうちに。そのあとでなら、ご両親が働いているあいだ、きみの部屋でいっしょにいるから。いいね？」

「きっとよ」ブラウンアイズはしぶしぶ立ちあがって、服の残骸《ざんがい》をゆっくりと身にまとい、そのあいだじゅう、いたずらっぽいにやにや笑いをぼくにむけていた。

「もう、フューさまなんとかして」手早く服を着終えていたぼくは、ブラウンアイズをつかまえると、彼女がぼくを我慢できなくさせようとしてわざと片方の小さな胸を剝《む》きだしにしていたのを、ちゃんと直した。そのとき気づいたのだが、ぼくがパラークシに着いて、ブラウンアイズと再会してから、六十日しか過ぎていない。ぼくの船が難破した浜でよごれた服を着ていた恥ずかしがりの小さな少女と、自分の愛らしさがぼくに及ぼす力を熟知しているこの誘惑的な若い魔女を、同一人物だと思えといわれても、という気分。ぼくも彼女と同じくらいの早さで大人になったんだろうかと思い——そして結論は、たぶんそのはずだ。

いまのぼくには、より広い見地から、自分を取り巻く世界の未来について、戦争という現実について、考えることができる。これが六十日前だったら、沈没船が浮上したことを大人たちに知らせるために急いで引きかえさなくては、などという考えはまったく思い浮かばなかっただろう。大人たちが自力で発見するまで放っておいて、自分はスリングボール遊びか、ドライヴェット競走でもしていたはずだ。

ふたりでぼくのスキマーに戻って、〈イザベル〉のきらめく船体から離れる。微風がまた吹いていて、帆を膨《ふく》らませ、ほどなく船は大指岬をすべるようにまわって、防波堤とパラークシが前方に見えた。グルームライダーの気配はなかったけれど、ぼくは一貫して岸の近くを進んだ。いちどだけふり返ると、グルームに浮かんできらきら輝いている〈イザベル〉は、砂糖をまぶしたケーキのようだった。あの船はいつまであそこにああしていられるだろう、とぼくは思った。グルームは数標準日のうちに終わりにむかい、その不安定な揚力が消えれば、〈イザベル〉はふたたびパラークシ海溝の底に沈むことになる。そうなる前に、積み荷を回収し、そればかりか浜に引き上げることは可能だろう——とはいえ、修復作業は採算がとれそうにないけれども。ボイラーの爆発で船底が引き裂かれているのだから。

ようやくぼくたちは港に入って、いまは亡きシルヴァージャックの造船場の船架まで遡《さかのぼ》った。ふたりでスキマーを海から引き上げ、帆柱や帆を取り外して、艇庫《ボートハウス》の片隅にしまう。それから、ぼろぼろの服が人目を引いているのを感じながら——そして、愛の行為をしたあとであることはどんな馬鹿でも絶対わかると思いながら——ぼくたちは波止場を歩いていった。

リボンとウルフが記念碑の基部の台座に腰かけて、退屈そうな様子でパンのかけらをニュース鳩《ばと》に投げていた。小さな鳩たちが怯《おび》え気味なのは無理もないことで、グルームワタリ鳥の巨大な影が頭上を通りすぎるたびに、ぱたぱたと逃げてばかりいた。戦争の最前線からの情報は最近では散発的になっていて、それはパラークシの伝言小屋に着く前にグルームワタリ鳥につかまるニュース鳩が多いからだった。無事到着できた数少ないニュースの内容は、元気づけられるものではなく——じっさい、時には無知のままでいたほうがいいこともある、というぼくの考えを強めるのに貢献していた。

リボンはぼくたちを目にしたとたん、察した。秘密めかした笑いを浮かべて、「おふたりさん、お楽しみだったたって顔してるじゃないか、ええ？　たまには秘密を打ちあけてくれなきゃ嫌だよ、ブラウンアイズ。でもとりあえずいまは、もう少し服を着たほうがいいね。みんなに見られてるよ」

もしかしてブラウンアイズの胸がまたはみ出しているのかと、ぼくはやましい気分でふり返ったが、彼女はとくに肌を見せすぎてはいなかった。けれど、リボンのいっていることはわかった。ぼくの彼女は人目を引く美しさで、ぼろをまとっていても立っているだけで輝いていた。彼女の肌がいままでにない美しさを備えているように見えるのはグルームの結晶のせいだけではなく、愛らしい顔は落ちつきと満ち足りた喜びをまき散らし、それはあとほんの、輝かしい一歩で完全なうぬぼれになってしまうところだった。ぼくは愛の砦《とりで》から微笑みかけてくる彼女から目を離すことができないまま、惜しいことしたなといいたげなリボンのくすくす笑いを耳にした。

そのあいだもウルフはパン屑《くず》を鳩に投げていて、なにも気づいた様子がなく、「なあ、凍《フリージング》えそうな日がな一日、ここにすわっていなくてはならないのか？」と文句をいった。

「もう、黙れよ、この」リボンがぴしゃりといって、ブラウンアイズを賞賛の目で眺めまわす作業に戻った。「ねえ、ふたりでなにしてきたの？」リボンはたずねた。「そのほかになにを、ってことだよ？」

「リボン、急いできみのお父さんと話す必要があるんだ」ぼくはいった。「〈イザベル〉が浮かびあがってきた」

「え……わかった」リボンはすばやく立ちあがった。ひどく驚いているという様子ではない。沿岸地帯の人々にとっては、かなりありふれた現象なのだろう。「神殿に行ってるんじゃないかな。あたしも行く。回収する価値のあるものはあった？」

「スチーム砲が二機、まだ甲板にある。凍るほどでかい穴が船底にあいてるけど、船倉にもまだいろいろあると思う。アスタの軍艦がまた接近してきたら、それなりの防衛手段になるくらいには」

「役人どもがそれを、あたしたちのものにさせといてくれるならね」リボンは考えこんでいた。

「ぼくたちから取りあげようなんて真似《まね》はしないと思うよ、今回は。町を守るためのものだって、いってただろ？」

「船が沈んだあとでだよ、そういったのは」リボンの言葉は意味深長で、ストロングアームもこんな皮肉な考えかたをしなければいいんだが、とぼくは思った。でないと、ぼくが期待していた町と役人の和解は実現するわけがない。

ブラウンアイズとリボンとぼくは大通りを神殿にむかい、距離をおいてウルフがついてきた。思うにウルフは、いまの半裸みたいな状態のぼくたちといっしょのところを見られるのは恥ずかしいけれど、なにかしら事態の進展があるなら見逃したくなかったのだろう。ブラウンアイズは岸に上がってから、ほとんどひと言もしゃべっていない。ただ、静かにひとり微笑んで、しあわせをまき散らしているだけだが、それは彼女を見たすべての人にむかって叫んでいるのと同じだった——そしてぼくたちがパラークシの大通りを歩いていくあいだ、すべての人が彼女を見た。さらに、ぼくの手にすがりついている彼女の姿を見れば、だれのせいでこうなったのかは、すべての人にわかる……ぼくはいったいどんな顔をして、ブラウンアイズの両親と会えばいいんだろう。

　神殿でぼくたちは、不快な光景と出会った。ストロングアームがトラック運転手たち――グロープともうひとり――を尋問していたのだが、そのやりかたは洗練というものにほとんど注意を払っていなかった。「よしわかった、この冷血野郎ども！」ストロングアームが叫んでいた。「これだけは答えろ。やつらが魚を運びだしてないなら、じゃあ氷結《いったいぜんたい》ラックス、魚をどうしてるんだ？　食っちまうのか？」縛られて足もとの床に転がされたふたりを、ストロングアームは見おろしていた。

　グロープが泣き声でいった。「知らねえよ。ほんとのほんとに知らねえんだ……おれはただ運転してただけで、なにひとつ聞かなかった」グロープは奇妙な二叉《ふたまた》の手の片方をひねって縛《いまし》めから解放し、長々とつづいている蹴《け》りの次の一発を防ごうとするかのように突きだした。

「父さん！」リボンが呼びかけると、ストロングアームは即座にふりむき、自分の娘の姿を見て表情を一変させた。ぼくは内心思った――前にも思ったことだが――愛のある親子関係は、このとおり、可能なものなのだと。ぼくの場合はどこでしくじったのだろう？　それからストロングアームがブラウンアイズとぼくに気づくと、愛情たっぷりの笑顔はふつうの友愛の情に変わったが、それでも大人からそういう態度を示してもらえるのはいいことだった。「ドローヴとブラウンアイズが重要な話があるんだって」リボンがいった。

「おめでとう」ストロングアームはそっけなくつぶやいて、まるではじめて会ったかのように、うっとりとブラウンアイズを見つめた。「なんて幸運な氷野郎《フリーザー》なんだ、ドローヴ」

ぼくは笑うほかなく、ブラウンアイズは顔を赤らめもしなかった。「その話じゃないんです、ストロングアームさん」とぼくはいった。「ぼくたちはスキマーで海溝のほうまで出かけたんですが、そのとき〈イザベル〉が上がってきたんです」ぼくはそのときの様子を説明した。

「まだそこにあるんだな?」ぼくの話が終わる前に、ストロングアームが聞いた。

「海に浮いてるんだな?」

「甲板からスチーム砲を外したら、もっと浮きあがるでしょう」

「これでおれたちは……おれたちは」ストロングアームは歩きまわりながら、一心に考えこんだ。「まず急いで人手と船の手配だ。おれのスキマーがあって、哀れな老いぼれシルヴァージャックの造船場にも一隻ある。それにボーディンとビッグヘッドと……。四隻あればじゅうぶんだろう。残ってるスチーム砲は二機だけなんだな? そいつは残念だが……」四人たちにむかっていう。「おれが戻ってくるのはかなり先になりそうだから、考える時間はたっぷりある。そして忘れるな。今日、防波堤のスチーム砲を取り戻しにきた兵隊は、おまえらふたりをいっしょに連れ帰る手間をかけなかったってことをな。そこんとこを考えろよ、自分がどっちの味方か決めるときには」

「父の居場所をご存じですか？」ぼくはストロングアームにたずねた。

ストロングアームの目が冷たくなった。「少し前に、新缶詰工場の方角へむかってるのを町で見た。スローンってやつがいっしょだったな。なんの用だ？」

「なんのって、〈イザベル〉のことを話すんですよ、もちろん。新埠頭《しんふとう》にあの船を見た役人はいなかったから。やつらは、浮上したこともまだ知らないと思うんです」ストロングアームに自分の意図をしゃべったのはまちがいだった、という気がしはじめていた。

「やつらのことは、気づくまで放っといちゃ駄目なのか？」

「ストロングアームさん、わかりませんか？　これは役人と町が一致協力できる機会なんです。役人は武器を約束して、それがここにある——ぼくたちの武器、やつらにもぼくたちが盗んだとはいえない武器です。やつらはぼくたちが〈イザベル〉の積み荷を降ろして、スチーム砲を据えつけるのを手伝えるし、使いかたの訓練もしてくれるかもしれない。いまみたいに役人と町とで争いつづけるわけにはいきませんよ、アスタ軍は丘のすぐむこうまで来ているんだから！」
ストロングアームはしゃべっているぼくをじっと見ていた。そしてぼくが話し終えると、首を横にふった。「いい意見だとは思うがね、ドローヴ、きみのようには役人を信頼できないんだ。まあ気にするな、そのうちわかる。親父《おやじ》さんに話しにいくがいい――だが、娘は同行させられない。〈イザベル〉をめぐっておれたちみんなが極寒ど派手に戦うことになるのは、目に見えてるんでな」

ロックス車を借りて、ブラウンアイズとぼくは町の北の坂を登っていった。最初ロックスはのろい上に動きたがらなかったが、ぼくたちが問題をかかえていることに気づいた一頭のロリンが近くの木から降りてきて、ロックスに手を触れ、よろよろ進む獣の横を早足で歩きながら元気づけた。そうやってぼくたちは道のてっぺんに着き、川沿いの谷が目の前に広がった。

入り江はほぼ完全に干上がっていて、いまは農地やなにもない土地を横切る一本の茶色い泥のすじになっている。川はきらめく糸のように干潟を流れていた。煙がひとすじだけ新工場のビルから上がっている。最後に立入禁止区域を目にしてから、新しいビルがいくつかできていることにぼくは気づいた。ゲート近くにただ停まっているだけのトラックの列があり、干上がった入り江の底には引き上げられたスキマーやその他の船が散らばっている。工場は操業していないように見え、放棄されているようですらあった。

　ロリンはここでぼくたちと別れ、急斜面の表面にたくさんの巣穴があいている方角へトゲノ木の藪《やぶ》の中を走り去っていった。ロックスは満ち足りた様子でのろのろと進んでいった。はるか下のほうで動きがあった。守衛が小屋から出てきて、ゲートを開放したのだ。トラックが一台、蒸気を噴きあげ、勤務時間を終えた労働者たちがいちばん大きなビルからあふれだした。そしてトラックのうしろに連結された数台のトレーラーにぎゅう詰めになると、鋭い警笛とともに連結車隊が動きはじめ、ぼくたちのほうへ登ってきた。この突然のあわただしい動きは、不変のおだやかな光景の中で場違いだった。

「まだわたしを愛してる、ドローヴ?」ブラウンアイズが思いがけないことを聞いた。

　ぼくは彼女を食いいるように見つめて、「なんでそんなことを聞くの?　もちろん、愛しているよ」

「そう……」しあわせそうな笑顔になって、「あなたがそういってくれるのを聞きたかっただけ。だって、あなたが心変わりしちゃったってことも、ないとはいえないもの。母さんはいうの、男の人は心変わりするものだ、女の子を、あの……ほら、いちどものにしちゃうと、って……」

もともとロックス車の中でかなり寄りそってすわっていたぼくたちは、もっと近くに寄って、もしぼくが腕をまわしたら服の裂け目から彼女の胸をつかめそうなほどになった。「その気にさせたのがだれか、忘れないでほしいな」とぼくはいった。

このとき、連結車隊がぼくたちのところまで登ってきて、すれ違うときにパラークシへの家路にむかう労働者が手をふったり口笛を吹いたりした。ぼくが手をその位置から動かさなかったのは、なるようになれという気分だったからだ。このあと〈黄金のグルームワタリ鳥亭〉でこの話が出るだろう。

ようやくぼくたちは工場のゲートの前まで来て、ロックス車を降りた。守衛がフェンス越しに不審げな視線をむけながら、近づいてくる。「アリカ－バートにだいじな用事がある。ぼくたちが来ていることを伝えてもらえるかな?」ぼくはもったいぶっていった。「ぼくはバートの息子のドローヴ、こちらはぼくのガールフレンドのパラークシ－ブラウンアイズだ」

ぼくが名乗ったのを聞いて守衛がぱっと気をつけをするとでも思っていたなら、がっかりしていたところだ。守衛はなにかつぶやきながら、その場を離れた。そして、だいぶ経ってから戻ってくると、差し錠をガチャガチャいわせてゲートをひらいた。ぼくたちが通るとまた錠をかけて、「ついてこい」とぶっきらぼうにいう。そして大股《おおまた》でさっさと歩いていった。

ブラウンアイズといっしょに息を切らして守衛のあとについていくあいだ、まわりの様子を見ている暇はほとんどなかった。いたるところに大きな箱があり、もっと大きななにかに覆いがかけられている。パラークシから通っている工場労働者たちは、当然ながら何度となく新工場でほんとうはなにがおこなわれているのかたずねられていたが、役に立つ答えは返ってこなかった。働いていてわかる範囲では、そこも旧缶詰工場と大して変わらなかった。機械こそ新型だが、できあがる製品は同じ。空っぽのトラックの一件を思いだして、じゃあその製品はどこに行ったんだろう、とぼくはちらりと思った。工場はぼくが思っていた以上に複雑な造りだった。丘の斜面から見おろしたときには、ここの大きさを正しく把握できていなかったのだ。頭上にはキャットウォークがあり、階段が地面の下に消えている。『蒸留液』の文字があるタンクや『水』の文字があるタンク、緑色のドア、黄色いドア、青いドア。

守衛が押しあけたのは黄色いドアのひとつだった。守衛は脇《わき》にどいて、中に入れとぼくたちに手で示す。そこは小さな部屋で、中には窓がひとつ、机と椅子《いす》がひとつずつ、ニュース鳩の鳥籠《とりかご》、背の高い棚。部屋の中についていてほかにいうことがあるとすれば、父が椅子にすわって、疑いと怒りの目でぼくたちを見ていることだ。

「説明を聞かせてもらえるものと思うが」ようやく父が、最大級の脅しをこめてゆっくりといった。

「もちろんだよ、父さん。重要な用でなければ、来るわけないだろ」単純で間抜けな理想主義者だったぼくは、内戦の芽をつむことが重要だと、まだ思っていた。「ほら、ブラウンアイズとぼくは――」

だが父は跳びはねるように立ちあがるという、典型的なかたちで癇癪《かんしゃく》を爆発させた。「わかっているのか、おまえのおかげでおそらくわたしは、この作戦関係者じゅうの物笑いの種になるのだぞ、半裸でここにこそこそ来たばかりか、そんな売春婦をぶら下げて。しかも、よくもまあわたしの前で、その売春婦の名前を口にできたものだな。その女をわたしの前までのこのこ連れてくるとき、みんなにその姿を見せびらかしたのだろう、しかもまだ子どもじゃないか。ああフューさま、こんな日が来ようとは考えも……」

「――大指岬のむこうに行った」ぼくは父の言葉のあいだも、強情にしゃべりつづけた。「そしてあいつらが襲ってきたとき、〈イザベル〉がグルームにのって浮かんできた。ぼくたちはなんとかスキマーを横づけにして、**ブラウンアイズがぼくの命を救ってくれて**、しばらくしてから見まわって――」

「いまなんといった？」

「ブラウンアイズがぼくの命を救ってくれた、って。このブラウンアイズがだよ」

「〈イザベル〉が海の上に浮かんでいるといっているのだな？」

「そうさ。町の人たちにはもう話してきたから、いまごろは回収隊を作っているよ」

「連中になにを話しただと？」

「だから、町の人たちにはもう――」

「それはわかっておる。繰りかえさんでいい」父は急に黙りこんで、目を見ひらいてぼくを見つめ、そして時間はかかったが、ぼくは自分のいったことのなにかに父が怯えている、死ぬほど怯えているのだと気づいた。父は年老いたように、ほとんど死にかけているように見え、それは、ぼくから衣服を剝《は》ぎとったときのズー伯母《おば》や、蒸気の中での死にむけて歩いていったときのホーロックス－メストラーの様子と同じだった。これは単なる父とぼくのいつもの諍《いさか》いじゃないとわかってくると、腹の底から震えが湧《わ》いてきた。今回はなにかがまちがった方向に進んでいる、ひどくまちがった方向に。「待っていろ」ようやく父はいった。「ここから動かずに待っていろ、ふたりとも」父は走りださんばかりに部屋を出ていき、叩《たた》きつけるようにドアを閉めた。

ブラウンアイズはぼくをじっと見つめ、やはり怯えているようだ。

「父なんて馬鹿のひとりだから」ぼくはいった。「父がきみのことをあんな風に呼んだのはあやまるよ、愛《いと》しいブラウンアイズ」

「なにかがおかしいわ、ドローヴ。わたしには……あのスチーム砲が町のためのものだとは全然思えない。リボンのお父さんが正しいと思うの。やつらはあの大砲をここで使う気だったのよ。でも今回は、パラークシはそれを渡すまいとして戦うだろうと、あなたのお父さんは思った」

「なんてことだ、なんでぼく《ラックス》はよけいなことといっちゃったんだろう、ブラウンアイズ」

「あなたはお父さんと仲直りしたかったの、だからよ。お父さんが喜んでくれると思ったし、喜んでもらいたかった。お父さんを憎んでいるのは知っているわ、ドローヴ──でも、憎みたがってはいないのね」

その瞬間、ドアが大きな音を立ててひらいて、いらだちも顕《あら》わに大きな守衛がふたり、入ってきた。「おまえ、いっしょに来い」ひとりがブラウンアイズにいい、彼女の腕をつかんだ。

「その不潔な手を放せ！」ぼくは叫んで、そいつに跳びかかったが、もうひとりの守衛につかまって、両腕を背中で押さえつけられた。ぼくは狂ったように足を蹴りだしたものの、ひとりがぼくの動きを奪い、もうひとりはぼくの足が届かないところにいて、ブラウンアイズをドアから外へ引きずっていく。ブラウンアイズは金切り声を上げ、腕をつかまれたまま身をよじったが、守衛はブラウンアイズの腰を片腕でしっかりとかかえ、もう一方の手で彼女がふりまわす両の拳《こぶし》をつかまえた。そしてふたりは行ってしまい、ぼくはもうしばらく、残った守衛相手にむなしく戦っていた。男はくすくす笑うばかりで、肩が鳴るまでぼくの腕をひねりあげた。

ようやくもうひとりの守衛が戻ってきて、「よし、そいつを放してやれ」と息を切らしながらいった。ぼくはドアに駆け寄った。

外にはだれもいなかった。ビルがいくつもあって、ドアがいくつもあるばかり。ドアはすべて閉ざされ、あたりは静まりかえっている。そのむこうに金網のフェンスが見えた。上からは太陽が照りつけて、まばゆく明るい景色の中に黒い影を落としている。

「彼女はどこだ！」ぼくは叫んだ。「彼女になにをした！」

ふたりの守衛は歩き去っていった。ぼくは走って追いかけて、そいつらの腕をつかまえた。だが守衛たちはそれをふり払って、歩きつづけた。

そのとき、ぼくを呼ぶブラウンアイズの声が、かすかに聞こえた。「ドローヴ！ドローヴ！」ぼくは彼女の声がする方向に目を凝らしたが、最初はなにも見つからなかった。ぼくは小さな物置を通りすぎた。

すると、ぼくのほうに顔をむけた彼女が、いくつもの溝を跳びこえながら、フェンス沿いに走っているのが見えた。彼女はぼくの姿を目にすると立ち止まり、ぼくが駆け寄っていくあいだ、両腕を突きだして泣いていた。

立ち止まって、閉ざされたゲートのほうに目をやると、守衛がにやにやしながらこちらを眺めていた。ブラウンアイズのほうにむき直ったとき、ぼくも泣いていたと思う。「ぼくたちはどうなっちゃったんだ、かわいいブラウンアイズ?」ぼくはつぶやいた。「冷血野郎どもはなにをしたんだ?」

ブラウンアイズはフェンスの外側にいて、ぼくは内側にいた。

ぼくたちのうちのひとりは、囚人だった。

18

フェンスは少なくとも五ペースの高さがあり、網目状に編まれた金属で丈夫にできていた。ブラウンアイズとぼくにできるのは、指を触れあうことだけだった。ぼくたちはしばらくそのままでいて、じっと見つめあい、言葉はほとんどなかった。その先のことをあれこれ考えても無意味だ、とわかっていたのだと思う。権力者が、大人の世界が、ぼくたちを引き離し、そのときの非情で断固たる態度は、飼っていたドライヴェットを番《つがい》にしたくなかったときにぼくが見せたのと同じだった。ぼくのブラウンアイズとそこに立っているとき、はじめて気がついた。自分の中には、とても強い強迫観念に囚《とら》われた哀れな動物がいる——最近ちょっと賢いことを考えるようになっていたのとは、全然関係なくだ。心構えの変化だの、大人らしさの芽生えだの、頂点に達しつつある知性だのいうたわごとのすべて——そのすべてが、自分の彼女から引き離されることの悲しさに比べたら、無意味で、どうでもいいことだった。

ぼくたちはいちど、ゲートのところまで歩いて、守衛を説得しようとした。だがこういう手合いの例に漏《も》れず、そいつは命令に従っているというだけだった。

「だれの命令さ?」ぼくは守衛に怒鳴《どな》った。「おまえにそんな冷血命令を出したのは、どこのどいつだ?」

それに答えた守衛の目は、同情を浮かべていたかもしれないし、そうではなかったかもしれない。ぼくにはわからない。そいつはただこういった。「きみのお父上の命令だよ、アリカ－ドローヴ」

フェンスの外のブラウンアイズは、どうしようもないほどひとりぼっちに見えた。見渡すかぎり人間はいない。遠くに黄土山脈があり、その手前に木々、農地、丘、そしてなにもない土地。近くには、掘りかえされた土の巨大な山々、トラックやロックス車の跡がついて、踏みつけられて平らになり、草も生えていない地面。そこにブラウンアイズが、一ペースと離れていないところに立っていて、悲しく泣きながら、ぼくの指先をそっとなでている。ぼろぼろの服をまとい、ひとりの女性として手に入れたばかりの輝きと魅力がすべて失われたその姿は、痛ましかった。ブラウンアイズは傷ついた子どものように見え、じっさいそのとおりで、ぼくの心も体も彼女への愛で痛みを感じた。

そのとき、ふたりの守衛がやってきて、父が呼んでいるとぼくにいった。ふたりはぼくの腕を取って、連れ去っていく。ぼくは首をまわして、ビルにさえぎられるまでブラウンアイズの姿を見つめていた。

守衛たちは階段を降り、いくつものドアを抜け、腕木にのった蒸留液ランプの列が一様な光を放っている廊下《ろうか》を通って、ぼくを連れていった。やがてひとつのドアを叩《たた》いて、待つ。

ドアをあけたのは母だった。母の横を素通りして中に入ると、そこはごくふつうの、どこの家にでもあるような部屋だった——窓がないことを別にすれば。食卓や椅子《いす》や、あらゆる当たり前な家具があり、新聞や食品容器や装飾品やなんやかやの、家庭生活を形作るあらゆる当たり前なものが散らばっている。唯一の当たり前でない要素は、このすべてがここに、缶詰工場の地下にあることだった。

母がぼくに笑顔で、「おすわりなさい、ドローヴ」といい、ぼくは反射的にいわれたとおりにしていた。「ここが新しいわが家なのよ。気にいった、おまえ？」

部屋を見まわすと、むこう側の壁の戦況地図が目に入った。アスタ軍の旗はかなり接近していて、沿岸地帯をぎっしりと取り巻いて弧を描き、その中心にパラークシがある。ぼくの視線を追った母の笑みが大きくなった。「でも、ここにいれば連中につかまることはないのよ、だいじなドローヴ。この地下にいれば安全なの。だれもわたしたちをつかまえられないわ」

「なに氷結《フリージング》なたわごと《ラックス》いってんだよ、母さん？　町はどうなるの？　パラークシの人たちはどうなるの？　これはどういうことなのさ？」

「あの人たちの場所もあるんじゃないかしら？　死ぬ人もいるでしょうけれど。善人は救われるでしょう」

このしゃべりかたは、母にしても異様すぎた。「あんな金網じゃ、アスタ軍は防げないよ、母さん」ぼくはいった。

正気を失ったような笑顔のまま、母がいう。「そうね、でもわたしたちには武器があるわ、とってもたくさんの武器がね。そうよ、とっても、とっても、とってもたくさん」

「ぼくはここを出ていく」そうつぶやいて、片目で母の様子をうかがいながら、ドアにむかう。母はぼくを止めるそぶりはまったく見せなかったが、ドアの前まで来たところで、それが勢いよくひらかれて、父が早足に入ってきた。

「いたな」父は短くいった。「よし、よく覚えておくのだ。おまえの部屋はあのドアのむこう、そこで寝る。それ以外は、フェンスの内側のどこでも好きなところへ行ってよい、ただし緑色のドアと赤いドアを通らない範囲でだ。だれの邪魔にもならないようにしておれば、それでよい。なにか妙な真似《まね》をしたら、部屋に閉じこめるからな。ここは軍の施設なのだ、わかったか？」

「ここは政府の新しい所在地なんだと思ってたよ。統治してる相手はだれ？」

るのだぞ」

「おまえもそのうち議員の方全員とお目にかかることになるだろうが、礼儀正しくす

「いいよ、父さん。そしたらブラウンアイズを中に入れてくれる？」

たちまち短気が爆発した。「おまえと取引はせんからな、ドローヴ！　いったい自分を何様だと思っておるのだ？　あの少女はフェンスの外に残るのだ、自分のいるべき場所にな！」

「そう」ぼくは父の脇《わき》を通ってドアにむかった。「だったら、守衛にぼくを外に出すよう、いってくれる？」

「ああ、フューさま……ああ、フューさま……」母が泣き声を立てる。

父は手荒にぼくの腕をつかんだ。「話を聞くのだ、ドローヴ、議論はあとで、時間ができてからにしろ。率直なところをいうが、いまのこの世界には二種類の人間がいる――勝者と敗者だ。これはそういう単純な話でしかない。そしてわたしにとっては、自分の家族が確実に勝者側にいるようにすることが義務なのだ。わからないのか、これはおまえのためにしていることなのだぞ」

「だからね」母が鼻声でいう。「おまえも少しは考えなくては駄目ですよ、ドローヴ。お父さまの立場にどんな影響があるか、考えてごらんなさい、あんな娘のところに――」

「黙れ！」父が怒鳴りつけ、一瞬、母をぶつ気かと思った。父の顔は紅潮し、口はゆがんでいる。そこで父は突然、気力がくじけたようになり、ぼくたちから離れて椅子にすわった。ぼくはそんな父をまじまじと見た。父は正常に、それ以上に見えた。口をひらいたとき、出てきた声はおだやかだった。「いつかわたしにも、なぜ自分のしようとすることがなにもかも、反感や、愚行や、誤解に迎えられるのか、わかる日が来るのだろう」と父はいった。「わたしたちといっしょにいろといったのはな、ドローヴ、そうしなければおまえが死ぬことがわかっていて、わたしは自分の息子を死なせたくはないからなのだ——信じてくれるか？　そしておまえはな、フェイエット、おまえには覚えておいてほしいのだが、ここにはいまや議員の方々が全員そろってい て、身分の平均からしたら、わたしはほんの雑魚《ざこ》にすぎんのだ。そしてドローヴ、想像はつくだろうが、ここでは場所が限られているから、だれにでもフェンスの内側に連れてきたい友人や親類はいるが、それは不可能だ——そしてわたしのような雑魚には、おまえの、なんだ、彼女を中に入れてやることができんのは、判断がつくだろう。さて」父はやさしくいって母とぼくを順番に見つめたが、そのときの口もとはほんの少ししか引きつっていなかったので、完全に壊れてしまう寸前からは引きかえして来られたのがわかった。「おまえたちふたりとも、わたしの話を理解したといってくれるかな」

「この子のために、わたしがいったいどれだけあくせくと働いてきたことか――」

「おいで、ドローヴ」父は明るく微笑《ほほえ》んでそういうと、ぼくの腕をやさしく握り、しかしほとんど駆けだすように部屋から連れだして、廊下を進んだ。いくつものドアを抜け、階段を上がって、地表に出る。太陽は見えない。靄《もや》が立ちこめていたけれど、空気はまだとても温かかった。服が体に張りついてくる。ぼくはすぐにブラウンアイズを探して見まわし、フェンスのむこうの地面に途方に暮れてすわりこんでいるのを見つけた。

父が空気のにおいを嗅《か》いで、「豪雨期が近づいているな」とうれしそうにいった。「フューさまに誓って、これはほんとうに豪雨期が近いようだ。議員の方々にお伝えしなくては。きっとお伝えしなくては。二年前の豪雨期のことを覚えているか、ドローヴ、あのときは地下室が水浸しになって、おまえのドライヴェットが溺死《できし》したな？ドライヴェットは泳げるが、水が檻《おり》の天井より高くまで来てしまった。あれはわれわれみんなにとっての教訓だ。教訓、いやまったくだ……」

ぼくは気味が悪くなって、その場から遠ざかっていった。父はだらだらしゃべりながらついてくる。「あのあそこにいるのが、おまえの彼女だな、ドローヴ？　かわいらしい娘さんだ。かわいらしい……。行って話をしよう。見ていられないな、あんな風にひとりぼっちですわりこんで。そういえば、おまえの母さんも……」急に父は言葉を切ると、南のほうをじっと見つめて、身じろぎもしなくなった。ぼくは不安になって父の視線を追いかけたけれど、ふつうでないものはなにも見えず、大指岬の背の高い木々とちっぽけなロリンの姿があるだけだった。ふりむくと、父はまたブラウンアイズを見ていた。「おいで」と父はいうと、ブラウンアイズのほうへきびきびと歩いていった。

彼女は期待するようにぼくたちを見つめていたが、ぼくが頭を横にふると、沈んだ顔になった。

父がいった。「お嬢さん。先ほどは無礼な態度で失礼した。わたしがいったことと、ドローヴをこんな風に連れ去ったことを、許す気になってもらえればと思う」父の声はしっかりしていて、いつもどおりで――そして誠実だった。「信じてほしいのだが、じゅうぶんな理由あってのことなのだ」

父を見あげたブラウンアイズの目には、涙があふれていた。「自分がどう呼ばれたかは、かまわないわ。ひ、ひどいことといわれたのは、はじめてじゃないもの……。だ、だけど、ドローヴを連れ去ったことは絶対に許さない、いままで生きてきて、だれかにこれほどひどい目にあわされたことはなかったし、あなたは絶対にものすごい悪人だと思う」

父がため息をついて、ぼんやりとパラークシ街道のほうを眺めていると、大群衆が次から次と丘の頂上を越えてあらわれ、ぼくたちのほうへ降りてきた。「きみのお父さんももうじきここに来るだろう」父はいった。「いっしょに帰るのがいちばんいい。そしてどうか信じてほしい、ほんとうに申しわけなく思っているのだよ。ゲートのところまでおいで、ふたりとも」

父はまた、いつもの父に戻っていた。「ゼルドン－スローンさんとジュバ－リプテルさんをお呼びしろ」父は守衛に怒鳴った。「それから、兵士たちに警戒態勢をとらせろ。急ぐんだ、さあ！」守衛は駆け足で去っていった。あの男は小屋で居眠りをしていて、大人数が近づいてくるのを気づきそこねたのだろう、とぼくは思った。父がふり返って、物思いに沈んだ様子でふたたび丘を見あげた。

ブラウンアイズはゲートの外側にいて、ぼくは内側にいたが、ぼくたちを引き離しているのは、数本の重い差し錠だけだった。ぼくはゲートに近づいて、いちばん下の差し錠を引っぱりはじめた。父が力ずくでぼくをどかしたが、必要以上に荒々しくはなかった。

「ぼくをここから出してくれればそれでいいんだよ、この冷血親父《おやじ》！」ぼくはもがきながら叫んだ。「ぼくが中にいても外にいても、父さんにはなんの違いもないんだろ！」

父の体が強ばるのを感じた。「おまえもわたしの話を聞いていなかったというのか、ドローヴ？」父は静かにそういうと、ぼくから手を放した。興奮状態の一瞬、ぼくは父が外に出してくれる気かと思ったが、ゲートのほうへ進んでいくと、そこは守衛と兵士にぎっしり取り囲まれていた。みな、撃鉄を起こしたバネ矢銃を手に、すばやくフェンスの内側に間隔を取って一列に並ぶ。空気が噴きだす音と轟音《ごうおん》が聞こえ、車輪つきの機動スチーム砲が一機、ゲートの脇の定位置に運ばれてきて、フェンスの小さな網目から砲身を突きだした。ぼくたちが前に——はるか以前に——川の反対岸から長い列になっているのを目にした長方形の物体から、兵士たちが覆いを外す。するとそれもまたスチーム砲で、大きな工場敷地の周囲全体に等間隔で配置されていた。工場内から出てきたあらたな兵士たちが、蒸気の立ちのぼる車輪つき可動ボイラーを転がしていく。

ぼくはくるりとふり返って、父をひたと見据えた。「これどういうこと？」ぼくは叫んだ。「こっちに来るのはパラークシの人たちだよ！　フューさまの名にかけて、ぼくたちの敵はだれなの？」

「敵は、われわれを殺そうとする者すべてだ」父はそういうと、守衛のあいだを歩いて命令を下していった。ゼルドン‐スローンともうひとり、ジュバ‐リプテルと思われる男が、急速に近づいてくる群衆に目をむけながら、近くで話している。しばらくして、スローンがメガホンを口に当てた。

「ようし」スローンの声が轟《とどろ》く。「それ以上近づくな！」

群衆の本体は少し離れたところで足を止めたが、ストロングアームの巨体が大股《おおまた》で前進をつづけた。リボンも、少し騒いで制止の手をふり切ってから、父親のあとを追って走った。

ぼくは守衛の一団の脇に立っている父に近づいた。父は無表情にぼくをちらりと見た。「部下の人が町の人を撃ったら」ぼくはいった。「殺してやるよ、父さん、殺せるときにすぐ」

父はパラークシの人たちのほうをふり返って、「おまえは気が高ぶりすぎだな」とどうでもよさそうにいった。「下の母さんのところに戻るのがいちばんいい」

ストロングアームは無傷のまま、ゲートの前で立ち止まった。リボンが自分のかたわらで息を切らしているのをちょっと困ったように見おろしてから、大声でいった。

「この場の責任者はだれだ？」

「わたしだ」ゼルドン－スローンが答えた。

ストロングアームは一瞬黙ってから、「その銃をだれにむけて撃つ気でいるのか、聞かせてもらえるんだろうな。おれの理解してるところじゃ、おれたちの敵はアスタ軍なんだが。なのに、銃はおれたちをねらってるみたいじゃないか」

そしてスローンも、あの表情を顔に浮かべていた。死を覚悟した人の表情を。「茶番劇はやめよう、パラークシ－ストロングアーム」スローンは断定的にいった。「たがいに、なぜこんな見えすいた芝居をしているかはわかっているんだ。さあ、その理由をいってみろ。理由をいえ！」

ストロングアームは両手で金網を握りしめ、指が圧迫されて白くなるのが見えた。「いいだろう」ストロングアームは抑制された声でいった。「おれたちは〈イザベル〉に入ってきた。積み荷は大砲や軍需品で、パラークシを守るためのものだという話だったな。じゃあ聞かせてくれ。なぜ船内にあるものはすべてアスタ製なんだ、ええ？　大砲も弾も補給品も、缶詰も蒸留液も、全部アスタ製だったぞ！　なんで議会が敵と取引をしてるんだ？」声が高まって咆哮《ほうこう》になる。「おまえら、どっちの味方なんだ？」

スローンは沈黙したままで、ストロングアームはわれを忘れて金網をゆすったが、むなしかった。とうとうリボンが、その手を放させた。ストロングアームは娘に顔をむけて、ぼんやりと見つめていたが、リボンになにかささやかれて、うなずいた。リボンは次にブラウンアイズに話しかけたが、彼女は泣きながら頭を激しくふった。それから、ストロングアームがブラウンアイズの腕を強くつかんで、三人で町の人たちのほうへ戻っていった。ブラウンアイズはそのあいだずっとストロングアームに引っぱられてよろめきながら、肩ごしにふり返っていた。

守衛が父にいうのが聞こえた。「発砲いたしますか、アリカ－バート局長？」

するとと父がいった。「必要ない。連中はもう死んでいる」

何日もが過ぎてから、町の人たちはまたやってきた。そのときには絶え間のない雨が降りはじめて、寒くなりはじめていた。霧の小さな塊が川から立ちのぼってきて、渦を巻く。ぼくたちは一行がパラークシから丘を下ってくるのを見ていた。その頭上には蒸気がたなびいている。町の人たちはこちらの砲の射程内に入る前に分散して、農地や溝や沼地に陣どったが、町が手に入れた二機のスチーム砲からは蒸気が立ちのぼったままで、役人側にはその位置が正確にわかり、パラークシ側がたまに一発撃ちこんでくるたびに、連続砲撃で応じていた。短い夜がはじまったころ、町の人たちはそれに乗じてフェンスに突撃したが、蒸留液照明の光にさらされて撃退され、大勢が死んだ。知りあいの死体を見るのがこわくて、ぼくは長いこと、工場敷地のそちら側に近寄れなかった。やがて、ある朝、死体はすべて片づけられていた。

ぼくは大半の時間を敷地内をぶらついて過ごし、ブラウンアイズの姿がちらりとでも見えないかと期待して外の世界を見渡していたけれど、いまでは町の人たちが姿の見えるところに出てくることはめったになく、たぶん彼女もフェンスに近づくことを許されていないのだろう。ぼくは工場を取り巻く大砲やその他の装備をじっくり見てまわり、アスタ製のものが相当な割合を占めていることに気づいた。父やゼルドンースローンにこのことを質問したが、答えてはくれなかった。それは、ストロングアームのいっていたことは正しい、というぼくの疑いを強めることになった。つまり、信じがたいことだが、エルト議会はアスタとなんらかの協定を結んでいたのだ。もしかして、戦争は終わっているのかも、ともぼくは考えた。

人々がしきりと議員や政務官の話をしているのは事実なのに、ぼくはいちどもその人たちを見かけなかった。ゼルドン－スローン以外には。そういう人たちがここにいるということが疑わしく思えはじめ、ぼくたちはどういうわけだか自分たちだけの閉ざされた小世界、兵士と守衛と両親とスローンとリプテルと役人とその家族だけからなる無目的な世界にいるのだという気分が大きくなってきた。ぼくは自問しつづけた。ぼくたちはここでなにをしているんだ？　ぼくたちはなぜ戦っているんだ？

答えてくれる人はいない。みんなあまりに忙しく、あまりに気が立っていて、長いこと発砲がなかったそんなある日、ゼルドン－スローンのオフィスにぼくは呼ばれた。

「亡くなる前にホーロックス－メストラーから、きみはわれわれの太陽系について実際的な知識を持っていると聞かされているよ、ドローヴくん」椅子にすわったぼくはスローンをにらみつけたのだが、むこうは愛想よくいった。「メストラーの話のつづきから説明に入ってもかまわないと、助かるんだが。きみがこれを知っておくことは、重要なんでね。これで多くのことに説明がつくだろう――そして、工場内のわれわれの立場の説明もかんたんになる。きみはわれわれとともに生きていくほかはないし、われわれを憎まずにすめばそのほうが気が楽だろう。きみはこちらの助けにさえなるかもしれない」

「そう」

「さて」スローンは炭筆を手に取ると、メストラーが記したのと同じような図を描いたが、あれよりは小さく、紙にたっぷりと余白が残った。「われわれの星が太陽フューを巡る楕円《だえん》軌道を描いているのは、もう知ってのとおりだ。それは証明ずみの事実だが、そんなに遠くない昔には、フューがこの星のまわりを二重螺旋《らせん》を描いてまわっていると思われていた」ここでくすくす笑って、「いまでもわたしには、魅力的な発想に思えるがね。しかしながら……。近年、わが国の天文学者たちが大量の理論研究をおこなって、この星の軌道はそうあるべきとおりのものだと説明したが、問題となる要素がふたつ残った。

第一に、論理的に考えると、この星はもともとフューの一部だったものが、千切れるか、遠心力でふり落とされるかしたと思われる。だが、もしそうならば――なぜこの星の自転軸は軌道面と一致しているのか？　論理的には、自転軸は軌道面と直角か、それに非常に近くなるはずだ。

第二は、説明のつかない摂動が軌道に見つかったことだ」

スローンは言葉を切って、考え深げな目をぼくにむけながら、マグから飲み物をすすった。「こうした問題点はすごく興味深くないかな、ドローヴくん？　そのはずだ。わが国の天文学者たちはそこに興味を持ち、より踏みこんだいくつかの理論を導きだした。

ひとつ目の理論が採用した仮定は、遠い過去のある時点まで、この星と太陽フューにはなんの関係もなかった、というものだ。この星はあの太陽の一部分だったのではなく、どこかよそからやってきた。宇宙をさまよってきて、フューに捕らえられたのだ、とね。

ふたつ目の理論は、これはすぐに事実だと証明されたことだが、この星の軌道の摂動は、巨大惑星ラックスが引きおこすものだったんだ。

そして望遠鏡の発明によって、ふたつの理論はひとつの事実になった。ラックスの自転軸もこの星の自転軸と同じ平面上にある。つまりラックスとこの星は、かつては同じ系の一部だった――じつのところ、この星はラックスそのものの一部分だった可能性すらある――そして太陽フューがよそ者だったんだ……」

スローンはこの説明がぼくの頭に浸《し》みこむのを待った。しばらくして、ぼくはいった。「それはつまり、大ロックス・フューが氷魔ラックスの魔の手からぼくたちを引き離したとかのああいうたわごとが、真実だということ？　フューがこの星を、ラックスを巡る軌道から引き剥《は》がしたんですか？」がっかりさせられる話だ。母が正しかったと証明されたようなものじゃないか。

「真実だ、ただし、ここまでは話の半分にすぎない。この話は二面構成でね……。いま、ラックスがこの星を引き戻す時期がやってきたんだ」

長い沈黙が降りて、部屋が暖かいにもかかわらずぼくは寒けがした。来る年も来る年もラックスが空に冷たく輝き、フューが星々のあいだの小さな点でしかなくなっているところを想像して、身震いした。永遠につづく暗闇《くらやみ》、永遠につづく寒さ。世界の終わりだ。いや、そうなんだろうか？

「何年くらい？」ぼくはかすれ声でいった。「もういちどフューの姿を見るまでに、何年くらいかかるんです？」

「そんなに長くはない、過去との比較の問題だが」スローンは言葉を濁してから、「四十年、と学者たちは計算している。地下にいるわれわれは、食糧があり、燃料がある――〈イザベル〉一隻分まるごとの蒸留液を失っていてさえもだ。この星ではじめて、文明はその期間を越えて継続することになるだろう……われわれの手で」

「だけど、ほかのみんなはどうなるんです？」じっさいにぼくの頭にあったのは、ブラウンアイズのことだけだった。ぼくのブラウンアイズが寒さによるおそろしい死を迎えようとしているのに、役人たちはみんな、ぼくも含めてだが、地下で暖かくて居心地よく過ごしている。

ぼくは自分がなにかしゃべっているのはわかっていたし、スローンがそれに答え、やがて自分がわめき、震え、自分の声がかすれて顔が涙でぐしゃぐしゃになっているのもわかっていた。しばらくすると、これ以上なにもいうことはない、ほかにはいいようがなくなったという気がした。ぼくは感情を抑えようとしながら、考えた。なんとかして、この地下から出るんだ——でなければ、ブラウンアイズをここに入れる……。スローンはすわったまま、気長に、そして同情して、ぼくが立ちなおるのを待っていた。ようやく、ぼくは口をひらいた。「アスタとの戦争は全部でっち上げだったんですね、それじゃあ?」その声はまだ震えていた。

スローンは静かに答えた。「いいや、戦争は嘘《うそ》じゃない。それはほんとうに起こったが、その最中にいくつかの天文学的事実があきらかになって、それとまったく同時にいくつかの計算がおこなわれた。そして、戦争はつづけたほうがなにかと好都合だと思われた、それだけのことだ」

「フューさまの名にかけて、確かに都合はいいだろ!」ぼくはまた自分を失いかけていた。「そうすれば、アスタ人とエルト人がたがいを滅ぼしあってるあいだに、ここを自分の国民に対して要塞《ようさい》化するみたいな防護手段がとれるものね。そして父は……このことを知ってたんだ、最初から……。あんたたちはさ、全然気にならないわけ、自分たちがでっち上げた戦争で死んだ人がいるんだよ、いまも死んでるんだよ？」

「どっちみち死ぬはずだった連中だ。大義のために死んだほうがしあわせだろう……。聞くんだ、ドローヴくん、きみがどう感じているかは理解できる」スローンは当然のことをいった。「きみにこの話をしてきたのは、ストロングアームに理性的に考えさせることのできるただひとりの人間だろうと思うからだ。ストロングアームにいって、連中に攻撃をやめさせてほしい。きみだって認めるだろう、われわれを攻めても町民たちになんの得もないことは」

「凍れ、スローン」ぼくは吐き捨てるようにいった。「町の人たちがひとりでもたくさん役人を道連れにしたら、その分ぼくはしあわせになるよ。町の人たちもそうだろうね、あんたがいったように、大義のために死ねるんだから」

「それは消極的態度というものだぞ、ドローヴ。大義はもはや意味を持たない」

「スクウィントのちびやシルヴァージャックのことは？　あのふたりを殺したのも、あんたたちなんでしょ？」

　スローンはため息をついて、「理解してもらえないかな、きみもわれわれの一員、勝者の一員なんだ、きみが気にいろうが気にいるまいが。スクウィントとシルヴァージャックは、それぞれ異なるかたちでだが、われわれの作戦の真相を目にしてしまい、計画を危険にさらしたので、排除されねばならなかった。その時点でわたしはここに来ていなかったが、もしわたしがホーロックス－メストラーだったら、同じ手段をとるほかはなかっただろう。大衆がわれわれの目的に気づくのが早すぎたなら、作戦全体が無に帰しかねなかった——同じことは、アスタ側の海岸の複合退避施設《シェルター》についてもいえる」

「ということは」ぼくは苦々しくいった。「アスタ人はアスタ人で、これとそっくりの計画を実行してるんだ。夜間外出禁止令のあいだに、生きるのに必要な品物を交換してたんだね。ちょっと聞いてもいいかな、アスタのシェルターってのは、むこうの国の大衆のためのものなの、それとも政府のためのもの？」

「馬鹿のふりはやめろ、アリカ－ドローヴ」スローンは疲れたようにいった。「手伝う気がないなら、いますぐわたしの目の前から消えてくれるか？」

数日後、町の人たちがまた攻撃してきたが、今回は規模もずっと大きく、武器も増えていた。いちばん激烈な交戦のあいだは地表に出ることを許されなかったけれど、目にした範囲でも、アスタ軍——の中で、エルトの国土を横断しての熾烈《しれつ》な戦闘のあとに残っている兵士たち——がストロングアームやその仲間に合流したことはわかった。これこそが、もちろん、ゼルドン－スローンのおそれていたことだった。戦闘は数日間にわたってつづき、やがて砲火が散発的になって、ようやく収まったが、役人側の防衛線は破られなかった。ぼくは自分たちが大勢の兵士を失ったことに満足を覚えようとしたが、そんな風には思えないことに気づいた――その上、議員や政務官は地下の穴蔵に無傷で残っている。

「これできみにも、なぜこの場所を要塞化する必要があったか、わかっただろう」戦いが終わったあとで、スローンがいった。「アスタ軍とパラークシが協定を結んだことは、理屈では平和を意味する。だがそうじゃなかった、連中は攻撃相手を見つける必要があり――そのとき、われわれ以上に絶好の標的がいるか？　だが、それで連中になんの得があった？　われわれを殺したとして、なにが手に入る？　この問いを考えてごらん、ただし、わざわざわたしに答えを聞かせにこないように。わたしはもう知っているから。それにわたしは、きみにたくさんの人の命を救うことが可能だったかもしれないことも、知っているよ……」

19

日々が過ぎるにつれて、パラークシの人たちの姿をほとんど見なくなった。霧《きり》が濃くなり、雨は激しさを増して、絶え間のない、凍えるような豪雨がはじまった。視界が五十ペースくらいしかなくなる。パラークシの人たちにとってはフェンスを襲撃する絶好の時機で、防衛にあたる人々もそのことを感じていた。何日ものあいだ、守衛たちが敷地の周囲にびっしり配置されていたが、攻撃はなかった。ある意味、それは意外なことではない。この荒天の中で怪我《けが》をすると考えただけでも、ぞっとする——出血しながら濡《ぬ》れた地面に横たわって、寒さに体をむしばまれ、長い狂気におかされながら、死が慈悲深く手を伸ばしてくるのを待つなんて……。守衛たちはぶ厚い毛皮を着て、各人が熱い煉瓦《れんが》を持ち、それを短い間隔で新品と交換していた。

ぼくは大部分の時間を兵士や守衛の居住区で過ごし、自分の部屋には寝るためだけにしか行かなかった。パラークシに着いて以来、いやそれどころかもっと前から、父がぼくに嘘《うそ》をつきつづけていたとわかったいま、父と口をきくのはむずかしくなっていた。ぼくに疑われるたびに、父がああもたちまち怒りを爆発させていた理由が、わかってきた。ぼくがニュース記事や戦争自体が真実かどうかという疑問を口にしたとき、父は動揺していたのだ。母はどこまで知っていたのだろう。

複合シェルターは、ぼくが最初に思ったよりもずっと大きくて、立入禁止の部分もたくさんあったけれど、ぼくはすぐに全体の区分についておおよその知識を手にしていた。缶詰工場は目標を達成して、製品は貯蔵され、設備はすでに放棄されている。

地下は四階層《レベル》構造だった。地表にいちばん近い階層は、守衛や兵士の居住区。ほぼ全員が男性で、例外は数人の看護師と料理人だ。その下の階層は、役人一般の大多数――およびその家族で、母と父もここに含まれる。そこには大勢のアスタ人も混じっていて、スパイを追いかけているつもりでいたときにウルフとリボンとスクウィントとぼくが感じていた愛国心が、苦く思いだされた……。

その下の階層には――この先が立入禁止区域になっている――議員とその家族、約二百人が住んでいる。ぼくはこの人たちをほとんど目にしなかったし、むこうも危険をおかして地上に出ようとは、絶対にしなかった――急速に天候が悪化しているのを考えれば、なにも意外なことではない。おそらく、ゼルドン－スローンがぼくの話したことのある唯一の議員で、しばらくすると、そのスローンでさえ、あきらかに防衛の責務の大半をぼくの父に引き渡したあとは、役人の居住区域で見かけることがほとんどなかった。そのまた下にまだもう一階層あって、そこに政務官とその取り巻きたちが住まっていることはわかっている——だがそれ以上の詳細は不明だった。

各階層への入口になっているドアは色分けされていて、全階層に地表への独立した通路があった。黄色いドアは地下の全員が使用可、青は役人かそれ以上の地位の人用、緑色は議員かそれ以上、そして赤は——ぼくはふたつしかそういうドアを知らない——政務官とその廷臣限定。

時おり、抽象的な視点から見ると、複合シェルターはぼくがかつて知っていた外の世界の縮図のように思えることがあった……。

あらたに答えのわかった疑問がいくつかある。ぼくのおもな情報源は守衛や兵士だ。スクウィントが川を渡ったのは、ぼくたちが考えていたとおりだが、身を隠すものを探して動きまわっているところを、守衛に動物とまちがわれて無意味に撃たれたのだった。スローンはああいっていたが、スクウィントが新工場の真相を目にしていたのかどうかは、だれにもわからなかった。

その点、シルヴァージジャックは確実だった。シルヴァージジャックは〈イザベル〉の積み荷の中にアスタの物資があることに気づいていた……。

やがて、外の世界がふたたびぼくたちの注意を引きはじめた。ある日、守衛の叫び声で、兵隊たちが駆け足で外に出ていった。ぼくはその移動についていって地上に出たが、最初は兵たちが右往左往しているせいで騒ぎの原因がわからず、だが突然、フェンスのむこうに群がる人影が目に入った。ぼくは心の中で、ブラウンアイズ！　と叫びながら走っていったけれど、彼女はそこにはいなかった。渦巻《うずま》く霧の中に立っている十五人ほどの人々は、ぼくたちの中には忘れかけている人もいる世界からやってきた亡霊で、無言でこちらをにらんでいる。兵士たちに混じって父がいた。父が発砲命令を下すのを、ぼくは観念して待ちうけたが、兵士たちのあいだに広く漂う不思議な喜びの空気に、父も影響されたらしい。最初の激しい驚きからさめると、兵士たちは新来者たちに呼びかけて、最近の出来事や知りあいについてたずね、意味もなく笑い叫び、たがいの背中を叩《たた》き、それを見知らぬ人たちが金網越しに謎《なぞ》めいた目でじっと見つめていた。

少しすると、無言の集団は、背負っていた荷物から巻いた帆布や縄や支柱を取り出して、たちまち粗末な天幕を張った。あらたにやってきたふたりの男が、薪《まき》を山と積んだ手押し車を引っぱってきた。やがて大きな焚《た》き火《び》が燃えあがり、男たちがそのまわりに群がってゆらめく炎に顔を赤く染めているうちに、温《ぬく》もりがその目から剝《む》きだしの恐怖を追い払い、考えたり、たがいに口をきいたり、しまいにはぼくたちとも話すことができるようになった。比較的居心地のいいパラークシの石造りの家を離れて、狂気や死の危険があるいまのこの悲惨な環境のもとへやってきたこの人たちは、いったいどういう人たちなんだろう、とぼくは思った。兵士たちがフェンス越しに食べ物を投げてやった。父が口を固く引き結んで、それを見つめていた。

日が経つにつれて、フェンスの外の人数は増えていき、野営地は小さな村ほどと思われる規模になった。その野営者と呼ばれることになった人たちに食糧や燃料を投げてやることを禁じる命令が、兵士たちに出された。


やがて、パラークシで見知っていた顔のほとんどが野営者に加わり、そして、あるすばらしくも悲しい日、ブラウンアイズがあらわれて、ぼくたちは金網をあいだにはさんで、不恰好《ぶかっこう》で痛みをともなうキスをやってのけた。彼女の両親ももうじきここに来るという。ストロングアームはすでにここにいて、リボンやウナや、そのほかほとんどの人も同様。同じ日のあとになって、ウルフが両親とやってきた。ウルフ一家は野営者が固まっているところには行かず、ゲートのそばで叫んだり金網をゆすったりした。

「なんの用だ?」父がいうのが聞こえた。

「なんのって、入れてほしいんですよ、決まっているでしょう。わたしのことはご存じのはずです、アリカ－バートさん。政府の仕事をしている者です。わたしたちを通すよう、要求します」ぼくの父が表情を変えないのを見て、ウルフの父親の声は不安でうわずってきた。

「もう遅すぎる」父がいった。「もはや何者も入場は許可されない。準備された部屋はすべて埋まっている」取りつく島のないいいかただった。

ウルフの母親がまくしたてはじめた。「ねえ、バートさん、わたくしたちには中に入る権利がありましてよ。クレッグはただそれだけのために政府の仕事をしてまいりましたんですもの、こういうときにこそ気を配っていただけるはずですわ。役人の妻というのは楽じゃございませんことよ、お買い物をしていて一般大衆からの不愉快な……」

ウルフ一家の近くにリボンが来ていることに、ぼくは気づいた。そのリボンが、いきなり口をひらいた。「入れてあげないんだ、アリカ－バート。こいつらだって、嫌ったらしい冷血野郎のお仲間じゃん」そのときまでぼくは、ブラウンアイズがいつあらわれるかで頭がいっぱいで、リボンをちゃんと見ていなかった。いま、リボンに目をむけて、ぼくは愕然《がくぜん》とした。やせて、顔の表面が骨張り、ほとんど年寄りのようで、しかも卑猥《ひわい》な感じがする。

「見ていてつらいわ」とブラウンアイズがいったのは、ウルフの一家が霧にむかって金切り声で脅し文句をいいながら立ち去り、リボンが父親の天幕に戻っていったあとのことだった。「リボンはなんだか、ほらあの、品がなくなったみたい」ブラウンアイズが心配そうにぼくの様子をうかがったのは、ぼくの母のお気にいりの言葉のひとつを、そうと知っていて使ったからだ。「ほんとうに、こんないいかたはしたくないんだけど、ドローヴ——でも、いまのリボンはそうなんだもの。ものすごく意固地で嫌な人になったみたいで、わたし、もうあの子とはつきあえそうにないわ」

ブラウンアイズの父親のガースがのしのしとフェンスのところにやってきたのは、翌朝のことだった。ガースは野営地を見るのはこれがはじめての、新参者だった。ブラウンアイズの腕を、やさしいとはいいがたい力でつかんで、「この冷血野郎からは離れてるんだ、ブラウンアイズ！」

「ま、待って、これはドローヴなのよ！」

「こいつは冷血役人のひとりで、おれは娘をそんなやつとつきあわせる気はない！」

ぼくはガースをまじまじと見た。ぼくたちはこれまでいつだって仲よくやってきたのに、いったいガースになにがあったというのか、ぼくにはさっぱりだった。ガースの顔は険しくて、げっそりしていた。

「父さん、彼は好きでむこう側にいるんじゃないのよ！」ブラウンアイズが泣き叫んだ。「出してもらえないの！」

「だとしても、こいつが必死で出てこようとしたとも思えん。中にいれば四十年かそれ以上もあったかくて、食うもんもあるのに、なんで出てきたがる？」大衆が事の真相を知っているのをぼくが耳にしたのは、これがはじめてで、どうやってわかったんだろうと思った。けれど、それは大した問題じゃない。これはとうてい、長いこと秘密にしておけるたぐいの情報ではないのだ。

ぼくがそんなことを考えているあいだにも、ガースはブラウンアイズの腕を引っぱり、彼女は金網にしがみついて泣いていた。「放してよ、父さん！　まるで人が変わったみたい。母さんを呼んできて、母さんに説明してもらうから。母さんなら父さんを……」

一瞬、ガースの手から力が抜け、悲痛な表情になった。「おまえの母さんは死んだ」ブラウンアイズの父親は温かみのない声でいった。「死んだのは昨晩だ。あいつは……自殺した」

「そんな……」金網のむこうからブラウンアイズの指がぼくの指を探した。彼女の目からは涙があふれ、ぼくは抱きしめてやりたくて、なぐさめてやりたくて、どうしようもなかった。

「だからいっしょに来い。おまえの母さんが死んだのは役人どものせいなんだ、だからおまえにここでこんな真似《まね》をさせておくことはできん。おまえは自分のほんとうの仲間たちを裏切ってるんだぞ！　おまえがどう思われてるか、わかったもんじゃない！」

ブラウンアイズは目をつむって、長いこと両手でフェンスに寄りかかっていた。まつげの下から涙が流れ落ちるのが見えていたかと思うと、不意に彼女は緊張をみなぎらせて、くるりとふりむいて父親と正面からむきあい、フェンスから手を放し、父親につかまれていた腕をふりほどいた。

「よく聞いてちょうだいね」声が震えている。「いい、父さんのいう、わたしのほんとうの仲間たちをよく見て。あそこでストロングアームがアスタ軍の将軍と話してるけど、議会にそう命じられたからという理由で、出会ったとたんにあのふたりが殺しあってたかもしれないのは、そんなに前のことじゃないわ。もっとむこうのあそこが見える？　あれはリボンが、役人側の兵たちと金網越しにいちゃついてるのよ。あの兵たちは、議会に命じられて、すぐにリボンを撃たなくちゃいけなくなるかもしれない。この天幕や小屋のあいだに大勢いる人たちが親切なのは、たとえわたしたちがみんなもうじき死ぬとしても、いまはだれからもたがいに憎みあえと命じられてないから。そしてこのすべての中心で、あなたは、父さんはわたしに大切なドローヴを憎めと命じてるの、しかもかわいそうな母さんを口実にして。もう、わたしたちのそばから離れて、お願い」

ガースは彼女をじっと見つめていたが、肩をすくめるとうしろをむいて、野営者たちのあいだを去っていった。ガースがブラウンアイズの言葉を半分でも聞いていたのかどうかはわからないし、もし聞いていても、理解したとは思えない。これ以上争うには反感が激しすぎるし手に負えない、と気づいただけのことだ。父親のうしろ姿を見ていたブラウンアイズがささやくのが聞こえた。「ごめんなさい、父さん……」

それにつづく日々、ブラウンアイズはたびたびぼくに、シェルター内の生活についてたずね、けれどそこはブラウンアイズのことだから最大の関心事は、ぼくが地下のあそこでたまらなく魅力的な女の子を見つけて、自分はほんの少ししか手もとに残っていないぼくさえ失うのではないか、ということだった。

「地下の役人の家族の中にも、女の子はいるよ」ぼくはそれは認めた。「でも、大して話はしない。その子たちと、なんていうかな、いっしょの分類にされたくないんだと思う。きみがここに来るまでは、大部分の時間は兵たちと過ごしていたんだ、カード遊びをしたり」

ブラウンアイズは、フェンスの先のほうでリボンがいつもどおり金網越しに兵士たちとおしゃべりをしているところへ視線を走らせた。「わからないわ」ブラウンアイズはいった。「ほんとうに寒くなって、わたしたちが……わたしたちがみんな死んじゃって、兵が防ぐべき相手がいなくなったら、そのときはどうなるの？　あれだけの人数が地下のシェルターの中で、四十年間ただじっとしているの？」

ちょうどこのときストロングアームが近づいてきて、最後の部分だけを耳にすると、

「もちろんそうじゃない」と静かにいった。「シェルターとやらの倉庫がどれくらいでかいのかは知らんが、議員と役人とその家族で約六百人いるのはわかってる――それに、少なくとも同じ数の兵士だ。おれたちが死んで外にだれもいなくなったら、兵士たちの目的を満たす相手になるのはだれか……」

そのことは考えたくなかった。「なぜみなさんはここに出てきたんですか、ストロングアームさん？」ぼくは聞いた。「なぜだれもパラークシに戻らないんです？　そっちのほうがずっと暖かいはずです、家の中のほうが」

ストロングアームはにこりとして、「おれもそれを自問しつづけたよ、みんながふらふらとここにやってきて、野営地を造りはじめたときには。みんなに、なぜ家を捨てるんだと聞いたら、答えはなんだったと思う？　だって、ここに残ったって大して意味ないじゃないか、そうだろ、だと。だからしばらくしておれもここに来て、いまはおれにもわかった。自分が死にかけているとわかってるときに、よそのどこかに命があるのが見えると、そのそばに身を寄せたくなるんだ、命の小さなかけらが自分にも伝わってこないかと期待して」

こんなふうにして豪雨期はつづき、昼は短くなっていって、そして雨は雪に変わった。ブラウンアイズとぼくは金網に接した小さな小屋を自力で建て、ぼくたちはその中で、おたがいを見つめあい、指をフェンスの網目から通して触れあい、官製ヒーターの輝きに温められて、何時間もすわっていた。思いだすことなどほとんどないのに、それでも老人のようにいっしょに思い出にふけった。ぼくたちのあいだに秘密はなく、いまのおたがいの状況に大きな差があることを非難しあったりもしなかった。機会さえあれば自分たちがいっしょになるとわかっていて、未来では絶対その機会が手に入らないのもわかっていたから、ぼくたちは過去の話をし、愛を交わしたただいちどの記憶を、静かに、こまやかによみがえらせて、自分たちを苛《さいな》んだ。

外の世界では、潮位が上がって入り江には水が満ち、引き上げられていた船は、だれもなにも手を打たないので、水に浮かぶと海流に乗って沖に流されていった。野営地で焚かれている火の勢いが衰えはじめたのに、恐怖のあまり、だれも積もりゆく雪の中に焚きつけを探しに行けずにいると、耐えきれなくなって天幕の外に走りだす人が何人か出てきた。寒さがだれかの心に入りこんで狂気を植えつけ、哀れな体が寒けをねじ伏せようと本能的に走りまわり、金網で仕切られた小屋の中でブラウンアイズとぼくはそのたびに悲鳴を聞いた。そういう人はほぼ例外なくやがて体力を消耗して倒れ、循環する血液が体温と正気をそれなりに回復させるのが追いつかない――こうして、養う必要のある口がひとつ減る。

たぶんいちばん悲しい出来事は、リボンがリボンでなくなってしまったことだ。持ち物も、かわいい服も――悲惨なことに、自分自身のかわいらしい顔すらも――すべて失ったとき、リボンがよりどころとしたのは、自分の最後の特質、自分に残されたリボンのほんのちっぽけなかけらだった。それは、性《セックス》だ。

　ある時期を過ぎると、リボンの父親は娘のことをほとんど口にしなくなり、一方ぼくは、ただいちどだけリボンと口をきいた。敷地の反対側、ゲートのずっと先でフェンスが川とぶつかるところまでいっしょに行こう、とリボンにいわれたのだ。川べりまで行って立ち止まると、リボンが金網越しに男に媚《こ》びを売るような表情をむけてきたので、ぼくの心は沈んだ。

「あたし、どうしても中に入らなくちゃ、ドローヴ」リボンがいった。「手伝ってくれるよね。お父さんはゲートの鍵《かぎ》を持ってる」

「なあ」ぼくはリボンの視線を避けながら、ぼそぼそといった。「なに馬鹿なこといってるんだ、リボン。たとえぼくが鍵を手に入れられても、そもそもそれが無理だけど、ゲートには必ず何人も守衛がついてる」

「ああ、守衛か」リボンは陽気な声で、「守衛のことは気にしないで。いつだってあたしを通してくれるから。あたしのためになんだってしてくれる——ここの中には、ほとんど女がいないいんだろ。こういう状況で女が持ってる力ってもんを、あんた、ほんとにわかってないねぇ、ドローヴ」

「頼むよ、そんなしゃべりかたはやめてくれ、リボン」

「守衛たちは、自分たちの居住区にかくまうから、あたしがいることは絶対気づかれないっていってる。それにさ、あんただってあたしが中でいっしょにいたほうがいいだろ、ねえ、ドローヴ？　前にあたしのこと、かわいらしいっていってくれたじゃない、それにとってもすてきなことしてあげられる、ね。してほしいんだろ、あんたも？　あんたはいつだって、あたしとやりたいって思ってた、違うの、ドローヴ？」

リボンの浮かべた笑みにはぞっとした。まるで悪夢だ。

「リボン、もう聞いていられないよ。きみの手伝いはできない。ごめん」ぼくはその場を離れようと歩きはじめた。吐《は》きたい気分だった。

　リボンの声がとげとげしく耳障りになった。「この腐れ冷血野郎、おまえもほかのやつらとなんも変わんない役人だ！　いいかい、よく聞いときな、アリカ‐ドローヴ。あたしは生きてたいし、おまえとおんなじで生きる権利があるし、卑しくならなきゃ生きてけないんだったら、ラックスに落ちてだってあたしはそうするよ！」リボンは笑い、その声は老婆のようにひび割れていた。「あたしがおまえなんかと寝たがってるなんて、思っちゃないだろうねぇ？　冗談《ラックス》じゃない、考えただけで吐き気がする。おまえら男はさ、みぃんなおんなじだよ、うすぎたない獣《けだもの》だ。ケダモノ！　それにおまえらのうぬぼれ！　いったいどうしたら、あたしがおまえをほしがってるなんて思えるんだか、死んでもわかんないね！」

過去のために、真実のために、いっておかなくてはならないことがあった。だからぼくは戻っていった。「リボン、ぼくはいちどだって、きみがぼくをほしがっているなんていったことはない。でも長いこと、ぼくは、きみを、ほしがっていた。いつもきみのことを愛していたからね、ほんの少し。それはそのままにしておきたい」

ほんの一瞬、リボンの目がやわらいで、昔のリボンがそこから顔を覗《のぞ》かせた。だがたちまち氷魔が戻ってきて、リボンの考えをねじ曲げた。「愛？」とかん高い声を上げる。「おまえは愛がなにかなんて知らないし、あのいい子ちゃんのブラウンアイズお嬢ちゃんもだ。愛なんて存在しないんだよ――みんなが自分をごまかしてるだけのことだ。そしてただひとつ現実なのが、こいつだ！」リボンは派手に腕をふりまわして、工場を、フェンスを、吹き寄せられ、積もっていく雪を示した。

逃げ道はひとつしかなく、ぼくはそれを選んだ。フェンスのむこうで叫んでいるリボンを残して、足早にそこを離れる。リボンの言葉にぼくは心底動揺していたので、フェンスの脇《わき》の小さな小屋に這《は》い戻って、ぼくのブラウンアイズを目にしたときには、もうちょっとでびっくりするところだった。彼女がフェンスの反対側にいて、ぼくを愛していて、愛はまだちゃんと存在することを示してくれて、それはこれからもずっと存在するだろうと確信させてくれたから。

20

日々は過ぎていった。雪はだんだん小降りになっていって、とうとう止《や》んだ。空は晴れ、夜、再び見えるようになった星々はくっきりとして、冷たくきらめいた。太陽フューは小さく、ぼくがこれまで見たことがないほど小さくて、真昼でさえ凍《い》てつくような空気を暖める役にはほとんど立たず、それでも昼と夜のはっきりした区別になるくらいの光は、まだもたらした。ぼくたちの星がラックスにがっちり捕らえられてしまったときには、昼間はどれくらいの明るさになるんだろう——もっとも、ぼくがこの目でそれを確かめられることはないはずだけれど。そのずっと以前に、暖かい空気を地下の内側から逃がさないためにシェルターの入口は密閉されているだろうから。スローンにたずねる手もあったが、もう長いこと姿を見ていない。そして父にはほとんど天文学関連の知識がない。

雪が止み、空気が澄んだいま、ふたたび遠く黄土山脈までが見渡せた——もっとも、そこはいま白くなっていて、四十年間そのままのはずだけれど。近いところでは、大指岬のネボソ木が銀色の逆立ちした角錐《かくすい》になって青白い空を背に見えている。イソギンチャク樹がネボソ木のあいだでじっとしていた。なんともわびしい光景だ。唯一見かける生命の証《あか》しは、時おり二、三頭のロリンの黒っぽい姿が、深い巣穴のある急斜面の雪の前を動くのと——そしてフェンスの外側で生き残っている痛ましい人々。

ある日、ぼくのぼろ小屋の入口の帆布が脇に寄せられたかと思うと、父が体をふたつ折りにして入ってきた。父はぼくの横にしゃがむと、フェンスのむこう側のブラウンアイズに目をやった。ぼくたちのあいだでヒーターが心強くささやいている。「なんの用?」ぼくはきつい声でいった。ぼくたちの小屋はふたりだけの場所、ブラウンアイズとぼくのあいだにあるなにかで、父がここにいることは冒瀆《ぼうとく》だった。

「ヒーターを持っていかねばならん」父は簡潔にいった。

「凍れ、父さん!」

「すまん、ドローヴ。おまえのためにできるかぎりのことはしたのだ。守衛に持っていかせるのではなく、わたし自身が来たのもそうだ。シェルターの中では、われわれが下で必要としているのに、そのヒーターはここで燃料を無駄に燃やしているという話が出ている。おまえがそれをここで使うのを許されているのは、えこひいきだという声もある。悪いが、ヒーターを持っていかねばならん。焚《た》き火《び》をしろ、息子よ」

「こんな狭い小屋の中で焚き火ができるわけないだろ、この間抜け!」

「そんな口のききかたをしても、なんにもならんぞ、ドローヴ」父はヒーターをつかんだが、次の瞬間、罵《のの》り声を上げて手を放し、やけどした指をなめた。「フューさま！」父は叫び、怒り心頭に発して、ぼくに非難の矢をむけた。「こんどていねいな言葉づかいを忘れたら、守衛にこの家畜小屋を跡かたもなく壊させるからな！」父は飛びだしていき、そのあとすぐ守衛たちがやってきた。

それからも、ブラウンアイズとぼくはフェンスの下で大きな火を焚いて、小屋の外で会ったが、それはもう別ものだった。ぼくたちは完全に人々の目にさらされ、さらにまずいことに、火が人々を引きつけた。人々が火のまわりにぎっしり集まってきたのは当然すぎるほど当然だが、もはや好きなように話のできなくなったブラウンアイズとぼくにとっては、困った状態になってしまった。ぼくたちがおたがいに口にしあっていたことの中には、他人が聞いたら頭がおかしいと思われるだろうこともあったからだ。

一方、野営者たちの状況は悪化していた。毎朝、前の日よりも人数が減っているのだ。毎晩、途切れがちの眠りから凍えて目ざめた人たちが、恐慌状態になって寝床を飛びだすと走りはじめて、そのまま走りつづけて……。雪が踏み固められている野営地の一帯を外れると、このすさまじい寒さの中で生きつづけようという努力が重荷にすぎるとわかった人たちの足跡が、深い雪に点々とついている。さらに悪いのは、足跡の多くが、はっきり目につく動かない雪の小山のところで途絶えていることで、これが残っている野営者たちに、自分たちも遅かれ早かれみんな同じ道をたどるんだと、つねに思いださせるのだった。

ストロングアームは、奥さんのウナといっしょに、意志の力で寒さを退けて、残っていた。ブラウンアイズの父親は、フェンスのところで理不尽な怒りを爆発させてからいくらも経たないうちに、あっさり死んでいた。あの人が亡くなったことは気の毒に思うし、ブラウンアイズは数日のあいだ、なぐさめようのない状態だった。リボンは咳《せき》をして胸の痛みを訴えた翌日、床に伏せったまま死に、ブラウンアイズは嘆き悲しんだけれど、ぼくはほとんど心が痛まなかった。ぼくはもう何日も前にリボンを喪《うしな》っていた、フェンスが川にぶつかるところで……。

ぼくは毎朝、心地いい寝台で暖かく一夜を眠ってから外の敷地に出ていって、フェンスのむこうにいる人間の残骸《ざんがい》のような人々を前にするたびに、罪の意識を感じた。たびたび食べ物をこっそりその人たちに渡していたし、たまには蒸留液の小さな瓶も持ちだした——飲料用にだ。燃料として無駄づかいするには貴重すぎる。それでも、なにをしたところで、ぼくは自分がまちがっているとなぜかぼんやり感じていたし、ぼくの温かい手から贈り物を受けとるときに人々が見せる非難の目が、それをいっそう強く感じさせた。物を運んでいくから人々はぼくを必要としたけれど、ぼくという人間は憎まれていた。

ストロングアームとブラウンアイズは例外だった。ストロングアームは野営者たちの統率者で、その巨体はどこにでもいて、薪《まき》を探して雪を掘ったり、天幕や掘っ建て小屋を建てなおしたり、逃げだした人を追いかけては肩にかついで連れ戻してくると、殴《なぐ》りつけ、麻痺《まひ》した頭に大声で道理を吹きこんで、その人たちの目が澄んで生きる気を取り戻すまでそれを繰りかえした。

そしてブラウンアイズは……。彼女は決してあきらめなかった。たとえ氷魔が脚に触手を伸ばしてきても、彼女が逃げだすとは思えない。変わることなく落ちついていて美しく、少しやせはしたがそれほどではなく、狂気がまわりに満ちる中で、毛皮を着た小さな正気の塊。ぼくがシェルターを出てフェンスのところにむかうとき、いつも必ず彼女は働いていた。そして顔を上げてぼくの姿を目にすると、待っていたのと小さく叫びながら駆け寄ってきて、金網にさえぎられ、そこで腕を広げて、いつもしているように笑顔でぼくに愛を伝える。

これもいつかは終わるのだと、ある朝、ブラウンアイズも必ずいなくなってしまうのだと思って、ぼくは悪夢を見た。そして朝になるたびに、ドアをあけて前の日より寒くなった外に出ると、胸の中の不安が高まって体が痛いほどになり、その痛みは、ブラウンアイズの小さな姿がぼくに会おうとフェンスに駆け寄ってくるのを見るまで、やわらぐことはない。

だがとうとう、その日がやってきた。ある朝、ブラウンアイズの姿はなく、ストロングアームの姿もなく、野営者たち全員の姿がなくなっていた。ぼくはフェンスに駆け寄り、ぼくの目は狂おしく、無人になった天幕や小屋、まだくすぶっている焚き火、雪についた無数の足跡の上をさまよった。けれど、人っ子ひとりそこにはいなかった。ぼくは書き置きのようなものがないかと見まわした。もしかして、全員で薪を探しにいったのではと思って――しかし、伝言らしきものはなにもなかった。そこにはなにもなかった。

人々が戻ってくることはなかった。

「連中はパラークシへ戻ったのだ、決まっておる」と父はいった。「最初から、あの町を離れなければよかったのだ。そうだな、注意深く割当制を敷けば、あと一年、ひょっとすると二年は生きられるだろうさ」

母はにこにこしていて、ぼくの不幸な〝時期〟、と自分たちが呼んでいたものが終わったことで、両親がどっちもほっとしているのがわかった。「わたしたちの住む階層には、とてもすてきな人たちがたくさんいるのよ、ドローヴ。あなたにはその人たちと知りあう機会が全然なかったわね。もちろん、お父さまはなにもおっしゃりはしなかったわ——でも、わたしたちはとても気まずい思いをしたのよ、おまえが一日じゅう一般大衆のところでぶらついていたことでね。戻ってきてくれて、ほんとうにうれしいわ、おまえ」

　その二日後、うちの一家の部屋に女の子がひとり来ていた。ぼくと同じくらいの年で、母とコチャジュースを飲んでいる。一瞬でぼくはその状況を妙に思い、母が席を外すといったことで自分の疑いが正しかったと証明された。「ちょっと出かける用事があってね、ドローヴ」母はほがらかにいった。「わたしがいないあいだ、イェルダさんのお相手をしてあげられるわね、もちろん」

　母が出ていき、残されたぼくは猛烈に腹を立てながら、気の抜けた笑顔で手もとのコチャを見つめている不愉快な女の子をにらみつけた。その子の顔はウルフを連想させた。似ているのはそれだけではなく、さっきから気づいていたことだが、胸がない。それでもまだ足りないかのように、ぼくは六歳のときの恋の真似事《まねごと》が深い心の傷になっていて、それ以来、イェルダという名前をずっと憎んでいたりする。

　その子は歯を剝《む》きだして、「すてきなお母さまですね」

　少なくともこの子は、ひと騒動起こすような話題に触れるのを、おそれてはいない。

「母は頭がおかしいんじゃないかって、疑ってんだけどね」ぼくはいった。

「お母さまとわたしには、共通点がたくさんあると思います」イェルダが話をつづける。ぼくの言葉など相手にせずに——それともじつは、そうじゃないのかも。「ふたりのどちらも、お料理や、お裁縫や、ほかのいろいろなことが大好きです。わたし、お母さまがあんなに年上の方だなんて、まるで気づかなかったんですよ。ふるまいがとても若いんですもの。ほんとうに」

「幼児並みだよな」

「コチャジュースはいかがです、ドローヴさん？」

「嫌いだから、いいよ。馬鹿と女だけがコチャジュースを飲むんだ」

「もう、なにその無礼な態度？」イェルダが急に強い姿勢に出てきて、すでにいろいろあって打ちのめされていたぼくの虚勢は崩れた。なにもかもうんざりだし、疲れきっているしで、争いになるのはごめんだ。「あのね、わたしはここに来る必要はなかったの。帰りたければ、いますぐ帰れるのよ、ドローヴ。わたしを気にいっていないのはわかる——わたし、あっという間に相手を見きわめられる人だから。目にした瞬間から、わたしを不愉快がっていたでしょ。どうして？」歯を剝きだしにして敵意も顕《あら》わに、ぼくをにらみつける。

「イェルダ」ぼくはやっとの思いでいった。「悪かった。きみにあんな口をきいたのは、落ちこんでいたからだ。そしてたまたま、ぼくは母が嫌いで、コチャジュースも好きじゃなくて、そこへきみがふたつの不幸な話題を持ちだしたというわけ。もういちどやり直してみないか？」

イェルダはとっくに立ちあがって帰りかけていたのだが、ぼくの言葉を聞いてためらっていた。「ううん……そうね、それで納得する。ただし、あなたがちゃんとした態度をとると約束するなら。わたしはここに来るのだってためらっていたのよ、だって、みんながあなたとある女の子のことをいろいろいっているから。それはともかく……サークレットゲームはするの？　部屋の隅にサークレット盤があったでしょ？わたし、サークレットの名人なんだ。兄に負けたことがないんだから」

ぼくは過去に逆戻りした気分だった。胸のない遊び相手は、また楽しそうな笑顔になって、得点計算用のカウンターを準備しているが、この調子だとすぐに鼻をほじりはじめたり、手洗いに行くといいだしたりしそうだ。

ぼくたちはサークレットで遊び、ぼくは自分が楽しんでいたのかどうかわからないが、ただ、短いあいだ、ブラウンアイズのことが頭に浮かばなかったことがあって、だから遊んでいるあいだに時間が過ぎたことは確かだし、ぼくにはその先、過ごすべき時間がたくさんあった。ぼくたちは、同じ階層に住んでいるほかの子たちのことを話し、イェルダはその全員を知っているらしかった。だいたいの子のことは好きだが、ほかはとにかく嫌な子たちで、イェルダの髪を引っぱってばかりいるという。「でも、あなたのことは気にいったわ、ドローヴ」イェルダがいう。「男の子はだいたい、がさつでくさいのに、あなたはその点すてきだから。また遊びに来させてもらえるかな……」

母が帰ってきたとき、ぼくはまだ疑うような目つきで宙を見つめていた。「あら、イェルダさんは?」部屋に入るなり、母は聞いた。「失礼なことをしたんじゃないでしょうね、ドローヴ」

「あの子なら手洗いだよ」

「あら、よかった。あの子はとてもすてきなお嬢さんみたいね、そう思わない? 心も体も健康そうだし、しつけもきちんとしているし。お父さまとわたしが、おまえがつきあうのはこういう子がいいと思う、まさにそのままの子ですよ」

「ちょっと母さん、本気でいってるの? つまりさ、ちゃんと考えてしゃべってる? ぼくがだれだかわかってないでしょ?」

母は鷹揚《おうよう》に微笑《ほほえ》んだ。「もちろん、わかっていますよ、坊や。おまえがわたしたちのところへ戻ってきて、ほんとうによかったわ。お父さまとわたしはさびしい思いをしていたのよ——でも、ここ二百日は、ほんとうに忙しかったですからね。考えてごらんなさい——アリカを発《た》ってから、ほんの二百日なんですよ。時間が経つのはなんて早いんでしょう……。おまえも、飼っていたドライヴェットが懐かしいでしょう」

じっさい、母のその言葉を聞くまでそのことは忘れていて、ぼくは自分を責めた。

アリカの家からこっそり持ちだしたあと、ぼくはドライヴェットの檻《おり》をモーター車の後部席のうしろに隠しっぱなしだった。旅の二日目までに、たぶんあの動物たちは死んでいただろう。におわなかったのは驚きだ。

母の理想どおりの人生をずっと演じてみせるのは、ありだろうかと考えた。母のために、ある種の永遠の子ども時代をもういちど生き、母の前で道化師のように跳ねまわる。髪が白くなって歯が抜けおちたぼくは、もしかして半ズボンの年齢をちょっと過ぎているのかもしれない、と母が考えはじめるまで。

その夜の遅い時間になって多階層会議から部屋に戻ってきた父は興奮気味で、会議に政務官さまがお出ましになられた、と畏怖《いふ》の念に満ちた口調でいった。その会議では、シェルターのぼくたち全員の名前が変わることが決まったらしい。

「出生地にはもはやなんの意味もない」と父はいった。「議員の方々は、新しいはじまりの時が来たと感じておいでだ。そして、われわれ全員が一丸となってそのときを迎えるのだ、とおっしゃる――だから、出身地などというものには、もうなんの意味もなくなるのだと」

「そのとおりですわ、バート」母がいう。「ただ、わたしはずっと、わたしたち一家は首都の出身だからどこかが……際立っているとは思ってきましたけれどもね」

「アリカの出身者は、なにもうちの家族だけではないよ、フェイエット」父はとても上機嫌な含み笑いをした。「それにアリカ自体が、いまではただの名前にすぎん、無意味に広がる見捨てられた廃墟《はいきょ》だ」

父の逆鱗《げきりん》に触れるには疲れすぎていると感じて、ぼくは慎重にしゃべった。「じゃあ、これからぼくたちはなんて名乗るの、父さん？」

「新しい名前の前半は住んでいる階層によって決まり、これで名前をいえば、その人の身分を完全に識別できるようになる。前よりもずっとよい。これなら礼を失することもなくなるしな。古い命名法では、身分に関するまちがいが非常に起きやすかった。これからは、まず政務官さまがいらして、政務官さまの廷臣はみな、名前の前半に〝第二級〟とつく。議員の方々は、〝第三級〟だ——わが家のよき友人たるスローンさんは、ゼルドン＝スローンではなく、第三級スローンと呼ばれることになる。そこのところをよく覚えておけよ、ドローヴ。いや、こう呼ぶべきかな？」といって父はあけっぴろげに笑い、「——第四級ドローヴ」

その夜、寝台に横になってから、気がつくとぼくは独り言を繰りかえしていた、何度も何度も、それが眠りを邪魔するたぐいの強迫観念になるまで。第四級ドローヴ、第四級ドローヴ、第四級ドローヴ……。

かすかな頭痛と倦怠《けんたい》感で目がさめた。そして、自分が兵士や守衛のことを考え、あの人たちは第五級と呼ばれることになるんだろうかと思っていることに気づいた。昨晩の父の話には、あの人たちのことは出てこなかった。外の様子を見にいかなくちゃ、と思って、ぼくは暖かい恰好《かっこう》をした。最後に寒さに身をさらしてから、だいぶ時間が経っているし、新鮮な空気を吸えば、きっと気分がよくなるだろう。その夜はいくつもの不思議な夢とゆらめく幻影を見ていた。部屋は寒く、ズー伯母《おば》がぼくにのしかかるように立っていると思いこんで、何度も目をさましたのだった。

　ぼくは階段を昇って、黄色いドアの前で立ち止まった。ドアハンドルに手をかけたが、ロックされている。耳をすましてみると、いつもと違って兵士宿舎からの会話のざわめきが聞こえない。不安な気分を自覚して、階段を下に駆け戻ると、父が廊下を早足に歩きまわっていた。「ドローヴ！」ぼくの姿を見て、呼びかけてくる。「ドアにいたずらをしてまわったのは、おまえか？」

「違うよ。いま起きたところ」

「これはおかしい……どうなっている……」父のつぶやきはほとんど独り言だった。「スローンさんは確かに、今日の朝、会いに来るようにといわれたというのに、ドアはロックされている。緑色のドアはすべてロックされている。これでは議会の方々と連絡が取れん。これは大変にまずい。重要な仕事の話があるのに」父は急に身震いした。「ここは寒いな。暖房装置を点検せねば」

「兵士用のドアもロックされている」ぼくはいった。

父は当惑した表情で、「そうなのか？　ほんとうか？　ああ、会議ではその件の話が出ていた。燃料節約の観点から、階層間の行き来は頻繁でないほうが望ましいと……。たぶん、会議の決定を誤解した者がおるのだろう。われわれが議題にしていたのは、黄色いドアのことだけなのだ。そうだ、そうに決まっておる……」父はつぶやきながらそそくさと立ち去った。

ぼくは階段を昇った。毛皮にくるまれていても震えてしまうのは、不安そうな父の顔から連想したズー伯母の幻影のせいだ。アリカでのあのぞっとするような夜の記憶が、いまや心によみがえってきて根を張っていた——そしてその記憶といっしょに、ほかのなにかも。ある疑問だ。恐怖の意味に関するなにかの疑問。そして伝説の意味に関する疑問。

強風の中、ぼくはうしろ手にドアを閉めて、雪とフェンスを見つめた。ゲートがあけ放たれていて、風にゆれて音を立てている。いまや締めだす相手はどこにもいない。ぼくは大ロックスのことを考えた。

伝説があんなに天文学的真実と近いということが、ありうるだろうか？　大ロックス・フューがぼくたちの星を氷魔ラックスの触手から引き離したという構図を最初に考えついた人は、だれだったのだろう？　さらに、ある日それとは逆のことが起こるであろう、とも示唆したその人とは？　もちろん、それは以前の苦難の時に生き残った人でしかありえない。だが、その人はどうやって生きのびたのだろう、なんの科学技術の手助けもなしに？　その時代に科学技術がなかったことはまずまちがいがなく、そうでなければなんらかの痕跡《こんせき》が残っているはずだ――結局のところ、大凍結《グレート・フリーズ》は四十年しかつづかないのだから。

氷のような寒さの指先に心を突かれて、気がつくとぼくは早足に歩いていた――そしてはじめて、自分はなぜ寒さに恐怖を感じるのだろう、と疑問を持った。それは本能だ、と教えられてきた。痛みが怪我《けが》の危険を警告するように、恐怖は凍結を警告するのだと。だが、なぜ恐怖を感じることが必要なのだろう？　警告としてなら、寒さそのものだけでもじゅうぶんなのではないか？

もしその恐怖が、前回の大凍結の恐怖を生きのびた人々の心から受け継いだ、種族の記憶などではないとしたなら、だとしたらそれは……。

そしてそのとき、ぼくは自分がとうとう、やつらに勝利を収めたことがわかって、激しく身を切りつけてくる寒さの中に立ったまま、声を出して笑った。地下のやつらは生きのびられないだろう。地下の人工巣穴で生きのびるには、不器用すぎるし、利己的すぎる。それに、たとえもし、なんらかの奇跡で生きのびたとしても、太陽にふたたび顔を照らされるとき、やつらは歳《とし》を取っているわけだ。おそろしいほど歳を取って地表に這いだしてきて、安堵《あんど》の涙を流す。そしてやつらの子どもたちもまた、子ども時代を体験しそこねていて、帆に風を受けて船を走らせたことも、雲を眺めて時間を過ごしたことも、グルームに乗ったことも、いちどとしてない、そんな人間になる。やつらこそが敗者なのだ。

寒さに体をむしばまれる中で、ぼくはかわいらしい少女の幻を見た。氷魔に足をつかまえられて、たちまち眠りに落ち、無事に目ざめたけれど、眠っていた記憶もなければ、時間が過ぎたという記憶もなかった少女。

そして最近の、空っぽの小屋、空っぽの天幕……。

そして昔むかし、ある小さな少年が戸口の階段で、元気いっぱい、しあわせな気持ちで目ざめたことがあった。眠っているあいだ、その少年はきっと息もしていなかったはずだし、心臓も止まっていたはずだ……。

そのあいだは歳も取らなかったはずなのだ。

考えるのがだんだんむずかしくなってきたけれど、恐怖感はどこにもなかった。ぼんやりとブラウンアイズの姿が見える、若いまま、空に戻ってきた太陽の下でぼくに微笑みかけ、はじまったばかりのままのぼくたちの愛をのせて、ぼくにキスをする、そんなときがやってくるのはほんとうにもうすぐだ、なぜなら、この眠りは記憶に残らないのだから……。
まもなく、ロリンがやってきた。

訳者あとがき

本書はマイクル・コーニイが一九七五年に発表した*Hello Summer, Goodbye*（初刊イギリスGollancz社）の全訳である。おそらく初耳の方が多いであろう作家の、それも三十年以上も前の作品が、映画化等の理由があるわけでもないのになぜこうして出版されるのかといえば、それはもう、本作が青春恋愛ＳＦの傑作だからにほかならない。ちなみにこの「傑作」は、青春恋愛とＳＦの両方にかかります。

そんな傑作がこれまで埋もれていたわけではないのはもちろんで、八〇年にサンリオＳＦ文庫から千葉薫氏による邦訳が出たが、八七年に同文庫が廃刊されて絶版になっていた。それが、いま新訳というかたちでふたたび刊行されることになったのには事情があるわけだが、その話はあとにまわして、本作の内容に触れていこう。

といっても物語の根幹は、思春期にさしかかろうとしている少年ドローヴと、同い年の少女ブラウンアイズのラヴストーリー、というごくシンプルなもの。本作がその点でいかに傑作であるかを説明するのが本来ならこの文章の役割だが、そこはほら、青春恋愛小説を賞賛する修飾句というとすごく甘酸っぱいものになるわけで、それを書きつらねるなんてことは照れくさいので勘弁してください……じゃなくて、こういう小説の場合は読者それぞれの読後感の邪魔にならないよう、余計な言葉を並べるのは控えておくのも、訳者あとがきのありかたのひとつであろう。ということでここは、日本での初訳時の書評のひとつから、岡本俊弥氏の「ひと夏の間に、少年が大人へと変わる、そんなさわやかさをはらんだSF」〈SF宝石〉八〇年十二月号）というフレーズを引用するにとどめておく。

ところで、巻頭の「作者より」にもあるとおり、本作の舞台は太陽系外のどこかの惑星で、登場人物も全員が異星人である。しかしこの異星人、外見も思考も感情も地球人類そっくりという設定なので、青春恋愛小説の側面については、SFとか、舞台が地球ではないとかいうことは気にせずに楽しんでもらえばいい。

以下、設定について補足していくと、舞台となる惑星の文明は地球の十九世紀中〜後半レベルだが、厳密に一致しているわけではない。電気も電信・電話もなく、蒸気機関は発明されているが、その燃料は植物由来の蒸留液という液体である。

惑星には大陸がひとつあり、中央の山脈とその反対側の海を境にして、エルトとアスタというふたつの国に分かれている。ドローヴやブラウンアイズの国はエルトで、その首都がアリカ。両国とも人名は、「出身地－個人名」というかたちで表記されるので、主人公のアリカ－ドローヴはアリカの人間であることがわかる。

ドローヴは毎年、父母とともに、夏休暇の数十日間をすごすために海辺の町パラークシを訪れている。第二章では、南半球の内陸のアリカから、赤道を越え、さらに西進して、北半球のおそらく中緯度地帯にあるパラークシへの旅が描かれる。

エルトの社会には事実上の身分差があり、政務官と呼ばれる個人を政治・社会の頂点にいただき、その下に特権階級の議会がある。ドローヴの父は議会を支える政府の高官。一方、ブラウンアイズの家はパラークシの酒場兼宿屋で、ドローヴの両親、とくに社会的体面を重視する母は、息子と〝一般大衆〟の娘とのつきあいをよく思っていない。もっとも、本作冒頭の時点では、ドローヴとブラウンアイズは前の年の夏に三日間だけ顔をあわせたことがあるにすぎない。だがそれ以来、ドローヴは彼女との再会を待ちわびていた。そしてドローヴのパラークシでの日々がはじまる第三章から、ある夏の出来事を語った本作の物語が本格的にスタートする。

その物語は先にも書いたとおり、ドローヴとブラウンアイズのラヴストーリーが主題だが、ほかにもさまざまな要素が絡んでくる。もうひとりの少女を交えた、三角関係めいた展開。父に対するドローヴの反抗。パラークシの人々と政府の対立。そしてしだいにすべてを覆っていく隣国との戦争の影……。登場人物の描かれかたも、脇役にいたるまで一面的ではなく、本作の作品世界にはきわめて奥行きがある。それでいてストーリーテリングはなめらかで、読んでいてややこしさを感じさせない。

このように小説的な完成度の高い本作だが、では最初に書いた〝SFとして〟傑作という面はどうなのか。

本作のSF要素でまず目につくのは、さまざまな異星生物たちだ。おだやかな気性で精神感応力をもつ、哺乳類《ほにゅうるい》のロリン。やや大きめの驢馬《ろば》を思わせるロックス。水中に潜《ひそ》み、一瞬で水を結晶させて獲物を捕らえる危険で謎《なぞ》めいた氷魔《アイスデビル》。ほかにもユニークな名前の植物や魚や鳥が多数登場し、いずれも物語にしっくりなじんだかたちで異星の雰囲気の演出にひと役買う。

もっと大がかりなSF設定に、粘流《グルーム》という自然現象がある。これは夏の後半に、大陸中央を貫く海（パラークシもこれに面している）を、通常よりも濃い（粘り気のある）海水が流れるというもの。物語のとくに後半、グルームはつねにドローヴたちの行動の重要な背景となり、ストーリー展開上でも大きな役割を演じる。

なぜグルームが起こるのかは第十三章で説明されるが、そこで同時に、本作にはさらに大仕掛けな、驚天動地の設定があることも明かされる。具体的なことはここでは書かずにおくが、かなり冒頭から気候・気象や太陽の動きの描写にいろいろ奇妙な点があるので、途中で察しのつく方もあるだろう（その大仕掛けに気づかなくても、そこまでの物語を楽しむのに支障はありませんが）。

この大仕掛けの結果、この惑星の冬、ことに冬の夜は、文字どおり死と隣りあわせの寒さになる。そのため、fuckやshitやdamnのかわりに、本作では、寒い、冷たい、凍える、氷、といった言葉やその関連語が下品な言葉、罵倒語《ばとうご》になっている。また、とくに冬の夜によく見えるらしい惑星の名前、ラックスは最上級の罵倒語であり、地球でのhellのかわりでもある。一方、暖かさをもたらす太陽フューの名前は祈りの言葉等として使われている。本書の翻訳では、この種のフレーズを極力、訳語に反映させるようにした。

（なお、ネットでの本作の紹介文を見ていると、この惑星の海や空が赤いと書かれていることがよくある。たしかに各土地ごとにそういう色になる時期もあるが、第六章以降では海も空も基本は青をイメージして読んでもらっていい。ついでに、本作中では昼の空に惑星ラックスが――少なくともくっきりと大きく――見えることはない。いずれの勘違いもサンリオ版の表紙画や裏表紙の内容紹介が原因と思われるが、類似のミスはじつは複数の海外版の表紙画にも見られる）

しかし、こうした設定の数々にもかかわらず、話が進むにつれて、SFではなく普通小説を読んでいるような気がしてくる人もいると思う。ところが……。残りページもわずかな終盤になって、あらたな驚愕の事実がドローヴに告げられ、物語は思いもよらない方向に急展開する。さらに、（原書の内容紹介でも触れられているほどの売り、のひとつなので書いてしまうが）本作のほんとうの最後の最後には、ＳＦ史上有数の大どんでん返しが待ちうけているのである。

マイクル・コーニイは一九三二年九月二十八日、イギリスのバーミンガム生まれ。最初に発表された作品はファン雑誌〈ヴェクター〉の六九年冬／春号に掲載された短篇“Ultimatumbra”だが、商業デビューは同年の〈ヴィジョン・オブ・トゥモロウ〉八月創刊号に載った「第六感」“Sixth Sense”（〈ＳＦマガジン〉八五年六月号訳載）となる。デビュー時点ではインド諸島のアンティグアでホテル兼ナイトクラブを経営していたが、それ以前にはいくつかの職を経たあとイギリス南西部の海浜保養地帯デヴォンでパブを経営していた。七二年にカナダのブリティッシュ・コロンビア州に移住、八九年まで同州森林局に勤務する。

七二年に第一長篇 *Mirror Image* を発表。それからの四年足らずで十冊の本を上梓するが、その後は短篇を含めても作品発表ペースが大幅に鈍る。二〇〇五年十一月四日に胸膜の中皮腫（悪性腫瘍《しゅよう》）で亡くなった。

コーニイ作品は、すでに書いたとおりの小説的完成度の高さで知られ、この点で典型的イギリスＳＦ（少なくとも七〇年代までの）とされることも多い。だが同時に、作中には舞台設定から小道具まで数々のＳＦ的アイデアが投入されている。それがストーリー展開と密接に絡みあって、小説的側面とＳＦ的側面がバランスよく調和した作品世界を生みだしていることが、コーニイの作風の最大の特徴といえる。

　こうした作風が頂点をきわめたのが、七六年に発表されて翌年の英国ＳＦ協会賞を受賞した『ブロントメク！』*Brontomek!*（サンリオＳＦ文庫・絶版）。この作品は複数の長篇の続篇ないし姉妹篇になっているなど、それまでの作者の集大成であり、なおかつ単独の作品としても読むことのできる、傑作である。

　本作『ハローサマー、グッドバイ』は、作品世界（と作品自体）の厚みでは『ブロントメク！』に一歩ゆずるが、作風の頂点に位置することでは引けをとらない。作者自身、亡くなる直前のメールインタビュウでお気にいりの自作を問われて、まっ先に本作をあげている。発表からはるかあとにいたるまで多数のファンレターが届いたともいうし、代表作のひとつであるわけだが、それがわずか三週間で執筆されたというのには驚かされる。

　そんな本作には、コーニイ作品のさまざまな特徴を見てとれる。まず、コーニイ作品には海が登場するものが多いが、本作はまぎれもない海洋ＳＦである。また、創作作法を質問されたコーニイは、結末から逆算してプロットを組みたてると答えているが、これなどまさに本作にあてはまるだろう。

　読めば読むほど味わいが深くなるのも、コーニイ作品の特徴。本作でもドローヴの一人称の語りを追ううちに、これが〝ピュア〟とか形容されるたぐいの青春ものなどではないと感じる方もあるだろう。それでも、本作が珠玉のラヴストーリーであることに違いはなく、なおかつ、それを「これは人間以外の生物の話です」と断ってから語りはじめるのだから、この作者はひとすじ縄ではいかない。コーニイ作品のこうした面については、〈SFの本〉第四号（八三年）で福本直美氏が的確に指摘しているので、機会があったら読んでみてください。

もうひとつ、本作は自伝的要素が強いと作者自身が語っているが、ほかの作品にもしばしば実体験が反映されているという。コーニイ作品には舞台の地形が似たものが多いが、これは作者が育ったイギリス西部の風土がベースになっているからで、本作でもそれは顕著だといわれる。先述のプロフィールにも、本作と共通する要素が見出せる。しかしなによりも、さまざまなエピソードや描写のどこに、少年の日の作者の姿が（もしかして、献辞を捧げられている奥さんのダフネもいっしょに？）投影されているのかを想像しながら本書を読むのも、楽しいのではないかと思う。

翻訳にあたっては、全部で六種類ある本作の英語版（アメリカ版は*Rax*、カナダ版は*Pallahaxi Tide*と改題）のうち、一九七八年刊のPan Books社版を底本に、カナダ版と昨年末に出た最新版を参照した。作中、天文学に関する記述について、原文をストレートに解釈すると矛盾が生じる部分があったが、作者に問いあわせることはもはやかなわないので、軌道力学の専門家など複数の方にご教示を仰いだ上で、矛盾が生じず、かつ原文の解釈として可能なかたちで訳文を調整した。

作者名表記は作品や版によって違い、ミドルネームのGをいれたもの、そのGをGreatrex（本名です）とフル表記したものなどさまざま（日本でもコニイという表記がある）。本書では契約等の関係でミドルネームのない表記を使った。

本書の刊行が実現したのは、ひとえに河出書房新社の伊藤靖氏の熱意によるものである。「この本を夏に出さなくてどうするんですか！」と訳者を叱咤激励し、労を厭わず、細部にいたる数々の貴重な指摘をしてくださった氏に、最大限の感謝を。

さて、作者に届いた本作へのファンレターの多くは「続篇を！」と訴えていたそうで、その声に応えて、一九九〇年代に続篇が執筆された。しかし、そのときにはコーニイが長篇作家としては引退状態になってから年月が経っていたため、出版界の諸般の事情がうんぬんかんぬんで本になることはなかった（ただ、九九年にロシア語に翻訳されたらしい）。その後、二〇〇五年に癌《がん》の宣告を受けたコーニイは、自分のホームページ http://www.members.shaw.ca/mconey/ に続篇を含む未発表の三長篇と短篇五篇をアップした（続篇以外は現在も無料でダウンロード可）。これもあわせると、コーニイが発表した小説は、ノンSFおよび連作を含む長篇が二十一作、長篇に組みこまれたものも含めた短篇が六十七篇、短篇集が一冊となる。

コーニイの死後、イギリスのPS Publishing社が、本作と続篇の同時刊行を決定。これが「昨年末に出た最新版」で、訳者も担当編集者も以前から本作の復刊を話題にしていたのだが、この刊行情報が新訳刊行の契機となった。要するに、訳者と担当編集者は続篇の翻訳刊行も強く希望しているということである。しかしそれは現時点ではあくまでも希望にとどまり、それが実現するかどうかは、はっきりいえば、本書の新刊としての売れ行きにかかっている。

続篇、*I Remember Pallahaxi* の物語は、本作の結末から直接つながっているわけではない。時代は本作の数十世代後（数百〜千年後?）。ドローヴとブラウンアイズは直接には登場しない。ドローヴたちよりはやや年上の少年少女の恋愛がふたたび物語の核となるが、殺人事件をめぐるミステリでもあり、ほかにも本作以上にさまざまなレベルの要素が絡んでくる。SF的には、びっくりするような設定がいくつもあらたに加えられているのだが、それはここで書いてしまうわけにはいかない。ひとつ言えるのは、作者の生前に続篇が出版されなかったのは、作品の出来が悪いからなどでは、まったくないということ。むしろ、本作や『ブロントメク！』など作者最盛期の長篇と比べても遜色のない面白さだ。

コーニイはマイ・オールタイムベストSF作家のひとりということもあって、本作にふさわしくない長すぎる訳者あとがきになってしまった。しかしこれでも、コーニイ作品の魅力は語り足りない。短篇作家としてのコーニイについても語りたいし、八〇年代の長篇では大きく作風が変わったことも書きたい。http://www.library. rochester.edu/camelot/INTRVWS/coney.htm や http://www.strangehorizons. com/2006/20060206/coney-int-a.shtml のインタビュウにも紹介したい情報が多々ある。

しかし、それについて語る機会は近く来ると信じて、いまは読者のみなさんが本書を楽しんでくださることを、心から祈りたい。

二〇〇八年五月

山岸　真

本書は河出文庫訳し下ろしです。

ハローサマー、グッドバイ

二〇〇八年 七 月二〇日 初版発行
二〇二二年 五 月三〇日 11刷発行

著　者 M・コーニイ
訳　者 山岸真《やまぎしまこと》
発行者 小野寺優
発行所 株式会社河出書房新社
〒一五一－〇〇五一
東京都渋谷区千駄ヶ谷二－三二－二
電話〇三－三四〇四－八六一一（編集）
〇三－三四〇四－一二〇一（営業）
https://www.kawade.co.jp/

ロゴ・表紙デザイン　粟津潔
本文フォーマット　佐々木暁
印刷・製本　中央精版印刷株式会社

落丁本・乱丁本はおとりかえいたします。
Printed in Japan ISBN978-4-309-46308-7